# 何曾相忆烽火路（上）

吴沉水 著

中国友谊出版公司

图书在版编目（CIP）数据

何曾相忆烽火路 / 吴沉水著. — 北京：中国友谊出版公司，2016.6

ISBN 978-7-5057-3743-3

Ⅰ. ①何… Ⅱ. ①吴… Ⅲ. ①长篇小说－中国－当代 Ⅳ. ①I247.5

中国版本图书馆CIP数据核字（2016）第113961号

书名　何曾相忆烽火路

作者　吴沉水

出版　中国友谊出版公司

发行　中国友谊出版公司

经销　新华书店

印刷　北京嘉业印刷厂

规格　880×1230毫米　32开

17印张　416千字

版次　2016年7月第1版

印次　2016年7月第1次印刷

书号　ISBN 978-7-5057-3743-3

定价　49.80元

地址　北京市朝阳区西坝河南里17号楼

邮编　100028

电话　（010）64668676

# 目录

CONTENTS

# 一

## 二姨太

关于往事，人的回忆总得有个起点，就如讲古的失明女先生一拨弦一开嗓，总得先交代这唱的是哪朝哪代、何地何人。有了这个起点，那些散落的珍珠便寻到了线，支离破碎的往事便寻到了根、踏上了地，焕发出浸染了岁月柔和温润的光，得以一桩桩一件件地徐徐串联起来，从从容容，娓娓道来。

苏锦瑞想，自己回忆的那个起点，大概要算是苏家大屋里那节狭隘陡峭的木制楼梯。

她闭上眼还能看见那楼梯，陡峭狭隘，需要人仰望四十五度，又一承三转，像一条蜿蜒的血管，连接上下各层。每层那些厢房、住房、厅堂、暖阁好比一个个脏器，全靠这血管提供生机。苏家大屋，一个门楼进去，左右分别是东西楼，三代几十口人，正是靠这逼仄狭长的木楼梯，才得以互相关联，继而组成一个整体，成为西关一栋栋青砖石角、陡坡屋脊的宅院中，常见却又独特的一户人家。

那些楼梯都是精打细算过的，多高、多陡、多少格，掰开来全有一套套道理。边上撑住扶手的栏杆层层叠叠，每一个都雕成束腰宝瓶状，一眼望过去，一重又一重，影影绰绰数也数不清。扶手都像包着浆，被苏家人摸得多了，起了胶质，每日又有女佣勤勤恳恳拿细布擦拭，越发滑得溜手。千万别小看这梯子，每一格都是闺阁女子的试验场，专为检验她们的贞静娴雅而来。多少年后，苏锦瑞还能想起来，幼年的自己如何被母亲攥着手，指点她仰头看那红漆木板，示范给她好女子的脚步落在那上头要怎样轻盈，节奏要怎样均匀，落点要踏在楼梯内侧还是外侧。母亲讲，别以为周遭无人瞧见你便能撒欢疯跑，“咚咚”声都有这老梯板一下下替你数着呢，数着你有没有偷懒，有没有听话。日复一日，把这脚步声听进心里，自然就能千锤百炼，练成一个莲步款款的好女子。

“可我为什么要做一个好女子呢？”

小苏锦瑞问母亲，她的母亲苏大太太似乎没料到这么小的孩子却已经学会了反诘。她伸出苍白的指头戳了小女儿的额角，笑道：“因为你姓苏呀，苏家大小姐岂能在下楼梯这种事上叫人笑话了去。”

童年记忆久远得如前朝前世，连母亲的样貌都流散于岁月颠簸之中，唯有那千回百转的木梯，却铭刻入记忆，终其一生无法忘怀。苏锦瑞还清楚地记得，沿着顶楼的木楼梯往下，苏家大屋四层砖楼历历在目，每上一层皆有三道回旋，需经过四扇雕花满洲窗。当你数完十六扇梅兰菊竹、喜鹊牡丹的彩色玻璃镶嵌满洲窗后，才能来到一楼的厅堂。每到天气好的日子，狭隘的四方天井有阳光照进来，被那灰白檐角一遮一挡，像半空中多了个看不见的筛子，将光线细细筛过，余下的皆是粉末状的光尘。便是大白天，室内也是一半在明一半在暗，明暗交界中自有一番不对外人道的较量。就如住在这屋子里的人，明明各怀心事，然一到点灯吃饭、打牌听曲，却也能笑脸相迎，自有一团稳固牢靠的和气支撑着。

那一天，十七岁的苏锦瑞全然顾不得那些大小姐下楼时应端着的仪态，失魂落魄地冲下木楼梯，木屐敲打在木板上发出震天响的“咚咚”声。当时，她绝没想到，她平淡顺畅了十七年的命运，就在这一刻悄无声息地拐了个弯。

这个弯拐得太急，以至于与后面的人生相比，她之前的日子都变得寡淡乏味，就像大戏开锣前调弦那几下“叮叮当当”，根本无法与后面的弦鼓齐鸣相提并论。

一直到很多年后，苏锦瑞回想起这一刻才恍然大悟，原来独属于她的大戏，到此时才算正式开场。

而关于这件事，需从苏锦瑞十七岁刚从中学毕业那会儿说起。

苏锦瑞就读的学校叫培道女子中学，乃美国浸信会在省城东山创办的一所女子洋学堂。这所洋学堂中西结合，不中不洋，既要女学生们学爱诚真毅，背《诗经》《论语》，又有从美利坚远渡重洋而来的洋教师传授化学物理，讲上帝是爱，普照世人。苏大小姐在女中没学到多少知识，却对一些更直接也更实惠的时髦心领神会。在培道女中就读的女学生多半家境殷实、不愁柴米，多余的精力便用在琢磨如何在统一下做到不一般上。比如她们个个穿清一色半西半中的校服，雪白袜子下全蹬着一双锃亮的硬头黑皮鞋，然而仔细看，却能发现这些女子在齐齐的青色斜襟绸褂下各显千秋：有人衣襟袖口用的是精美的手织蕾丝边，有人斜襟立领那儿别上镶嵌象牙绿松石的胸针，有人则干脆在绸褂外形上下功夫，腰际多加几个皱褶，衣袖放宽一寸，于一水的女学生中，硬是比旁人多出几分婀娜多姿来。

苏锦瑞是那些挖空心思的女孩中的翘楚，在那一众培道女生中早早就树立了权威。明明是望过去一色的黑裙，偏她的裙褶硬是比别人的明晰硬挺，裙幅来得更宽，勒着细细的腰，越发显得体态轻盈，身段匀称纤细；明明是一色的斜襟青色绸褂，她的就要熨烫得更加笔挺，宛若浆上一层包浆，举手投足间几乎能听见衣料摩擦时“哗啦啦”的脆响。她不在花边别针上下功夫，雪白精致的手腕一抬，露出的是小巧漂亮的瑞士女表，表盘上是古怪的罗马数字，就连镶嵌的细小蓝宝石，都在为她不动声色的时髦添砖加瓦、摇旗助威。

苏锦瑞连说话也是有讲究的，唤女先生不叫先生，而叫密斯。她唤要好的女同学不叫阿珍阿君一类，而是正儿八经地叫某某君。她对自己的称谓更是马虎不得，雅号与英文名双管齐下，给同学写信，是端正签雅号，私下里与密友相约，则要互称英文名。总而言之，那个时候的苏锦瑞，是时髦得不能再时髦的女学生。她能引报纸杂志上的时兴词汇唬人，也能背完整古怪的化学元素表；她在家无论走到哪里，手里都要拿本昌兴街丁卜购书行订购的新书做样子；她隔着窗喊贴身女佣做事，居然都要带着新鲜又文明的“请”“谢谢”等字眼儿。

全家人都在苏锦瑞的另类时髦面前退避三分，他们也不是真的退避，多是不与小女孩儿一般见识。唯独二姨太深感冒犯，继而越想越气。她看得清楚着呢，别看苏锦瑞做的事刻意又肤浅，人家那都是有备而来，拿时髦的女学生派头做表，又拿苏家大小姐的高傲做里，商人家耳濡目染养成的精明与年少轻狂压不住的脾气双管齐下，目的就是冲自己而来，要给自己添堵。

二姨太扪心自问，她做了苏锦瑞的庶母十来年，对苏锦瑞要说存有坏心，那是从来没有的，可要说她有多好心也是强人所难。她一个姨太太放着自己孩子不管，倒去对先头太太生的子女掏心掏肺，就是她愿意，周围的人看着也不信。她是长在旧时代的女子，论出身也不差，父亲是前清的秀才，祖上也是出过举人的，正正经经的书香门第，可惜后头败落了。穷汉尚且想讨妾，她爹也想红袖添香，争而穷，穷而乱，家中妻妾从来不宁，只勉强维持个脸面而已。二姨太从小耳闻目睹正房偏房之间那些斗法，轮到她自己时，看见个没娘的苏锦瑞就想拿捏。一来是习惯使然，二来也为了自己的亲生女儿打算。她生养了一个小苏锦瑞一岁多的二小姐苏锦香，庶出又年龄相仿，从小苏锦香就处处被拿来与大小姐做比较，处境尴尬。若亲生母亲都不为她着想，偌大一个苏家，既有个大小姐，谁还会记挂一个二小姐呢？

二姨太这一辈子也是有过风光的时候的。当初苏锦瑞的生母——苏家大太太刚刚过世那几年，大房无主母，苏锦瑞又小，衣食住行全落在她手里，捏扁搓圆全由她说了算。那真是二姨太太的黄金时期，那个日子过得才叫日子啊，二姨太独占大房，花蝴蝶一般穿梭于苏家上下，东楼的应酬待客、进出账目、一日三餐，哪一样不是要过她的手？哪一样不是要她点头？后来她一想起那段日子就觉得委屈，她想，我当初是多么宅心仁厚啊，大权在手，却一没给苏锦瑞穿虫蛀的旧茧绸，二没喂她吃隔夜饭喝刷锅汤。自己女儿穿什么，苏大小姐也穿什么，甚至外头行商送来顶红的珊瑚手串，自己女儿还没戴上，老太爷一句“大小姐身上也太素了”，自己眼睛都不眨一下，转身就将小指头大小的珊瑚珠拆了给她攒珠花。

可苏锦瑞是怎么对她的？从小那些任性闹腾就不说了，自打她去上学，那洋学堂就好似一个盘丝洞，人一进去就能成精。十七岁的女孩儿，回到家口齿伶俐，全不吃亏，跟她斗已经能翻出花来，等日后她嫁人，再嫁个好的，哪里还有她二姨太和二小姐什么位置呢？

二姨太越想越不平，分明自己才是拍着良心做人的那个，可苏家上下老老少少全是养不熟的白眼狼。正房太太空了多年，苏大老爷不嫖不养外室，就是不扶正自己。她尽心尽力养了苏锦瑞几年，大小姐不感恩戴德便罢了，反倒处处要跟自己过不去。二房三房的老爷太太们自持身份，轻易不跟她说话，要什么都是吩咐女佣来传，实在不得不打照面了，点头给个笑脸倒像给了别人多大的恩惠。

二姨太觉着自己就应委屈、该委屈，她的委屈经年累月，积少成多，变成了怨怼。苏锦瑞大了，二姨太不能再拿小时候那套拿捏她，便要时不时讲些道理刺刺她。那些道理都是经年累月的旧道理，事无巨细，从头到脚、从内到外约束着女子的一言一行。大小姐不乐意受约束那是当然的，可不乐意又如何？闺阁女子多少代人不是吃着这些苦过来的？想当年，她二姨太也吃了多少苦，一句“为你好”，心底就算再不乐意、再痛都得忍着。她忍了一辈子，忍到了苏家的荣华富贵，忍出自个儿现如今的养尊处优，苏锦瑞为什么就不能忍呢？

二姨太讲那些旧道理，从来都不直白地讲。比如她要嘲笑苏锦瑞穿硬头皮鞋的派头，从不直说女子家穿硬头皮鞋像男人，而是要拿她下楼脚步声梆梆响作由头。她会挑个亲朋好友上门的日子，先不提苏锦瑞，专等对方说到儿女经了，这才摆出无奈的笑容轻声细语说：“哦，你问我们大小姐啊，挺好的，怎么个好法啊，好到时隔三日，要令人刮目相看呢。要我说啊，这女子读过洋学堂就是不同。喏，我们大小姐如今也晓得怜贫惜老了，怕阿秀女脚底板大踩楼梯不敢用力，自己先穿硬头皮鞋踩楼梯板同她做个示范，你们等下听，梆梆梆梆，下楼声是不是大过街上敲梆子的？”

阿秀女是苏锦瑞的贴身女佣，她本是珠江边水上人家，家里要拿她嫁人换钱银，她自己拿主意自梳，提了包袱进城找活做。二姨太看中她有力气，原本是雇来做粗活的，没承想她同苏锦瑞投缘，倒成了照料苏锦瑞的大丫鬟。她天生一双大脚，做鞋都要比旁人费料。当初上苏家找工时，特地借了一身干净衣裳，偏偏底下鞋子露了馅，三个脏兮兮的脚趾顶在外头。这件事被二姨太讲了又讲，心情好时她会说："好在我怜她后生自梳不容易，不嫌她一双大脚吓死人，雇了她进我们家，吃饭吃粥也算好歹有个事做不是？"心情不好时，或者被苏锦瑞气到了，她不好同大小姐吵，转身却拿阿秀女出气："要不是我好心好意，放着好人不用，专门给你留碗饭吃，哪轮到你今日来气我？所以说好人勿做，做了人家也不领情，指不定就倒打一耙来气你，气死你她就安乐了。"

阿秀女的典故在二姨太手里花样百出，但万变不离其宗，句句都意指苏锦瑞。这法子早先还有用，苏锦瑞还小脸皮薄时，一听这样的指桑骂槐，多半能被气得又羞又臊，举手投足愈发拘谨，生怕在仪态上让人指摘出半点错。可这两年苏锦瑞上了洋学堂，这些旧花样遇上新时髦，不知不觉间便不再那么管用。可二姨太却不明白这里头的关键，只以为苏锦瑞大了脸皮厚，又学了外头没羞没臊的洋学生做派，这才不拿自己的指桑骂槐当回事。她就如多数旧式女子一样，只晓得这个时代不同了，却不明白这时代到底怎么不同。二姨太不懂自打苏锦瑞入了洋人办的培道女中，她与自己的较量，已上升为新时髦与旧古板的较量。而托民国肇造、革故鼎新的福，苏锦瑞已然占了先机，二姨太再要来故技重施，只能适得其反了。

这一日，二姨太挑苏锦瑞在家的时候，特地约几个亲戚来摸牌。她一边摸着象牙麻将，一边估摸着苏锦瑞下楼的时间，笑吟吟地与同桌的太太们大谈旧式女子的好。在她的描述下，旧时的小姐们一个个娴雅贞静得举步无声、落箸无响，既有举案齐眉的贤能，又有弄墨吟诗的才华，且讲究含胸低眉，一双金莲小脚，裙摆纹丝不动，风流仪态那是自不待言。

结论便是一句："可惜哟，如今你们瞧瞧那些女学生！"

苏锦瑞在后面听了个一句不落，转身回房。二姨太正暗自得意，哪知没过一会儿，又听见她下楼的"咚咚"声。头一转，却见苏锦瑞神情自若地捧着份《广州民国日报》过来。

她还没明白怎么回事，苏锦瑞却坐下道："诸位太太打牌无事，不若我同大家念段报纸如何？"

她这么说，旁人自不好拒绝，于是二姨太便听着苏大小姐清脆的声音朗朗读来一段什么"民政厅长，妇女各界纷纷谴责女子束胸比缠足更恶，提案女子束胸一律罚款五十金"的时文。

二姨太暗叫不好，正要打岔过去，还没张嘴便听苏锦瑞佯装天真的嗓音问自己："二妈，这可怎么是好？政府要咱们女子不束胸，大方天然才好，可我刚刚却听你讲含胸顺眉才是女子之美。哎呀，我一个女孩儿家到底听哪个的好呀？"

她再接再厉道："不如这样吧！我姑且听你的，不过麻烦你要给我五十块防身，万一被抓到，我也好自己交罚金。"

二姨太的笑顿时僵在脸上，苏锦瑞放下报纸还不过瘾，又加了一句："唉，这也怪不得二妈，你是旧时代过来的人，哪里懂这些呢。"

"旧时代"三个字气得二姨太心肝肺同时烧起来，她是不明白何为新，何为旧，可却听出了老古板、不合时宜的意思。

可她怎么就不合时宜了？想当初她做闺阁女子时，描花裁衣、首饰绣鞋，哪一样出去不是人人称道，姐妹们竞相模仿？进了苏家门后，她何曾在吃穿上落人一步？英吉利的洋布、法兰西的钟表、缅甸的翡翠、锡兰的宝石，她比省城哪家正头太太少过一样？怎么莫名其妙地，她反倒成"旧时代"过来的人了？

二姨太这口气憋了两日寻不到口发泄，到第三日，赶巧她的女儿，苏锦瑞的异母妹妹苏锦香唤阿秀女上莲香楼买新鲜出炉的核桃酥，一嗓子喊彻了二层楼。偏偏阿秀女忙着熨苏锦瑞的裙子抽不出身。苏锦香也不恼，转身自己换了衣裳，借买点心的由头寻小姐妹上街耍。

她跑来管二姨太要点心钱，没想到正撞枪口上。二姨太一听便开始尖声抱怨，从阿秀女数落到苏锦香，从自己艰辛的过往哭诉到自己进苏家门几十年有多不易，一个个白眼狼吃碗面反碗底；又哭自己好心好意招阿秀女做工给她碗饭吃，岂料她忘恩负义，攀上金枝就不把她放眼里，连帮二小姐买个核桃酥都敢推三阻四；再骂女儿什么不好学，偏要学现下的女学生赶时髦，吃个点心都要出街，好好的女儿家动不动便抛头露面，一个个全让洋学堂教得坏了规矩。

二姨太训人的声音也不高，可哭得很讲究，颇有回旋往返、婉转吟哦的韵味，将那点委屈演绎得凄凄楚楚，袅袅如烟。她还专挑在苏锦瑞闺房楼下哭，让来往的人都晓得大小姐又难为庶母，真个骄纵。苏锦瑞透过窗子听个清清楚楚，她冷冷一笑，暗骂一句，转头下了楼，穿过狭隘的青云巷，走入后花园的小别墅。

小别墅是苏老太爷独居的地方，精致的二层小楼，请洋人建筑师画的图纸，从南洋聘请的工匠，整个苏宅到了这里才是真时髦，也只有这里才配了手摇电话。祖父不在，苏锦瑞径自拿起话筒，一个个摇过去，一口气邀了五位女中的同学来家里做客。这五人皆为省城富户人家的女儿，有两个家里与苏家不乏生意往来，女孩儿们好巧在一处上洋学堂，家境相当，又是最易结交小姐妹情谊的年纪，平日里玩得来的就数她们几个。

第二日，五个小姐妹便齐齐登门，个个打扮得与苏锦瑞如出一辙。

这如出一辙之中却又各有千秋，端看你眼睛毒不毒，能不能看得出。二姨太是个眼毒的，一下就看出了，这五个少女脚下蹬的皮鞋、衣领上别的胸针、手腕上露出的镯子和腕表，全是国外舶来的稀奇货。在省城，有些稀奇货并非有钱就能买到，若不是达官贵人，就得是经商数代的老买办门第才有这门路。

二姨太一看就明白了，这是哪个娇小姐都不好得罪啊，她不得不打起精神亲自张罗。遣人特地去四牌楼一带买好点心招呼娇客，怕点心买回来凉了被人笑话，还破例多掏几角钱嘱咐用人坐黄包车去。

她有心让苏锦香出来见见世面，借苏锦瑞的东风结交些非富即贵的闺阁朋友。没承想，她刚说了句："大小姐办茶话会，好歹也带我们二小姐见识一下。"便见苏锦瑞在那抿嘴一笑说："哎呀，可不是我小气，主要是妹妹身娇体弱，还是别烦到她了。"

有人便问："黛西你还有妹妹的呀，怎么没见过？"

黛西是苏锦瑞的英文名又译回中文，几个女孩都这样，她们自成一体，互赠英文名以充表字，平日里就只称呼对方这种特定称谓，好似对接暗号，暗号对了便是自家人，轻易不让外人称呼。

苏锦瑞等的就是这句，她笑得意味深长，瞥了二姨太一眼，学着她的口吻轻描淡写道："你们不知道啊，我这个妹妹可是个真正的千金小姐，被我家姨太太教得可好了，但凡下个楼，脚步声大点，姨太太都要骂的，天天怕她行差踏错，轻易不让出门的，真是大门不出二门不迈呀。这不，昨日妹妹要出街看戏，姨太太都不让，怕她抛头露面呢。"

那帮小姐妹大多不是省油的灯，又同样要在家应对各自的姨太太，一听还有什么不明白的。登时便有人扑哧一笑，娇声道："哎呀黛西，你这么说话，我下回可不敢再来了，省得被你妹妹一比，我们都成了抛头露面的疍家女了。"

女孩儿们笑成一团，二姨太咬着牙也只好强笑。偏女同学中有个真正娇憨的呆小姐，此时脆生生地问：“那你妹妹不上学堂吗？”

众人笑声骤然一停，都暗瞥二姨太咬着唇要笑不笑，苏锦瑞细声道：“千金小姐嘛，上学堂作甚？”

那女孩一本正经地道：“怎么这么说话呢？先生说过，这是新时代，女子不自强、不学新知识，到头来是要吃亏的。”

大家一愣，个个忍不住哈哈大笑，二姨太的脸阴得几乎要滴下水来。

她转身回了房，这回却不再上演哭哭啼啼的老把戏，而是坐下沉默不语。她看看自己的亲生女儿，再对比坐在一众面容姣好的女孩儿中仍然光彩夺目、越来越难以掌控的苏锦瑞，细眉一拧，下定了决心。

这一次挫败令二姨太消停许久，很长一段时间里见到苏锦瑞都退避三舍，颇有些避其锋芒的意思。苏锦香也天天不着家，据二姨太说，是她娘家有亲戚上省城，二小姐替她陪着客，上先施公司，上九重天呢。

家里风平浪静得让苏锦瑞心生诧异，但她没多想，她正忙着享受中学里最后的少女时光。临近毕业，要与小姐妹们各奔东西，都有一大堆肉麻却真诚的别离仪式。不是今日相约去相馆照相，便是明日亲手制作各种赠别物品。

等到南城外开始大批大批贩入素馨花的时候，苏锦瑞的生辰也到了。每逢这时，苏家大屋里的采办一早便买入大筐素馨花，女佣们忙着将一朵朵白花洗净晒干，做发油、泡茶浸酒，有的是用途。满屋从早到晚都飘着一股清甜的花香，个个女子鬓发间都别着一两朵。

这天，就连阿秀女粗黑的发髻上都别了花。她早上进苏锦瑞的闺房打扫收拾，手脚从来不放轻，铜盆放上木架一声“哐当”，窗户一推又是一声“嘎吱”。苏锦瑞没法再睡，从床上坐起，隔着纱帐影影绰绰地瞥见阿秀女脑后两朵黄白相间的素馨花，便笑说：“阿秀，你终于肯头上插花啦？”

阿秀女手持鸡毛掸威风凛凛，头也不回地说：“插朵花而已，有什么？反正摆着到晚上也要凋谢。大小姐，你快点起了，水倒好了，衣裳也给你挂好了。”

苏锦瑞懒洋洋地爬起，套上木屐走到铜盆前说：“你别让二姨太看见，看见她又要说了，好心好意留你来做工，你转头就擅自拿花戴头顶。”

阿秀女停下手里的活，认真思索了会儿，答：“对哦，刚刚二姨太看见我了，她居然没骂我。”

苏锦瑞正要弯腰掬水，一下愣住，问：“她真没骂？”

“没啊。”阿秀女道，“不但没骂，还让我快些上来服侍你，早饭也让单独给你端房里。大小姐，你别担心，你的生辰我记着呢，长寿面是我特地盯着厨房煮的，鸡汤去了油，加鲍菇虾米，一点也不腻。对了，还有红鸡蛋，我昨晚染了好久才上色，都替你分给大家了……”

苏锦瑞却皱眉问：“二小姐在做什么？”

“一早起来在试衣服，说是等下要出门。”

“试什么衣服？洋装还是褂裙？”

阿秀女道：“来的是冯记顺天成的伙计，该是洋装吧。”

“有说去哪里吗？”

“我哪个晓得。”阿秀女忽然想起来，道，“不过拉车的老黄提到过，好像要去什么陈公馆，哪个陈公馆就不知了……”

苏锦瑞的心一下“怦怦”跳了起来，她犹如嗅觉灵敏的幼兽，霎时间从这一系列信息中破译出令自己不安的元素。她飞速洗漱，胡乱套上衣服，发辫纷乱也顾不上，拿手绢往脑后随意一扎，便踩着木屐头也不回地往楼下跑。当她往下跑时，已然顾不上脚步声大还是小，多年与二姨太的较量，令她直觉意识到事有反常即为妖。而若无所作为，听之任之，她不知道会出现什么后果。

苏锦瑞“啪嗒啪嗒”冲下楼梯，拐过十二道精雕细琢的满洲窗，狭隘陡峭的楼梯仿佛怎么也走不完似的。在那一刻，苏锦瑞甚至觉得，它们像会自我生长一般，明明踩过一节，又在前头长出另一节。她恍惚中觉得，整个苏宅大屋似乎活了过来，它自有主张，自成体系。它的主张并不对公平负责，二姨太背着苏锦瑞做了什么无关紧要，它要的是维持表面的肃穆寂静、安稳祥和，一天又一天，一年又一年。

但十七岁少女那压在心底的对未来小心翼翼的等待，又算什么呢?对整个苏家来说，苏锦瑞的心思，简直不比楼梯板干不干净、满洲窗上的彩色玻璃亮不亮这等事重要多少。

苏锦瑞脚下木屐一滑，整个人直直摔下，幸而她反应机敏，手抓住扶手才避免滚下去。饶是如此，屁股还是连着滑了好几格楼梯，脚上的木屐已掉下，“咚咚咚”几声摔到了楼梯底。她顺着黑底红花的木屐往外看，看见一抹白色绉纱宽边洋裙的娇俏身影。她花了好一会儿工夫才认出那是二妹苏锦香。苏锦香烫了卷发，戴着两圈珍珠项链，手上戴着白手套，脚上穿一双半高跟的白色镂空皮鞋。她的嘴唇异常红润，低眉含笑的模样，看着比她实际年龄大了好几岁，有种被二姨太短期内生生催发出来的妙龄之美。即便听见苏锦瑞跑下楼的声响，她也不为所动，只稍稍回了下眸，视线很快便不知转向了何方——这是二姨太惯有的眼神。原来在不知不觉间，苏锦香已经长成一个缩小版的二姨太，没事的时候装傻充愣，需要她绽放时，她从不介意展现美好。

苏锦瑞有些茫然，她看着二姨太把苏锦香送出门，门外有苏家长期包的黄包车，自会将她妥妥当当地送到二姨太煞费苦心将她送去的地方。苏锦瑞不用求证，就知道她不是去陪亲戚逛省城，或者这段时间以来，她压根儿就没有所谓的来省城游玩的亲戚。苏锦瑞想动，脚踝传来一阵剧痛，这痛直接钻入心脏，开了个孔，血液仿佛随之涣散流走，因为苏锦瑞有好一会儿都觉得头晕目眩。她看见二姨太摇摇摆摆地走过来，跟苏锦香用同一色唇膏的嘴上下碰撞，好一会儿苏锦瑞才听清二姨太说什么，她说：

“我的大小姐，你怎么这么狼狈呀？着急吃寿面？放心，都给你留着呢。什么，你说二小姐去哪里？哦，她就是去陈公馆参加游园会，对呀，就是陈廉伯先生那里。可了不得，我听人说那公馆有通天旋转楼梯，能从一楼直接上到五楼。哎哟真是不巧哩，游园会的日子重了你的生日，苏家上下统共只收了一张帖，我只好让二小姐代你去了。你是长姐，又是上过学堂的女秀才，不会跟妹妹计较的啊。怎么还在这不起来？快起来快起来，等下家里来客让人瞧见可不好看……”

她边说，边伸出精心涂了蔻丹的手来扶。苏锦瑞一下拂开她的手，抬起头盯着她问：“怎么会有陈公馆给你下帖子？我们家的亲戚里头能同陈公馆说得上话的，除了邵表姨妈还有哪个？她送过来的帖子，怎么会写苏锦香的名字？”

二姨太收回手，假笑说：“哎哟，这话说的，给谁又有什么打紧？一笔写不出两个苏字……”

“你，你拿了邵家给我下的帖子，却瞒着我让苏锦香去？”苏锦瑞红了眼圈，色厉内荏地骂，“你原来安的是这个心，真是痴心妄想，就凭苏锦香那个样子，出了门只会丢脸……”

二姨太嗤笑一声，轻声细语说：“大小姐，你想多了，我能安什么心？二小姐只是去游园会见下世面而已，能丢谁的脸？你这么着急上火的，倒让我替你担心呀。”

她凑近苏锦瑞的脸柔声说：“你要清楚，有些人有些事，不是你一个女学生躲在闺房里想当然，它就理所当然了。”

苏锦瑞大怒，她再聪明，这时也不过是个色厉内荏、沉不住气的少女。她在这一刻被前所未有的愤怒包围着，她想不通怎么会有人这么讨人厌。讨厌到她已不想再用脑对付，只想用暴力打杀。她直接除下另一只木屐，举起来就往二姨太头上砸去。二姨太尖叫一声，急忙退后，木屐从她头上飞过，“哐当”一声砸到对面墙上挂的西洋钟上。

二姨太花容失色，苏锦瑞却为没砸中她而颇有些遗憾。就在此时，只听门口一声暴喝：“住手！这是在做什么？”

她二人齐齐转头，却见苏家大老爷，苏锦瑞的父亲不知何时已进来。他将手上的文明杖“啪”的一下抽到齐膝高的门槛上，怒道：“反了你们，不敬长辈，不慈子女，整个家没点规矩，简直丢人现眼！来人，来人！把大小姐送回房，没我的话不准她出来，也不准给她饭！”他转头对上二姨太来不及收敛的幸灾乐祸，怒火更甚地骂道：“还有你，你也给我滚！成事不足败事有余，留在这继续丢我的脸吗？”

二姨太涨红着脸，急急忙忙走开，而阿秀女也赶过来，把苏锦瑞架起来往楼上送。就在此时，苏锦瑞听见父亲苏昌平跟换了个人似的，用不甚娴熟的官话和颜悦色说：“家里乱成这样，真是让世兄见笑，稍等一会儿，我这就去禀报父亲。”

一个声音操着字正腔圆的官话道：“就怕打扰了苏老太爷。”

“无妨，家父能见到叶家后人平安归乡，心里不知会多欣慰。”

苏锦瑞一低头，瞥见大厅处站了一个身材挺拔的青年男子。他身上既没穿长衫马褂，也没穿西服马甲，而是穿了一身满大街最寻常的白布褂牛头裤，虽干净，可透着卖力气人的卑贱。

这般打扮的人，居然能由苏老爷带着登堂入室？现下还要为他引见轻易不见客的老太爷。

苏锦瑞疑虑重重，她借着拐弯的当口再看过去，这下看清了那男子的脸。那张脸轮廓分明，浓眉大眼，全然不似苏锦瑞平日接触的那些斯文俊秀的公子哥。他眼皮一抬，目光冷冽，看得苏锦瑞吓了一跳，本能地就要往后退。这一退不打紧，正好牵动适才扭伤的脚踝，疼得她顿时龇牙咧嘴，禁不住“哎哟”了一声。

就在此时，她清楚地瞧见那男人皱起眉，脸上露出了一丝嫌恶之色。

苏锦瑞涨红了脸，猛然意识到自己现下一身狼狈，披头散发，穿的也不是待客衣裳，脚上木屐更是掉了一只，又被她砸了一只。她跟二姨太起的这点隐私性质的冲突，只可关上门自家打闹，却不宜打开门撞入一个陌生的年轻男子眼中，还引来如此明显的嫌恶。苏锦瑞禁不住又羞又恼，还涌上些无理取闹的迁怒：哪家世交子侄登门造访一声招呼都不打？做男人还这么乐意窥探别人宅院里那点私密，简直粗鄙恶俗，这等人，往后想叫她多瞧一眼也难。

## 二

# 苏大太太

这一回的事，令苏锦瑞生出深深的不安。

以往她与二姨太过招多年，各凭本事，各有输赢。你有张良计，我有过墙梯，你仗着半个长辈的身份倚老卖老，我便能以大小姐的名头恃宠而骄。

然而斗归斗，苏锦瑞却从来不敢小看了二姨太。

这位姨太太身上有某种特质，你可以将之视为痴心妄想，却也能将之视为持之以恒。靠着这种特质，二姨太真是野火烧不尽，春风吹又生。她就如苏家这栋老宅子暗角里总会滋生的蚊虫鼠蚁一般，不管帮佣们每日洒扫多少遍，熏多少遍艾草蚊香，它们也不会绝迹，总是会伺机卷土重来。你根本不晓得它会在哪里繁衍，不晓得它们在何处出没，然冬天一过，春暖花开，它们总会适时出现。时日久了，你才知道它们跟人其实是傍生关系，有过日子的油烟，就有它们在，有它们在，人才懂得了何为清洁。

二姨太便是如此的人物，这么多年下来，二姨太俨然成了苏锦瑞心中微妙却重要的存在。没有她，苏家自幼丧母的大房小姐怕不知要以教养为名沦到哪房太太手中；可有了她，原该娇养长大的小姐，却早早学会了察言观色、明争暗斗。

这么多年过去，她们的争抢无非围绕些吃喝玩乐、衣裳首饰等鸡零狗碎之事，赢的人未见得争到多大的实惠，输的人也未见得多伤筋动骨、一蹶不振。

吵得多了，两人渐渐有了区别：有些事，姨太太能指桑骂槐，大小姐却只能佯装落落大方；而有些事，大小姐可以仗着年轻气盛落入锱铢必较的细眼里，姨太太纵然在心里拨弄得算盘珠子“哗哗”响，面上却一定要带出三分不与小辈计较的长辈气度来。

她们暗地里维持着一种微妙的平衡，各自保有底线，不至于撕破脸拼个两败俱伤。二姨太的底线是女儿苏锦香，苏锦瑞的底线是过世的苏大太太。二姨太无论如何指桑骂槐，也断不敢把主意打到先太太头上；同理，苏锦瑞再嫌恶二姨太，也不妨碍她跟苏锦香做对客客气气的姐妹。

从没一次如这次的事情般由里到外令苏大小姐败得一塌糊涂。

若只是争个输赢倒罢了，不寻常的是，今日的争斗竟夹杂了个邵家，准确来说，是邵家大少爷邵鸿恺。

邵鸿恺不是寻常人，认真算起来，他跟苏锦瑞不仅有隔得不远的表兄妹关系，还有一块儿长大、真正的青梅竹马情谊。

更要紧的是，邵大少爷还是苏大太太在世时定下的未来女婿人选。苏大太太在病榻上与表姐邵太太约定，双方结为儿女亲家，虽无文书信物，然这桩事尽人皆知，苏锦瑞打小儿便被人拿此事打趣，心里头从未怀疑过这事可不可行。

这种念头根深蒂固，它与其说是一种盟约，不如说是已故的苏大太太留给女儿的念想，这念想证明苏大太太也曾真个为自己女儿打算过。

可现下二姨太却截了邵家给苏锦瑞发的帖子，让苏锦香取而代之。陈公馆的游园会名动省城，名流云集，邵太太断不会当众落二小姐的面子，一回生两回熟，再加上一算时间，邵鸿恺差不多要回省城了，二姨太意欲何为，已是昭然若揭。

苏锦瑞又气又无力，她此时才意识到自己不过是个十七岁的女孩儿，她话讲得再光鲜漂亮，这种事却到底力有不逮。她忽然想念起已故的苏大太太来——若生母在世，二姨太敢把手伸这么长吗？

可一想到苏大太太留在她记忆中的印象，苏锦瑞又想哭了，苏大太太若活着，没准儿她过得连现在都不如呢。

苏大太太出身并不好。咸丰年间，她的祖父还只是个茶贩子，跟同乡从福建跑来广东贩茶，做的是赤足买卖，小本生意。广府茶叶贸易百来年都由大商行垄断，闽地小茶贩经过层层盘剥，得利微薄，苏大太太的祖父便想寻另外的出路。他千辛万苦托人使了钱，搭上与美利坚商船做生意的买办，想在一来一往的茶叶贸易中占个仓位。不承想来年商船返航清算货款时却出了大纰漏，那艘商船的白人船长是个贪得无厌的赌棍酒鬼，他在赌桌上欠下巨债，不敢动大行商的东西，便将主意打到那些零散的中国小商人身上，红口白牙诬蔑茶商运上船的都是陈茶霉茶，险些害他失了信誉，这会儿倒有脸找他要钱。霎时间，一艘商船上万两白银的茶款，全成了泡影。这还不算，那美国佬还叫嚣着不能白跑这趟，要中国茶商赔偿损失。这一亏，亏了好几个福建茶商，而苏大太太家在其中亏得最惨，她祖父几乎将全副身家都押了进去，顿时血本无归。

平头百姓没做过大买卖，哪晓得要命的还在后头：照着当时的规矩，商人要给海关总署缴纳重税。海关总署可不管你卖不卖得出货物、有没有被人坑，东西上船靠岸，一进一出，税银一两都不能少。若赔不起税款欠银，人就得抓起来问罪，衙门里先赏板子，人要打不死，便往大牢里一丢，等着抄家封号，流放伊犁折磨死。伊犁这个地名，曾令广东福建商人个个谈虎色变，人人传说那道路险阻、气候恶劣，更兼野兽出没、强人遍地，循规蹈矩的闽粤商人一过去，哪里还有什么活路？从嘉庆年间至今，凭你原本多大的行商，多大的体面，一旦走上流放这条路，能捞得个好死就算祖上积德。

苏大太太的祖父惊惧交替，一病不起，父亲倾家荡产，到处举债，却仍凑不够赔银，一家老小愁颜相对，就差齐齐解裤腰带上吊。

没承想天无绝人之路，事情到后来竟然有了转机，这转机不是人为，却是天意。那一年，洋鬼子入京烧杀抢掠，黄埔港英吉利炮船来去自如，江山板荡之际，许多事再无法循着旧例。当时粤海关一分为二，洋人管洋关，华人管土关。洋人入了粤海关总署，反倒没清廷原来派遣的满洲官员那般敲骨吸髓，涸泽而渔。他们虽也贪，却贪得不那么难看，凡事还能讲些章程。与此同时，粤地几大行商之间原本在明争暗斗，可一遇上国难当头，不管情不情愿，外头表现出来都要放下那点私人恩怨，彼此间多了点同仇敌忾。洋商气焰太甚，华商正想要灭灭洋人的威风，正好福建小茶商的事曝出来，商会便以此为由头，联合多家商行找那个白人船长的晦气。不仅如此，商会还主持公道，将茶商们的欠款分摊开来，由大行商出面，一纸诉讼将那位白人船长告到粤海关衙门，确认其敲诈蒙骗后，又将追款书写上美利坚总统阁下收，递送美利坚驻华领事馆，最终迫使那个美国船长被遣回国。虽然所谓赔偿最后不了了之，但着实为大伙出了口气。

这桩往事当年曾轰动一时，大太太家借此逃过一劫，绝处逢生。此后十来年虽世道不宁，可他们家偏偏能逆水行舟，顺顺当当。到苏大太太出生那一年，她祖父请人给她起四柱算大运，结果是富贵亨通、携带家运的好命。恰逢那一年家里新开间铺子，正好应在这个新生女身上，全家人个个笑逐颜开。苏大太太从小长在糖罐里，全家人都当她是福星，心甘情愿宠她爱她，连根绣花针都舍不得她捏。她长到十六七岁时更是花容月貌，偶然间出个门看大戏，便被西关大行商苏家的大少爷一眼相中，不嫌门第，执意将她娶入门。

苏大太太名声在外，好相貌、好福气，又有好脾性、好运道，人人都对她又是赞叹又是艳羡，简直过不好都不行。可实际上呢？若没有“美人早逝”这四个字垫底，谁又会真舍得在她身上浪费口舌？苏锦瑞有时甚至会大逆不道地想，若自己的母亲没死得那么及时，而是跟二姨太，跟每个西关大屋里的太太们一道生活在这老宅子里，每日踩着狭隘的楼梯上下，心下算着账，面上挂着笑，如她那样的女人又能撑多久？

正是因为她早逝，才成全了她的美名，才让她成为那个被人们挂在嘴边、记在记忆里的传奇。

她在世时苏锦瑞还小，不记事，却对小时候的境况有模糊的印象。那时候苏大老爷正是意气风发之时，他将苏家商行的分行开到了香港澳门；他娶了远近闻名的大美人为妻，转头又纳了白净娇怯的秀才家女儿为妾，真正娇妻美妾，享尽齐人之福。

新妾入府诸种细节苏锦瑞已然毫无印象，唯独二姨太入府数月后有了身子前来请安的那个场景，她终生难忘。

那天，小小的她被死死抱在母亲怀里，仿佛成了一块肉盾。母亲的胳膊勒得她生疼，但她不敢哭，她懵懂幼稚的心里奇迹般清楚，她若敢哭，母亲就敢把她举起来从楼上窗户扔下去。

苏锦瑞后来才顿悟，原来从那一刻起，母亲已然豁出去了。

她怨怒滔天，恨苏家全部在场的人，那恨意太浓，她已顾不上自己的死活，当然也顾不上女儿的死活。

可她是谁？她是众口相传的温柔美丽的苏大太太。

她掌控不了内心的怨恨，只能自己挖个坑硬生生把那些怨恨埋了。当二姨太来请安时，她甚至亲自起身扶二姨太入座，又转头吩咐用人多给她进补汤水，甚至开了衣箱取了绫罗绸缎相赠。

她脸上看不出有什么多余的情绪，那些温良贤淑就像加诸她身上紧紧捆绑的枷锁铁链，她明明是恨的，却不允许自己恨，因为恨一个妾毫无意义，但恨一个男人又不符合她的教养。她在想恨的欲望与不能恨的痛苦之间无法自处，一发现原来对不了别人发狠，她就只能对自己发狠了。

苏锦瑞怅然地想，那时候，她连自己的死活都顾不上了，又怎么会将女儿放在心上呢？

从那以后，苏大太太以肉眼能见的速度迅速消瘦下去，终于卧床不起。

她的房里终日竹帘低垂，大白天也点一盏昏黄的绢灯。房内始终萦绕着一股浓浓的汤药味，可躺在床上的那个人，却怎么也无法从汤药中吸取治愈的能量。

苏大老爷大抵也晓得妻子的心病，没什么比辜负痴情的美貌娇妻导致她缠绵病榻更令一个男子愧疚的了。他开始重拾新婚时的殷勤小心，连去自己姨太太房中都像做贼，偷偷摸摸不敢让太太知晓。首饰布料精致用具流水般送到她房中，可都没用，苏大太太像是闭了眼，自顾自一头扎入岛瘦郊寒的境地里谁也不理。

这时有亲戚上门了，来人是苏大太太的娘家表姐，两姐妹待字闺中时都曾以美貌著称，都嫁入富商之家。只是表姐心大，表妹心小。表姐是自幼无家人娇宠，只能且顾眼前，颇有些万事皆浮云，手中能抓的实惠才是真；表妹却从小受关爱无数，但凡有个头疼咳嗽，全家皆要嘘寒问暖，手被绣花针扎一下，全家皆替她心疼。表姐眼中是世上无大事，表妹眼中却是世上无小事，她桩桩件件皆拿西洋放大镜来端详，表姐从旁看着不由得好笑，又颇有些忌妒。可哪个能想到，不过几年工夫，那个记忆中娇滴滴的美人就成了现下瘦骨嶙峋的模样。表姐心头那点忌妒早已烟消云散，只剩下浓浓的怜惜。她在表妹床头哭成了泪人，回去后便托在英国汇丰银行任买办的丈夫为表妹请西医，隔天亲自领着牛高马大的洋大夫来苏家，打仗一般杀到苏大太太房中。

苏大老爷抹不开面子，只好同意让洋人给太太瞧病。那来自英吉利的洋大夫发现，这卧榻上脆弱如琉璃盏的中国妇人并无病症，却在不明原因地消耗自己。他虽然无法理解这种深锁闺阁女子极致的爱恨交替，但这并不妨碍他将她视为诗篇歌剧中有着脆弱神经的美妇人。在试图给她放血遭到苏大老爷拒绝后，他只好在临走前留下一个棕色扁平带木塞的玻璃瓶，内有专治妇人愁绪的阿片酊。

世上再没有比鸦片町更好的东西了，这简直是为苏大太太量身定做的灵药仙丹，她从此便爱上了这神奇的药水，每日喝一口，赛似活神仙。很快她又能笑颜如花，又能起床琢磨穿衣打扮了，再见苏大老爷似乎也不怨不恨，那点因爱生怖的感情，在亢奋而微熏的空气中也轻飘飘了起来，轻抿一口阿片酊，顿时便烟消云散。她喝了药后，对用人格外宽容，对长辈格外孝顺，对女儿苏锦瑞更是像骤然发现了好玩的新奇玩意儿一般，亲自抱在膝盖上逗弄她，拿两个翡翠镯子用红线穿了，碰来碰去发出“叮当”的脆响逗她玩。连带对那细眉细眼的二姨太，她也没以前看着那般刺眼，还叹息那也是个可怜女子。

这样的大太太全家都喜欢，为了让他们喜欢的苏大太太保持原样，人人都支持她喝那种神奇的药水。于是苏大太太越喝越多，剂量也越来越大，一开始是一次抿一小口，后来慢慢变成拿玉色高脚小瓷杯倒一小杯，到最后她连杯子都不拿了，直接对着瓶子喝，一次就是一大口。她心里住着一只猛兽，这药水就是压制猛兽的灵符，她没法杀死那头野兽，只好不断地靠药水寻求短暂平和的光景。她脸色苍白如纸，脸颊高高耸起，眼睛显得格外大，脸上带着病态的红晕，情绪如绷紧的丝线一般，稍经撩拨便反应强烈。那些温良贤淑到此时都见了鬼，她想笑便笑，想哭便哭，笑无缘由，哭也无缘由，可哭笑之间，却有着惊心动魄的激昂。

可寻常人哪里消耗得起日日这般激昂？

等到那位怜香惜玉的英国大夫再也不肯给大太太开药水时，一切已为时过晚。

药水已经成了她生命中最重要的东西，高过她的丈夫，高过她的女儿，高过她半生勤学苦修的淑女规矩，谁要跟她抢药水，那就是活生生要她的命。

苏大老爷还想跟她讲理，告诉她已经有做西医的朋友来讲，这等东西就像抽福寿膏，即便能治标也不治本，对她根本没好处。

可大太太根本听不下去，苏大老爷落入她眼中就是她有着深仇大恨的敌人，她一把扫落边桌上一只梅瓶，红了眼尖声骂："对我不好？你也配跟我说什么叫对我不好？对我最不好的就是你，是你忘记当初成亲时的盟誓，是你亲手弄来楼下那个贱人让我现眼，我还没个儿子傍身，你就让那贱人怀了身子爬到我头上来。好，我都忍了，我忍你，我忍你那么多，你为什么不能反过来稍微忍忍我？现下我不过喝个药，怎么就不好了？你苏家生意败了？掏不出买药水的银钱？行，我自己掏！"

大太太从来没有过如此酣畅淋漓的痛骂，到了她生命的末尾阶段，那些贤淑规矩全被当成屁，她终于肆意妄为了一回。连这个丈夫都不算什么，她还有什么豁不出去的？

她活到这一步，就像扁平玻璃樽里的阿片酊，去掉无谓的顾虑和规矩，迄今为止的人生全浓缩成极致而浓烈的情绪，不用兑水，反正喝一点少一点，过一日短一日，还有什么好在乎的？

她的丈夫被骂蒙了，他从来没被一个女人如此疾言厉色地痛骂过，他在对方歇斯底里的尖厉嗓音中惊慌失措，灰头土脸近乎踉跄地逃了出去。

大太太将两人间那层窗户纸捅破了，令苏大老爷愧疚也愧疚不成，深情也深情不下去，他突然间发觉自己进退维谷，怎么做也不对。最终，大老爷仓皇离开，躲入自己的书房闭门不出。他惊恐地发现，夫妻昔日那些缱绻恩爱已然一去不返，可他明明身处其中，却完全没有意识到那些绵绵情意怎么就一下子一去不返了？当天晚上，苏大老爷宿在书房，他听见妻子房中传来的尖厉叫骂，也听见用人“咚咚咚”急下楼的急促脚步声，他晓得那是出去给大太太寻法子买药水去了。他想无知妇人真个荒唐，难道要死在这上头才肯悔悟？他下意识地起身想管，可暗夜里不知怎的手一拨，案几上一个茶盏被扫在地，发出“哐当”一声锐响。霎时间，苏大老爷心头好不容易积攒起来的那点旧情就泄了气，他颓然坐下，无力地想，我便是阻得了一次，又能阻得了几次？不让她喝药，她是要跟我拼命的，且不说好男不跟女斗，便是斗起来，我哪里拼得过她？

他愣愣地出神，不知过了多久，他听得那个用人回来了，“啪嗒啪嗒”上楼去。苏大老爷鬼使神差地开了一丝门缝，亲眼看见那用人一手提着煤油灯，一手捧着一个全新的扁平棕色玻璃瓶，灯光摇曳，玻璃瓶闪着诡异的光。他像浑身被抽去力气一样，心里压抑得难受，却又诡异地激动起来，就如幼年观看城外斩首示众的刽子手手上的刀，恐慌中却隐隐带着一丝兴奋。

直到深夜苏大老爷也无法入眠，他后来如游魂一般来到苏锦瑞屋里，将奶娘赶走，把女儿抱了起来，像冻坏的人需要取暖一样紧紧抱住她。他脸色惨白，浑身控制不住地发抖，似乎在呜咽，却一滴眼泪也没流出来。

这是苏锦瑞记忆中唯一一次父亲抱她。

大太太很快就因服用阿片酊过量而死，临去前几日，她将表姐请到家中，两姐妹密谈良久，出来后表姐眼眶红肿，默然不语。

等到大太太一过身，姐妹相谈的内容才被揭开。人人都道大太太清高，岂不知她最后却务实了一回。她将这些年攒的私房体己，换成现大洋共计二万块有余，尽数存入表姐夫所在的汇丰银行。这笔款项明言留给苏锦瑞做嫁妆，另有首饰若干，也在银行托管，待苏锦瑞年满十八便可取出自用。苏家上下，连苏大老爷在内，谁都别想动先太太留下的一个子儿。

甚至连女儿未来的去处，她也想好了。表姐生的长子邵鸿恺与苏锦瑞年纪相当，自小聪颖伶俐，长得也讨人喜欢，表姐夫家境殷实，与苏家算是门当户对。她还想到，若邵鸿恺长大后品性不良，或者他不喜欢苏锦瑞，或者苏锦瑞不喜欢他，这门亲便作罢。因此，她给表姐交代身后事，均以托孤为主，亲事只做口头协议。

一直到临终，一辈子锦衣玉食的大太太，也并未真正明白幼年丧母对苏锦瑞意味着什么，她只担心苏锦瑞没钱花。她对表姐说的原话是："有这笔钱做底，有苏大小姐的身份做幌子，苏锦瑞便是蠢点笨点，也会过得不赖了。"

苏锦瑞的父亲对大太太所做的安排毫无异议，或者说他已经被大太太折磨得身心俱疲，一心只想让整件事快点过去，哪里耐烦管那两万块大洋存哪个银行。而二姨太算了笔账，发现自己女儿将来能得到的财产，与苏锦瑞的相比差别甚大，不觉又妒又怒，继而化作委屈。她在灵堂上将这委屈统统变成眼泪，哭得比死了亲姐姐还惨。

小小的苏锦瑞就这样变成了一个没娘的孩子，偏这孩子还有点钱，亲妈留了一笔，亲爸出于怜惜愧疚也不会对她吝啬。这样一个女孩儿，处在这样的位置，已经无法任谁随意摆布，可怜不得，嫉恨不得，亲近说不上，疏远又不甘，人们顿时不知怎么对她合适。

父亲是疼她的，可他过不了自己那关，因为一见到她，便会想起在亡妻那领教到的挫折和愧疚；二姨太不消说，恨不得把汇丰银行存的那笔款项全挪来补贴到自己女儿头上，可她没那个本事。但凡她稍有动作，旁人便能见微知著，防微杜渐。至于苏家其他人，只有大太太是不食人间烟火的下凡仙女，余下的个个都是人世间不晓得打滚了多少回的人精。大家都碰不到那笔钱，自然相安无事，苏家各房都不缺这两万块钱过日子，未见得就眼红一个没娘的孩子。可这么一笔款子若给一个姨太太算计了去，那让其他人如何自处？还不如替苏锦瑞守着这笔钱，至少还能博个好名声。

在这种情况下，苏家从上到下待苏锦瑞都有些刻意。有人是刻意的冷漠，有人是刻意的热络，也只有表姨妈和邵鸿恺上门，才拿她当个普通的小女孩儿。

把她从二姨太手里弄出来，也是表姨妈的功劳。

表姨妈自己从小没人疼，要点什么都得从姹紫嫣红的姐妹堆中奋力争夺。嫁人后，她料理过表姨夫的外室，打发过冒充的私生子，对付过花样百出想来占便宜的穷亲戚，她靠一路面不改色的厮杀才挣得自己如今的好生活。推己及人，表姨妈从不信一个姨太太会真待苏锦瑞好。

她来苏家事先不打招呼，专杀二姨太个措手不及。她入苏家不坐厅不喝茶，直上苏锦瑞的卧房，摸一把五更鸡上煨的茶水，撩一把绣花帐上绣的纹样，转身又走到博古架上端详那些小摆件，继而走到梳妆台前一拉首饰盒扫一眼，上头小女孩儿用的东西一样不落尽入眼中。二姨太这边还没会过意来，表姨妈那头已经检查完毕，胸有成竹款款下楼，路过二姨太身边时，居然还笑了一笑，跟她道了声“辛苦”。

二姨太被这一笑弄得心里惴惴不安，可过了好些天后才晓得，表姨妈那一笑实乃笑里藏刀。那一日正是苏家的宴客日，每一年苏老太爷都会选两日在家中宴客，或请商行朋友，或请世家知交，或单请自家南北行分店的掌柜及得力伙计，他三个成年儿子，一干苏氏亲戚都要到场作陪。每逢这样的日子，苏家从厅堂到后花园皆张灯结彩，上下都忙得团团转，鸡鸭鱼肉、海参鲍翅、新鲜蔬果皆要及早准备。广府富户多讲食不厌精，各家皆有秘而不宣的招牌待客菜，苏家以做海参为人称道。负责焖制海参的厨子前七日便得挑料发料、杀鸡煨汤，力保海参烧出来色亮质糯。所有杂事全由苏家各位太太通力合作，大太太亡故，二姨太代表大房掺和进来，忙乱中也有种与正房太太们平起平坐的错觉。她为了这一日，明知厨房油烟大，还是坚持穿上自己最好的平金百褶裙，将发髻梳得油光乌黑，戴上平时舍不得戴的金刚钻攒翡翠簪，不用照镜子，她也晓得自己比起二房三房的太太要年轻华美。

就在此时，门外突然来了一帮人，搬着各式各样的东西要进来。仔细一看，那些东西居然有衣料，有绣帐，有新摆件，有女孩儿用的各式衣裳花样，全部都来自省城专营女子用品的有名字号，只看商标便晓得里头是什么东西。后面一位来的居然是顺天成洋服行的相熟裁缝，他手艺好，在场的人或多或少都要与洋商打交道，都在他那订做过洋服。

表姨妈最后登场，她可不跟别人一般穿缎子绣花衣配同款长裙，而是穿了一身厚丝绒带蓬松袖子的欧式长礼服，头顶斜戴一顶英式小巧女帽，帽上插着精致绢花，脚踩麇皮鞋，脖子上戴着小指肚大小的圆润白珍珠。虽说这时大清已关张，省城的男人们陆续剪了辫子，妇人间也开始流行洋服，可在这等场合，中式装扮才是主流，一色绸褂中显得表姨妈格外鹤立鸡群。大家纷纷注目之下，这位洋行买办太太若无其事地笑眯眯说："哎哟，我不请自来，来得不巧呀，该打该打。亲家老爷和表妹夫快别管我，我只是来给大小姐送点东西，你们自当我没到，别为我扰了大家的兴致。"

她人都到了，还怎么好当她没到。于是就有苏家的女眷上来同她讲客气话，邀请她去偏厅，吩咐厨房重开一席专门款待她。表姨妈一路都落落大方，笑容得体，将一个见过世面的时髦太太演绎得炉火纯青。就在此时，不知是谁将苏锦瑞领了过来，刚刚睡醒的小女孩儿一脸茫然，又瞥见满桌好菜，咽了下口水，怯生生地看向表姨妈。

表姨妈立即红了眼眶，眼泪说来就来，她从来会哭，也懂得如何哭，何时哭。她哭起来不是苏锦瑞母亲那种梨花带雨的美人样，而是强忍着，仿佛集了全天下最不得已的苦衷，最无可奈何的委屈，令见者莫名其妙地也跟着伤心动容。表姨妈哭的时候从来不避开人，但不知为何，她一哭就是能让人感觉她是迫不得已才哭，是没办法了才在人前流露出不为人知的脆弱。她平素为人颇有些泼辣，可到她哭的时候，这泼辣是给她加分的，因为它不仅让表姨妈的眼泪难能可贵，更显得情真意切。

她哭着上去揉苏锦瑞："我可怜的囡囡啊，可是饿坏了？你们家今日做宴，没人顾上你吃喝吧？瞧这小脸瘦的，快快跟表姨妈来，表姨妈喂你吃点好的啊。"

这叫什么话？

在二姨太手里，苏锦瑞即便没能吃上龙肝凤胆，也断不至于被克扣伙食。只是她年纪还小，正是馋嘴的阶段，见到吃的不由得就露出渴望。这渴望被表姨妈当众一哭诉，全然变了味道，话里话外的谴责批判是呼之欲出。二姨太当场就白了脸，她想申辩一句自己明明有嘱咐用人先喂大小姐吃饭，可嘴一张，话还没出口，就被二房正头太太冷飕飕瞪了一眼，顿时不敢言语一声。

二房太太与三房太太不约而同站出来，一左一右围上，笑眯眯打着圆场。好话一串一串不要钱似的倒出，又是奉承表姨妈疼爱甥女之心令她们惭愧，又是宠溺地取笑苏锦瑞小馋猫真个拿你没法。

这便是正房太太与姨太太的区别了，这等场合，若让一个姨太太开口申辩，无论实情如何，她都落下苛责嫡女的名声，整个苏家势必都要跟着丢脸。而由婶母们表现宠溺爱护则全然不同，化繁就简应对过去，才是大户人家常见的法子。

表姨妈是深谙此道，她就坡下驴，拉了苏锦瑞的手跟着入宴。才坐下，刚举筷喂了苏锦瑞吃一口鲜鲈鱼，跟着她来的老妈子就适时说：“太太，顺天成的师傅还等着呢。”

表姨妈放下筷子，装出恍然大悟的样子道：“对哦，瞧我这记性，倒把师傅们给忘了。锦瑞啊，你乖乖吃，吃完表姨妈唤裁缝与你做新衫啊。你那衣橱我瞧过了，里面没见几件鲜亮颜色的，全是上一年你母亲还在时做的款，早不时新了。小孩子长得快，又是好打扮的年纪，穿那些死气沉沉的旧衣衫做什么？表姨妈给你好好打扮打扮，咱们也穿洋裙皮鞋，就跟沙面使馆里的洋人小姐们一样时髦好不好？”

苏锦瑞还小，她能说个什么好坏来？可在场众人一听都不是那么回事，苏家女眷的脸沉了下来，这是讥讽堂堂苏家连给大小姐做新衣裳的钱都没有？

三房太太皮笑肉不笑地来了句："表姨妈可真是有心哟，就是心太大，万事都落进去……"话音未落，表姨妈又开始抹泪悲声道："三太太，您千万莫怪我多事，实在是我一世人统共只有一个表妹，从小就疼她跟眼珠子似的。现下她走了，就留下这一粒遗珠，我不多看顾点，心里头怎么过得去？我晓得你们都很疼她，可太太们，你们自己也有儿有女，有一大家子的事呢，神仙还有个打盹儿的时候，咱们做当家太太的，哪能没个疏忽？像床上的被子缎面磨花花，绣花帐脱了线，五更鸡上的茶水凉了没人换，首饰盒子里没预备女仔人家的时新花儿，衣橱里没一件拿得出来见客的小洋裙，这些细微小事，你们每天要管家管仔，一时半刻替侄女想不到也正常。我反正闲人一个，就索性越俎代庖都替她置办好了，也省得你们麻烦不是？"

二姨太这时忍不住呛声了："表姨妈的意思我们可担不起，难不成我们苏家还没份例给大小姐做衣裳？"

表姨妈掩面哭道："姨太太这话可是屈死我了。我出来那阵儿，我家老爷就说苏家规矩大，我好心怕要被人嫌多事，果然被我家老爷说中了，我可不就是多事吗？我一辈子最是恪守本分的，何苦来多事这一回？可人活着要摸良心啊，难道让我看着她过得不好也不出声？那我怎么有脸去见我死去的妹妹哇……"

她说得冠冕堂皇，抹泪抹得情真意切，几句话的工夫，已经将表妹升格为"妹妹"，将苏锦瑞那点小委屈升格为与良心休戚相关的大事。苏家女眷个个咬碎银牙，也只能先将二姨太拉下，个个强笑着夸锦瑞好福气，有个疼她的表姨妈。

于是在苏家大宴宾客的那日，许多人都目睹了邵太太指挥一帮人将一大堆细碎物件搬入大小姐的闺房，闹得动静着实不小。苏老太爷似笑非笑，瞥了眼尴尬得没地缝儿钻的大儿子道："没娘的孩子，当爹的再不尽心，可不就是要靠她表姨妈撑场？”

苏大老爷涨红脸道：“邵太太管得也太宽了，我明日便将东西给她退了……”

“她敢送来，你为什么不敢收？再说又不是给你的，是给我们家大小姐的。”苏老太爷若无其事地吩咐，“你不仅要收，还要回赠一份厚礼，敲锣打鼓送到邵公馆，告诉全省城，咱们家大小姐有位多么急公好义的表姨妈。”

苏大老爷第二天果然回赠了一份大大的厚礼，将邵家上下一个不漏全算上，花费银钱比之表姨妈替苏锦瑞置办那些小打小闹的东西多了数倍。邵买办看到礼物后，真的暴跳起来，大骂太太多事。表姨妈也暗暗懊悔，她原本是看不惯苏家人，这才借着二姨太克扣苏锦瑞的事故意去给人家添堵，岂料被苏老太爷反将一军，替她将事情做大。苏锦瑞从今往后真成了她推卸不去的责任，谁叫人人都知道她是苏大小姐亲亲的表姨妈呢?

而从这件事中真正获益的，唯有苏锦瑞一人。

苏老太爷开了金口，姨太太只是姨太太，别因房里头没了主母便乱了规矩。这句话将二姨太一夕打回原形，她只好接着做那个委委屈屈、忍辱负重的姨太太。在祖父亲自关照下，苏锦瑞这才从一众孙子孙女中越众而出，成为真正的金贵大小姐。但她再金贵，她的童年也是孤独的。同胞妹妹苏锦香跟她不是一个妈生的，从小她们便互相看不上眼。二房三房的叔婶分居苏家大屋另一头，与他们并不走同一条木楼梯，堂兄妹们与苏锦香亦无多来往。

在这样漫长的成长岁月中，好在有一个邵鸿恺，当初是代表表姨妈的关爱，后来便代表他自己，成为她仅有的玩伴。

人人都说邵鸿恺是她母亲为她订下的未婚夫，表姨妈待她也确实与众不同，苏锦瑞从未怀疑过这一点。可如今二姨太出其不意顶替了她的名，将苏锦香推了出去，这一下好比敲了她一闷棍，将她从懵懂的状态中敲醒了。

二姨太到底对她说了一句实在话，她说，有些人有些事，不是你一个女学生躲在闺房里想当然，它就理所当然了。

这话若对别的千金小姐说，大抵她们唯有哭闹与苦闷两种反应。

可她对上的是苏锦瑞，苏锦瑞眉眼长得像亲娘，轮廓长得像亲爹，可这两人身上或多或少的痴性，她却一点没继承。

她顶着一张娇娇大小姐的皮相无师自通，一半学苏老太爷，一半模仿表姨妈，她还年轻，两头都学得不到家，然而骨子里的精明算计却跑不了。她在被禁足的那一天一夜里不哭不闹，而是想了很多，越想越透，越想越心凉，想到最后，忍不住涌上一阵凄惶。她终于意识到，整件事明面儿上看起来是二姨太在捣鬼，可实质上二姨太能有多大能耐？二姨太所做的不过是因势利导，但她因循的是什么势，导向什么利？

归根结底，这事看的是邵表姨妈和邵鸿恺的态度。

眼下苏锦香已经去了陈公馆，表姨妈定然是晓得冒名顶替的事，可她却静悄悄一点表示也无，连安慰的电话都不打来一个，这算怎么回事？还有邵鸿恺，他到底回了省城没有？若他没回来，二姨太何必急吼吼地把苏锦香送出去？若他回来了，怎会任由这样荒唐的事发生？以他的聪明，到底看出来苏锦香的意图没？苏锦瑞急得想哭，却觉得哭也没用。她后知后觉地记起，表姨妈尽管口口声声最疼自己，邵鸿恺尽管跟她有青梅竹马的情分，可他们谁也没确确实实地讲过一句，等她长大后，邵家的媳妇就非她莫属。

她原本深信不疑的未来，霎时间飘摇不定了。

这是民国十二年入冬，苏大小姐刚满十七岁，与她同一座城市的另一边，一场影响中国政局的重大叛乱正在悄然酝酿。整个世界在她不知道的时候，已然悄悄发生翻天覆地的变化。卷入其中的人们如青萍之末，寻着乱世偏安的可能，无论他们是否出于本心意愿，都在努力顺应形势做出相应的改变，而这些改变，终将反过来搅乱苏锦瑞的一生。

三

# 叶棠

叶棠一踏上岭南的地界，便感觉浑身不舒服。

他到达的时间是冬季，岭南的冬季树木依旧苍翠，花草依旧繁茂。这个地方家家户户不备炭盆，不设棉帘，东山一栋栋红砖洋楼里的壁炉都是摆设，西关一幢幢大屋里更不会配置地龙。除了阔太太娇小姐手里偶尔会抱个黄铜手炉，这个地方没有任何他在北方常见的取暖设备。这里的人们对寒冷的态度是听之任之、得过且过的，带着随意和各安天命，仿佛跟寒冷已然彼此有了默契，知道对方待的时间不长，不值得严阵以待，只需对付过去就完了。就连这地方的《通志》都写得潇洒：岭以南无雪，霜亦不常见。

可不知为何，叶棠初次抵达广东的这年，冬季却格外寒冷。天动辄下雨，阴雨连绵，冷意一层一层重叠着，湿润又阴寒。那些湿润与阴寒相伴而至，抵挡了一样抵挡不了另一样。即便有为数不多的几天，日光明媚到几乎怀疑是阳春三月，可那寒气仍然如影随形，伴随着潮气，如同将人裹入一张湿漉漉的渔网，从头发丝从骨头缝，“嗖嗖”钻进体内，等人察觉到冷时，已经寒气入了五脏六腑，摆脱不得。

寒冷到了极致，旧历十一月底某个傍晚开始，天空淅淅沥沥的冷雨中竟然夹杂了小雪粒，冷意直钻骨髓。

地上到处是肮脏的泥泞，湿漉漉又黏糊糊，像是大街小巷在趁机排泄出经年的污垢。狭隘窄长的石板小巷深处，据说已有好几个老人熬不过这突如其来的严寒而撒手尘寰。人们翻箱倒柜，将能穿的都穿上，一个个于臃肿的衣裳外露出蜡黄瘦削的脸。连绵冬雨中，干燥的柴火突然间成为抢手货，一捆柴的价格几乎要抵上猪肉价。炭更不必说，一篓一篓装好，拿红色方形纸贴上，讨个吉利，也露着矜持，它们摞成一堆就是不减价，只等愿者上钩。

一到傍晚，小巷里家家开了门，都将小炭炉搬到门槛前屋檐下生火。霎时间浓烟滚滚，烟雾弥漫，穿行其中，一股热烘烘潮乎乎的柴火气扑面而来，夹杂着烧饭炒菜的香气，呛了叶棠好几回。

“这天冻得怪。”巷口的算命先生暗自嘀咕，自光绪年间以来，省城可从未有过这般怪象。天降异象昭示世间突变，或有兵祸，或有洪涝，算命先生摸出铜钱算了一卦，竟然是兵临城下，半城火光的大灾。

老头吓得瑟瑟发抖，他自来算得并不准，算失物寻人从未能给出确切的所在，通通以寻物在南，寻人在北一类含糊其词混过去。倘若不幸遇上失物在北边寻着，游子自南边一带返家，主顾们不答应了，他便搬出“积善有德，上天恩慈”一类玄之又玄的话语来搪塞人家，一来二去，人送外号“南北寻”。

时日一长，左邻右舍都晓得他算得马马虎虎，只是小老百姓过日子，所谓大事左右不过婚丧嫁娶、开市迁居，算个吉日“南北寻”还是可以的，平日里靠算这些，间或划个流年利弊，“南北寻”倒也得以勉强过活。

可这回“南北寻”却用几枚铜钱掷出个祝融兵祸的卦象，吓得他心头猛跳，哆嗦着给祖师爷上了香，凝神再掷一卦，竟然跟之前掷的一模一样。“南北寻”不敢再算，丢下铜钱跑出门，一句“天要降灾啦”没喊完，便被隔壁卖田鸡的伙计当头泼了一大盆冒着热气洗过内脏的腥臭血水。脏水滴滴答答顺着他那顶油腻腻的毡帽滴落，溅湿了半身棉袄，逗得四下路过买菜、等着伙计宰好田鸡回家煲粥的主妇们登时哈哈大笑，有调皮捣蛋的小崽子故意问一句：“算命佬，你今次都算得几准啵？”

“可不就是降灾，都降到他自己头上咯。”

周围人个个笑得欢，算命先生一抹脸，透过笑嘻嘻看热闹的人群，看到唯有叶棠面无表情。他不知为何像找到共鸣似的，冲着叶棠讷讷地说：“我讲的是真的，天要降灾，降大灾哇！”

可惜叶棠对粤语听得半懂不懂，又只顾想事，碍于礼貌，他朝算命的点了点头。

他在怀念伊犁。

伊犁的冬天根本不像南方人以为的那般死气沉沉，束手待毙。它是肃杀底下蕴藏着巨大生命力的，大雪封山又覆城，一片皑皑白雪中，反倒激发了人们应对严寒的处变不惊和无穷智慧。在伊犁，富人有富人过冬的惯例，穷人也有穷人过冬的法子。叶棠出生时叶家已然遭了难，可家底仍剩些许，祖父将自己一件大氅改成他的小斗篷，脚上蹬的是塞了结实棉花裹了毛皮的鞋子，头上戴着能包住头及耳朵的狗皮帽子。叶棠从小就知道，没人能轻易在老天爷手里讨得好，如果你对寒冬掉以轻心，那寒冬就会拿你开刀，一不小心，冻裂耳朵、动废手脚都是可能的。一到冬天，整个叶家都严阵以待，他们在屋里烧炕，在门帘上挂棉帘，黄铜炭盆早就摆出，遇上炭火不继，连石头都可以烧热了焐在被窝里。

但这样的冬天也并不总是冷酷，它也有温情甜美的时刻：秋梨海棠果放在屋外，隔一夜便冻得硬邦邦，咬起来“嘎吱”作响；屋檐下结的剔透冰凌，拗下来直接就能送嘴里，一股来自天地馈赠的清甜自然而来；小孩子们最爱溜冰坐雪橇，“哧溜”一下滑出几丈远，极速带来威风凛凛的刺激与错觉，能一直扎根在心里头。

伊犁的冷是厚重而充满质感的，通过树梢低垂的冰枝，通过洋洋洒洒气势磅礴的鹅毛大雪，通过纯净到仿佛能令时间凝固的湖水，通过马拉雪橇风驰电掣溅扑到脸上的风霜，通过直观的饥饿、凶残的野狼，还有危险与死亡来体现。人们跟严冬对抗，却也在严冬中体味难得的温情，还有对春天的期望。有雪下就意味着终有一天会阳光普照，有霜冻就意味着终有一天会春暖花开。

全然不似岭南这般，冷得隐晦含蓄，却又无孔不入，重视不起，轻视不得。就在这个令他无所适从的冬季，叶棠对前路没想出所以然，就见到他哥支支吾吾过来跟他商量：“年底了，你是不是出去跟原先叶家在省城的那些世交大户走动走动？”

光绪十六年，叶老太爷犯了事，叶家举家迁徙，跟着老太爷流放伊犁。叶家一倒，原本依附他们的那些亲戚树倒猢狲散，避祸的避祸，出逃的出逃，几十年不通音讯，哪个晓得省城里头还剩没剩下？

倒是当初世交的几家大户仍屹立省城，苏公馆、王公馆、潘公馆，若有心打听没有找不到的。可当年是当年，眼下是眼下。皇上都退位，大清都玩完，十三行早已不复前清的盛况，连地方都一缩再缩，退避三舍，只余下一条十三行路。那路上多少商户来来去去，关张开张犹如灯火明灭，叶家在光绪年间那点老皇历还怎么拿出来讲？

再者，但凡世交走动，照老规矩必得备下四样表礼，可眼下叶家哪来的钱？省城花花世界，花销岂是伊犁可比，千里回迁，那点微薄家底早已所剩无几，怎么登门？登了门别人又怎么看你？

叶棠只觉憋气得紧，他千里迢迢跟着兄嫂回乡，可不是为了跟这些旧绅商贾保持什么礼尚往来。大好男儿，就该凭自己建功立业，何屑于先人荫泽？更哪堪这点荫泽还是多少年前的，广府商贾自来重利，哪来那么多人情可讲？

叶棠冷声回："我不去。"

"那我去？"

"成。"

这时他嫂子却开口了，一张嘴便有些藏不住的急迫："你去能起个球用？难不成你还能停妻再娶？"

叶棠沉了脸，定定地瞧着他哥。叶大少爷目光躲闪，支支吾吾："那不是，我们叶家与苏家，当初老太爷在时就有联姻的意思……"

"老太爷？"叶棠冷笑，"就算老太爷真留下话，那也是前清的事了，眼下是民国！"

"民国又咋了？民国就不认仁义礼信，不讲究婚姻大事父母之命？"他大嫂在一旁插嘴，越说越振振有词，"我们可是有信物的！喏，太太临去前偷偷塞给你的那个和田玉无事牌便是了。小叔啊，你瞧瞧，家里都穷得揭不开锅，嫂子也没让你把东西拿出来贴补家用，为啥？就因嫂子我不忍心耽误了你的金玉良缘……"

叶棠让她给气乐了。

娶长媳时叶家已是七零八落，老太爷过了世，叶家在伊犁惠远城内苦熬，早就顾不上当年在省城风光时那些虚头巴脑的穷讲究。惠远城四平八稳，东西南北四条大街四十八条巷，商铺鳞次栉比，商贾云集。叶家戴罪之身，又适逢家破人亡，想要在那南来北往的精明人中东山再起，几乎是痴人说梦。

可叶老爷和太太是从富贵日子过过来的人，被抛到冰天雪地的小边城几十年，也唯有靠回忆往昔打发现下。好容易攒下的两间铺子，又适逢前些年伊犁陆军协统杨缵绪率革命党人与驻防清军火并，半条街的铺子被殃及，焚毁一空，叶家也没幸免于难。正在一家子一筹莫展之际，一个贩骆驼的山西籍商人搭了把手，主动借了钱帮他们渡过难关。

哪承想那山西佬也是别有所图，伊犁一乱，他想回山西，临行家里却吵了个不可开交。原来正房太太容不下他的妾留下来的女儿，坚决不肯搭钱出力将这小娘养的带回山西老家认祖归宗。兵荒马乱的年景，要给一个偏房出身却娇养着长大的女孩找婆家难如登天。山西佬犯了难，可巧撞见叶家正当龄的大公子。他寻思着，叶家是大粤商出身，俗话说烂船还有三斤钉，别看眼下不行，谁知道日后呢？再加上叶大少爷斯文白净，自己女儿也愿意，于是山西佬便瞒着太太，私下许了五百块大洋给女儿当嫁妆。而叶棠父母正是火烧眉毛顾眼下顾不上明天的时候，双方一合计，连轿子都犯不着雇，直接将人从偏院搬到后房，便让两个年轻人草草成了亲。

成亲后过了许久，叶家人才觉出新娘子的厉害。

这位新任的叶大奶奶从小耳闻目睹，承袭了山西佬一身的抠门精明；又因偏房所生，与正房太太斗智斗勇，阳奉阴违成了下意识的习惯。她进门不过一个月，就看透了家公家婆那点端不掉的穷架子，自家男人那点去不了的公子哥习气。她嘴里含蜜，说出来的话动听过树上的画眉鸟，叶家老爷太太已有许多年未曾被人如此奉承，一时间被哄得团团转。那些往昔的岁月历历在目，需人一同回忆一同传唱。可惜大儿子无趣，二儿子又瞧不上这点旧掌故，女儿太小，也指望不上她能懂，新媳妇知情识趣，正正好填了这个位置，补了这个空缺。

不久，叶家钱柜的钥匙便被新媳妇从老太太手里哄到自己手中。她主持中馈，掌管的虽是个破落的叶家，可那也是大权在握，颇有些吐气扬眉的意思。一开始，叶大奶奶也乐意做个好人，不太愿落下苛待的名声。可她很快发现，叶家进项远不如想象中多，可花销却千奇百怪，各有由头。吃个毛桃要拿大把盐去皮，吃个米要挑江南产还是江西产，做什么饭用什么米，一点错不得，倘若做错了，老爷太太尝一口就吃得出来，他们也不吵闹，放下碗就不会再多吃一口。叶大奶奶气得要死，暗骂不过薄有资产人家，哪经得起这么消耗？她拿定主意，不再奉承公婆，老爷太太当初与她共享的那些怀旧的念想，现在成了打肿脸充胖子的花架子；相公那点文人雅士的喜好，这回成了不能吃又不能喝的败家玩意儿。到了后头愈演愈烈，叶老爷便是想买点烟草都得媳妇点头。叶太太缝在枕头里的翡翠耳坠，熬过了叶家被抄，熬过了千里流放，却没熬过媳妇的火眼金睛。叶大奶奶连着几月锲而不舍地哭穷，专挑外人在场的时候落家里的面子，为买个耳根清净，叶太太忍痛割爱，翡翠耳坠终究交到媳妇手上。

整个叶家上下，叶大奶奶也只有对上叶棠时才不敢造次。

叶棠自小学过拳脚功夫，人又聪明，家里便是最难的时候也不曾断了他求学。他小有才名，十二岁便有“踏月迎风凉如水，银树火花沸如潮”的佳句流传，比之兄长闭门造车不知要强多少倍。要不是宣统退位，六部关张，叶棠没准儿就是个金榜题名、饮琼林宴的人物。叶大奶奶自己读书不多，对上叶棠就莫名先少了三分底气。加上叶棠小小年纪便不苟言笑，南方人的骨骼却长出了个异族男子的大高个儿，坐下来一声未出便自有威严，震慑得叶大奶奶不敢造次。叶大奶奶暗地里想来也不甘心，不甘心又不敢真做什么，只能拐弯抹角骂公婆偏心，二少爷养得这么膘肥肉厚，大少爷倒养成棵豆芽菜般风吹吹就倒，总说家里闹饥荒，可谁知道他们二老背地里填了多少好东西进叶棠肚子里。

叶大奶奶满腹牢骚只流于牢骚，对叶太太留给叶棠的玉佩，她便是再眼馋也下不了手。但不独吞不代表她不惦记，公婆过世后举家扶棺返乡，她是当家奶奶，每天恨不得拿着账本到叶棠跟前算输赢账，明里暗里要他交生活费，没钱交也行，早早把私房拿出来大家安生。叶棠不予理会，叶大奶奶便去闹自己丈夫，大少爷被闹得无法，只得告诉她这玉佩来历不凡，就算家里到了揭不开锅的地步，也断不可打它的主意。叶大奶奶连连追问，大少爷才不得不将玉佩的来龙去脉交代个清楚：原来当年在省城时，叶家与苏家同为举足轻重的大行商，两位老太爷既是生意场上的对手，又是彼此钦佩信赖的至交好友。叶家遭难，被判迁徙三千里，苏家多方营救无果，只得含泪送别。临行前，苏老太爷赠这块和田玉无事牌权充信物，以期此去平安无事，化险为夷，更说明白了，往后子孙后代凭此物还能继续走动，以续世交情谊。

叶大奶奶打小儿看那些个演义传奇，听那些个戏文小曲，她一琢磨，什么是信物？那信物不就是兄弟结义、儿女亲家一类的凭证吗？她登时来了兴致，正愁小叔子小姑子在家坐吃山空碍眼得紧，日后一娶一嫁岂不把家掏空？这会儿天上掉下个富贵的好姻缘，怎能不好生抓住？

苏家深宅大户，她也打听不到什么具体事宜，可当年苏老太爷跟邵姨妈礼尚往来那场较量却流传甚广。但凡提及苏氏南北行的东家，必定要提及这家的大小姐，提及大小姐，还能不提及她集了苏邵两家的宠爱于一身吗？

“你是不知道，千金小姐千金小姐，便是花销千金，也堆不起来那样一个娇小姐。我听人说啊，逢年过节，生日寿诞，吃的穿的戴的用的，哪样不是有老店的师傅上门量身定做？珠宝金银，新奇玩意儿，哪样不是四牌楼九重天的紧俏货。这还不算，我还听说，邵太太当这位苏家大小姐心肝宝贝儿一样疼，法兰西的衣料，英格兰的皮草，流水一样送到苏家供她挑挑拣拣，人家大小姐还不满意，衣裳穿过一水色泽不新了，她随手就赏给底下那些妹仔……”

叶棠饶是再不想与嫂子一般见识，也听这些话越扯越太不像样，他冷冷回道：“既然是千金大小姐，就不是你我伺候得起的。就算你们一厢情愿，硬要觉着这块玉牌有口头约亲的意思，可那也是当年，仅凭这个人家就愿意跟我结亲？大嫂，你是在说笑，还是以为苏家上下都糊涂，抑或根本当我是个糊涂人？简直荒唐！”

叶大奶奶没料到他一言不合能当场翻脸，呆了呆，忽而悲从心来：“我就知道，我就知道我是这个命，吃力不讨好，掏心掏肺为别人着想，人家还以为我心存歹意。天呀，自我嫁过来你们叶家，家里柴米油盐哪样不是尽心尽力？公婆哪个没养老送终？我图的是什么呀？我为过自己一回吗？我掏心掏肺倒成恶人了我，我为了谁？我还不是为了你们叶家，还不是气不过别人家的大小姐穿金戴银，我们家的大小姐眼见都十五了，家里东凑西凑，还凑不够钱买时新料子给她裁一身新衣裳。

“小妹哟，你怎么那么命苦哩，想当年我们叶家可不比苏家差半分，可富贵年月你没赶上，尽赶上如今的苦日子。本来是千金小姐的命，可倒活成了烧火丫鬟的身，都是你哥嫂无能，对你不住哟！”

她说着说着，真个掩面哭了起来。叶棠的妹妹围着围裙从灶间出来，一脸尴尬，却还得拉她的袖子，细声说：“嫂子你别哭了，我不委屈，真的不委屈……”

她不说还好，一说叶大奶奶号得更大声，一边号，一边自手帕缝里偷眼瞧叶棠。

她怎么说苏家小姐的锦绣生活叶棠都不以为意，可她一提自己妹妹，叶棠却只能把火咽了下去。

他瞥了自己胞妹一眼，十五岁的年纪，柔韧娇俏如三月抽芽的嫩柳枝，好好拾掇一番，怎见得就比不上外头的时髦洋学生？

可她在该天真无邪的年纪里，却早早经历父母逝世之痛，千里颠簸之苦，好容易来到父母的生地，可故乡早成了他乡。她一个娇嫩的小姑娘，却不得不罩着一身肥大的粗布棉袄缝补浆洗，忙个不休。她细细的手指尖冻得通红，仔细看，上面还有冻疮的印迹。这么冷的天，她却要一早起来干活，洗菜烧饭，照料小孩样样耽误不得。

叶大奶奶并没有逼她，来了省城后，一应开销大得吓人，以往在伊犁还能雇个老妈子，在这边连个置家女都要两块大洋，家里早没有余钱雇用人，她不做，嫂子不做，难道缝补浆洗要男人们做？

叶大奶奶说了一堆废话，可有一句没说错，那就是她原本跟苏家那位大小姐是一样的人，可因为家道中落，父兄无能，到了她这，便只能样样亲力亲为了。

这么一来，叶棠只觉脖子上挂着的那块和田玉无事牌像被火烤过一般，炙得皮肉生疼。

他自小好读《史记》，少年时本就有一腔游侠梦，又目睹杨缵绪率兵围攻将军府，击毙伊犁将军志锐，火光连天，乱哄哄、闹腾腾，将整个伊犁闹了个天翻地覆。烽火连天中，唯独叶棠体味到不同寻常的万丈豪情，只遗憾自己彼时年纪尚小，不能与诸君一道刀口舔血，快意恩仇。

他后来才知道，这种令他血液沸腾的东西有个名词叫作“革命”。他天生便对这种颠覆秩序、搅动天地的激情心领神会，他预感这是一个即将迎来大变革的时代，他为身处其中而豪情万丈。

可随着时日渐逝，到底什么是革命，谁才能革谁的命，他却越来越糊涂。

叶棠见不到其他地方的革命党，他能当范本的唯有在伊犁揭竿起义的杨缵绪。当年这位杨统领身先士卒，率义勇兵攻下伊犁清军联防，成立了临时政府，发豪言壮语欲联合五族，马踏全疆，这是何等快哉的英雄壮举!

可谁承想，不到两年，这位令叶棠钦佩的英雄却把临时政府拱手让给了军阀杨增新。

平心而论，杨增新执掌新疆也讲清正廉洁，也自认是革命党。可衙门还是那个衙门，只不过换了批不梳辫子的新官员，规矩还是那些规矩，只不过巧立名目，换了新词。仍然是有权有势、有兵有枪的才能说话，没权没势的仍然沉默不语、逆来顺受。

那期待之中的革故鼎新，风云变幻，一直没有到来。

叶棠逐渐意识到，整个世道便如风雨飘摇中年久失修的房屋，材既败坏，弥缝补漏的，又有多少用?

更何况京城那边没隔几年便传来消息，袁世凯、小皇帝、辫子军，总有人想坐到紫禁城那张龙椅上，触目所及仍是工商凋敝，民生多艰。

兄弟俩都不是生意人，忽然想起遥远的粤地省城，顿时生了新的希望。

说是扶棺返乡，可哪头才算是故乡？天山脚下他是异客，可这南粤之地，花花世界，却更像小时候从长辈口中听来的一个荒唐而遥远的富贵梦。

无所适从，却又亟须去适从，叶棠憋着满腔的闷气，却往外撒不出一分。

“二哥……”

叶棠抬起头，妹妹怯生生地问：“晌午你想吃干的，还是喝稀的……”

“哎哟，什么干的稀的？家里米缸都要见底咯，还能吃饭喝粥挑挑拣拣啊？”叶大奶奶嗓门一下又上去了，“小姑真是不当家不知柴米贵，你还当这是从前的叶公馆哟，少爷小姐的，能有口吃的不错了！”

“得了，你少说两句……”

他哥一句没说完，又被叶大奶奶呛了回去，豁出去一样嚷道：“我怎么不能说了？我说的不是实情啊？你要能找个事做，家里但凡有个营生进项，我还用发愁吗？一家几张嘴，都等着吃，吃了这顿下顿咋办？还吃干的喝稀的，我看都别过了！”

屋里的孙少爷适时哭了起来，叶大奶奶一时痛快，见叶家人都脸色难看，自己也有些尴尬，她忙借坡下驴，顺势进屋看孩子，留下兄妹三人面面相觑。良久，叶大少爷清咳一声说：“我，我明日就出去寻个事做……”

“人生地不熟的，你怎么找？”叶棠打断他，“还是我去，我好歹比你路子广。”

叶小姐红了眼眶：“我瞧左邻右里也有女子做工的……”

“想都别想，这成何体统？”叶大少爷呵斥了一声，“我就算饿死，也不靠妹妹养活。”

叶棠附和地颔首，叶小姐叹了口气：“要是咱们家在省城有路子就好了。”

“咱们也不是没有……”

“要去你去。”

“我琢磨着，这还真不能我去，得你去。”

叶棠皱眉。

叶大少爷清咳一声，不自然地道：“别多心，我没你嫂子糊涂，你那个玉牌，就算真个是当年老太爷辈定亲的信物，到咱们这也万万不能提。自古成婚讲门当户对，苏家高门大户，咱们把这婚事一提，便是往死里得罪人的事，真正划不来。再说了，省城不比咱们惠远，惠远那民风淳朴，父母给女子订婚，若女子嫌贫爱富，那是要被人唾骂一辈子的，咱们仗着理敢娶，他们也不敢不嫁。可这边……”

他嫌恶地皱眉：“这边风气大异，圣教祖训早就坏了，你瞧瞧满大街女子多学洋人抛头露面，不知廉耻者居多，连报纸都教女子不缠足不裹胸，简直不雅鄙陋之极！那什么苏大小姐，定是自幼上番鬼学堂的，岂是肯安于居室一流？咱们叶家家风清正，可断断不能娶。”

叶棠对他哥的论断不以为然，道：“那你还让我去。”

“不谈嫁娶，可谈的多了！”叶大少来了精神，“不是让你跟穷亲戚打秋风似的上门，是让你不卑不亢，上门凭这块玉牌执晚辈礼拜见长辈。你有学识，接触的新学比我多，为人又不畏首畏尾，你去没人敢小瞧你！聊得好了，再随意说咱们现下的境况，无须你多言，苏家人闻弦知雅意，定会晓得怎么做。到时候有苏家照拂一二，总比咱们没头苍蝇似的乱转强……”

他一句话没说完就开始剧烈咳嗽，苍白的脸上透出一丝病态的红晕，二十几岁的年轻人，却瘦削得颧骨高耸，一路上的风尘仆仆，到眼下还没缓过劲来似的。叶棠还记得大少爷以前不谙世事的清贵模样，曾几何时，这位只晓得读圣贤书做两首酸诗的大哥，居然也讲得出这一番识时务的道理。

叶棠环顾四下，赁来的三间房团团挤着一个狭长的客厅，青色描兰花的瓷砖铺着，喇叭花状七彩玻璃灯罩摆着，墙上从伊犁带来的字画挂着，可再怎么掩饰，也掩饰不了屋里的穷酸气。唯有靠窗挨着一张小书桌，藤椅上搭着一张狐皮拼的褥子还算看得过眼，这还是以前在北方攒下的几张好皮之一。八仙桌上放着白纱罩，底下是碟从巷口买的咸酸，就粥就饭都可，荤菜也不是没有，一碟白饭鱼拿油煎过，妹妹但凡多夹了一筷子，嫂子便要拿眼皮多夹她两眼。

这日子过成这样，怎么看得出，他们是当年叱咤十三行叶大行商的后人。

叶棠没有再犹豫，转身进自己房间，从抽屉里摸出一直没舍得动的钱袋，从里头摸出两块大洋，上街买了四样点心，步行一个多钟头上苏家南北行去拜见苏大老爷。

果然如叶大少所料，似叶棠这样天生做不来奉承谄媚的人，反倒让有见识的人不存低看之心。况苏大老爷还记着光绪年间苏叶两家的交情，亲自带他上苏公馆给老太爷请安。一进门，叶棠就撞见了大嫂嘴里那个娇滴滴的千金大小姐苏锦瑞，他看见苏锦瑞披头散发、一脸凶悍地脱下自己的一只木屐，朝她庶母砸了过去。

那一刻，叶棠憋了一天的厌恶达到顶点，他瞥了眼那位刁蛮泼辣的苏大小姐，随即掉开视线，不想再多看一眼。

四

# 表姨妈

表姨妈姓潘，排行老二，大名潘丽娟，没出嫁时，家里人却个个唤她大妹。

大妹是个特殊的称谓，偌大个省城里，不知有多少个大妹，她们大多嘴刁、手巧，一群女孩儿中带头那个，往往就是大妹。大妹们的处境又多少有些尴尬，她们是“妹”，上有若干兄长，她们又在妹中排行最“大”，下有若干弟妹。她们没享用到上面兄长们被赋予的期望与重视，也抢不了父母长辈分给底下弟妹的宠爱和关注，可该她们承担的义务与责任，却一样不少。这么一算，大妹们的人生是有些吃亏，吃亏在“大”，也在“妹”上。若是换种性别，或者换种次序反而好了，有到顶或者到底的坦坦荡荡。可就是首尾两端都不到边，大妹们只好从小学着把吃亏当成谦让，把退避当成友爱。比如说巷口若来了卖芝麻糊的挑担，孩子们吵着要，阿妈随手抓一把铜子，偏偏按人头算短了一碗的钱，阿妈忙着做活，弟妹又嚷得人头疼，这种时候就需要大妹们后退一步了，没办法，谁让男孩堆里她是女的，谁让女孩堆里她又最大。

可当表姨妈还是大妹时，她偏不信这个邪。

她从小看得明白，今日你让出的是一碗芝麻糊、一件花布褂，明日你让出的便是一件好首饰、一桩好姻缘。何况，做潘家的大妹原比其他家的大妹要处境艰难些。表姨妈祖上与乾隆年间十三行最负盛名的同文行潘大班沾亲带故，然而到她出生，这亲戚情分已经比初一十五庙里头施舍的粥水还稀薄，年节下，连给潘公馆递帖子送礼的情分都没有。她父母守着祖业只进不出，十八甫路上说是有铺子，可那不过是夹在两家金行之间不足转身的小钟表档。

她上头两个哥哥，底下一双妹妹，哥哥妹妹全是自小在老西关的街头巷尾放养长大，早早就学会了商贾人家的势利算计，练就了各自的火眼金睛。这不是说他们家不讲兄友弟恭、姐妹情谊，而是谦让这回事到了潘家，却须改头换面，自有他家另一番的章程。

好比说八月十五将至，潘太太新得了一块杭州来的绸缎给孩子们裁衣。大妹想要来做袄，双胞胎想要来做花褂，两位潘少爷也虎视眈眈，不为自己也不想便宜了别人。可绸缎只有一块，怎么分？于是这时大妹就抿嘴笑了，不紧不慢地说："我是不着紧这一件两件袄的，只是这蛋青底夹了姜黄花，要穿得好看可不容易，二妹脸色好，勉强可穿，三妹脸黄，怕穿了出去吓到街坊咯。"

三妹听了冷笑说："对啊，我是脸黄，那让给二姐好了。不过这缎子颜色呢，乍眼一看倒像拜山用的剑兰，还陪衬了黄菊，二姐做褂子也好，留着清明那天穿，我们家也好省点买花钱。"

二妹一听不干了，可她心里不愿，嘴上的话也不能平铺直叙，而是要拐了个弯旁敲侧击。她抿嘴一笑道："要说压得住这个色，可不是论脸色，而是论大小，大姐年长才配，我才多大，哪里就穿得了这个色？"

三姐妹一番话，推让得谁也说不倒谁，又有两个兄长在旁边推波助澜瞎捣乱，这绸缎最终就压回了潘太太的箱底，谁也要不成，反倒谁都安生了。

表姨妈打小长在这样的唇枪舌剑中，想要多买一朵绢花都要与自家姐妹经历一番你来我往的拼杀。她原本以为小户人家的女孩儿皆要如此长大，可没承想，世上还有一个苏大太太。

苏大太太与她并非正儿八经的表姐妹，然而母家亲戚，哪怕不来往，多少都算个表亲。她第一次遇见苏大太太时，正是年节下乱哄哄拜年时，大人们在堂屋里作揖，女孩儿们自然在后庭内玩耍。就在那个场合，表姨妈亲眼目睹苏大太太像个大傻子一样，被人夸了两句手腕上的红玛瑙钏子好看，当场便将钏子褪下来送给了那个人。

表姨妈目瞪口呆，她从没见过这般不在意身外之物的女孩。很快她便意识到，苏大太太能将手上的首饰轻易送人，并非由于她天性慷慨，而是由于她生来富足，她拥有的太多，多到完全不需将这些小玩意儿当回事。

在那一刻，表姨妈下意识摸了摸自己千辛万苦得来的银寿桃耳环，平生第一次有些退却。她活生生见着明明与她家境相差无几的女孩儿，对方却过得与她天差地别，一时之间，竟让她艳羡不是，嫉恨也不是。

很多年后她都记得那一幕，一个她想也没想过的精致琉璃般的女孩儿端坐眼前，她无需自己动手，自有旁人将无数的好东西堆到她眼前博她一笑。

她们明明是同样的年纪，同样的出身，同样有备受赞誉的容貌。两家人就隔着几条街，没准儿找过同一个裁缝裁过同样的衣裳，寻过同一间金行打过同样的首饰，可她们的人生却如此不同。

表姨妈对苏大太太的感觉很复杂，不单单是对同龄美貌女子的忌妒，也还有说不清道不明的喜欢。就像明摆着自己无缘得有的人生，却有人替她过了去一般。在某种程度上，表姨妈将苏大太太看作了自己，若自己生在苏家，没准儿便是苏大太太那般作态。她们俩一个是大妹，一个是细妹；一个样样要自己动手去争去抢，一个却稍稍皱眉便有人凑上去情不自禁讨她喜欢。她们原本是无从比较的，可表姨妈偏要两相比较，比不过时要气恼，比得过时却又会惶惶不安，好像这比得过是偷来的，算不得数。

她见苏大太太过得好，心中固然会愤愤不平，可一旦见她伤心落泪，却又禁不住要跟着心酸。她怀揣这种复杂的心态与苏大太太成为手帕交，两人一道描花样，一道做刺绣，一道逛花街，一道嘀嘀咕咕些女孩家的小心思。她们有段时间形影不离，然而她们自己清楚，表姨妈跟苏大太太与其说是交心，不如说她们把对方视为自己的仰仗和标杆，样样可对照，样样可看齐：苏大太太有一表人才的苏家大老爷相中非卿不娶，表姨妈有相貌堂堂的邵家大爷罗曼司一般的邂逅爱慕；苏大太太嫁入苏家成为长房长媳，表姨妈与邵大爷共结连理做邵家的当家太太；苏大太太出入西关富户，贤良淑德人人称颂，表姨妈驰骋沙面的时髦沙龙派对，成为交口相传的密西斯邵。

她们的暗中比照与较量原可一直进行下去，可苏大太太冷不防先撒手尘寰，余下表姨妈孤零零一个，哭得肝肠寸断。她霎时间如黄粱梦醒，不知身在何处，这才发现，原来当年那个情深义重的苏大老爷也会纳妾，原来这么多年令她又是羡慕又是不甘的苏大太太，早已经茕茕孑立、香消玉殒。

而她自己呢？

挖空心思挣来的邵太太头衔，那些浮华也不过脆弱如胰皂泡，看着光怪陆离，可实际上天天提心吊胆，生怕谁拿针尖一戳就破。俊美文雅的邵大爷更是金玉其外败絮其中，这么多年，他除了吃喝玩乐，多搞几个女人外，就只会留下一摊烂事让表姨妈收拾，从未展现出其他方面的过人才能。

当初邵老太爷独具慧眼，将他早早送入汇丰银行做买办，可邵大爷就有本事端这个金饭碗白白漏财。他没什么本事却耳根软，心高气傲偏要学人做投资，一笔笔投进去，买什么输什么，亏得家底都快贴完了，他还自欺欺人地埋怨时运不济天道不公。

好容易等到他几十岁了，总算歇了重振家业的心思，表姨妈却又迎来了他包旦角玩戏子的日子。那戏子也不知伺候过多少达官贵人，妩媚娇柔，更烧得一手圆润松柔的好烟泡。专门从印度舶来的上等清水膏，一两一块，装在薄铅皮的扁盒里，配上好灯好斗，又有美人在旁伺候着，表姨夫一头扎入这温柔乡再也起不来，整日点烟吞雾不见踪影。

表姨妈眼见着大儿子邵鸿恺已经到继承家业的年纪，表姨夫却龟缩一旁毫无用处，不觉暗自着急。邵鸿恺必须有锦绣前程，万不能守着这点旧家当跟老子一样坐吃山空。她心一横，便豁出面子来，重新拾掇自己，再度杀回粤商的交际圈。仗着表姨夫与商团团长陈廉伯都曾做过汇丰银行买办，表姨妈厚着脸皮隔三岔五地不请自到。她风韵犹存，嘴皮子又利索，没多久，竟然也让她跟陈公馆上下混了个脸熟，跟陈廉伯新纳的姨太太结成手帕交。于是，这两年陈公馆但凡有慈善募捐、圣诞派对、迎新送旧之类的宴会，表姨妈是场场不落空。

她自然晓得背后有人骂她一把年纪还跟花蝴蝶似的没点廉耻，可被人骂两句又不会少块肉，有什么打紧？表姨夫说是汇丰买办，可跟陈廉伯那种买办一比，简直一个是天上，一个是地下。陈廉伯就是个敛财的聚宝盆，从丝业、金融业、农产品到烟草业，就没有他手伸不到的地方，没有他赚不了的钱。要不然以他的五短身材、马脸相貌，能挤掉那些前辈当上商团团长？能跟那么多莺莺燕燕纠缠不清？能去到哪里人人都赔张笑脸称一声“陈大官”？

她想得很简单，攀上财神爷，自然能给长子铺条好路子。她想归她想，邵鸿恺自有自己的打算，怎奈浮浮沉沉，他的打算，居然跟母亲的愿望殊途同归。

邵大少爷不太像邵家出来的人，他继承了爹妈的好相貌，却没遗传父亲那些无用的风流做派和母亲那些短视的精明算计。他更像老谋深算的政要人家养出来的少爷，胸有沟壑，心有城府，该做什么，不做什么，谁也挪不动他半分。他没有过于明显的爱好，也不会对什么东西有特别的热情。对他而言，世界万物仿佛一概相类，区别只在于有用与无用、能常用还是短用而已。

邵鸿恺十二三岁时，本可搭父亲为英国人办事的便利直接去英吉利留洋，虽说彼时还小，可年龄小有年龄小的好处，语言习俗入手快，一路中学大学读过去，回国必定脱胎换骨，变成顶时髦的英国绅士。可邵鸿恺不知为何不愿去，表姨妈恨得牙根痒痒，骂也骂不动，打又舍不得，就差揪着他的耳朵亲自将他押去伦敦。邵鸿恺任由母亲跳脚，自己无动于衷，口气淡漠地对他妈说：“太太，你管不住我的。”

表姨妈瞪大眼睛，她从儿子的冷淡中明白了这样一个事实：邵鸿恺并非如别人家闹独立要自由的少爷那样半是赶时髦，半是撒娇瞎嚷嚷；相反，他是在认真通知自己的母亲，她已经左右不了他的人生；他甚至暗示，与其强行干涉又干涉不了，还不如各退一步，相安无事，方才成全母子的情分。

表姨妈有些丧气，她坐下来正想硬的不行来软的，可冷不丁地，见邵鸿恺将一方手绢推到她跟前，随后翻开书桌上的一卷书，自顾自读了起来。

这态度很明显，想来一哭二闹的请便。表姨妈的手绢登时捏在手中进退不得。

向来以哭为武器无往不胜的表姨妈，在自己儿子那却踢到铁板。小时候还好，越大邵鸿恺越不吃她那一套。要哭是吗？哭吧，你哭你的，他忙他的，半晌等你哭得差不多，他也未见得好心帮忙倒杯茶。表姨妈最是讲究实际的人，想想在这个混账儿子面前哭白浪费眼泪不值当，她便深吸一口气将这泪憋回，苦口婆心地劝道："鸿恺啊，留洋还是要去的，怎么好不去呢？家里又不是去不起，你看现在有名望的，哪家少爷不出去留洋？再说你是去伦敦，别人想去还没资格哩……"

一句话没说完，邵鸿恺打断她道："太太，留洋一趟不容易，不学成怎么有脸回来？可若真个要学成戴上博士帽，起码得小十年，照父亲这个折腾法，等我回来邵家还剩什么？我还能做什么？"

他说得太直白，表姨妈辩驳不得，可她就这么被未成年的儿子噎住又受不住，忍不住道："你娘亲我还在呢，邵家没那么容易败，你放宽心，送你去伦敦的钱还是有的，家里还不到闹饥荒的地步……"

邵鸿恺头也不抬，淡淡地问："留洋可不仅是读书，交际呢？人情往来呢？同学会同乡会，华人鬼佬，那得花多少？你算过这笔账吗？"

"怎么就没算过……"

"照父亲这个花法，等我学成归国，邵家还能剩口汤给我？"

表姨妈急道："烂船还有三斤钉呢，更何况邵家？再不济还有你苏家表妹，你不是挺喜欢她？留学回来她也大了，正正好定亲……"

“你真惦记她留在汇丰银行的那笔存款啊？”邵鸿恺似笑非笑，“太太，你别忘了，她可是苏家人，苏家门出来的，苏家人都看着呢，能让你那么痛快地花她的嫁妆？”

表姨妈一听就哑了声。

她不是那等一味妄自尊大的旧式女子，她被苏老太爷反将一军吃的暗亏，现如今都在肉痛。当初以为苏锦瑞的衣食住行自有苏家人操心，她不过逢年过节送点时兴玩意儿表下疼爱之心即可。哪料到苏家真个拿苏锦瑞当千金小姐来对待，每年生日、开学、四季衣裳首饰、大节下的红包，个个亲戚都是大手笔，她这个“最疼”苏锦瑞的表姨妈，被逼着不能落人之后，几年工夫已不知填进去多少钱。这倒罢了，关键是苏锦瑞现下一年大过一年，长得像亲娘，脾性却是锱铢必较的苏家人，现在就能隔三岔五跟姨娘斗，将来长大真娶进门，表姨妈可不敢拍胸口说拿捏得住。

她的脸色顿时难看起来。

“苏家表妹的嫁妆，只可锦上添花，却不能雪中送炭。”邵鸿恺继续说，“两万大洋的本金，加上利息，加上苏家另外的陪嫁，统共能多到哪里去？不过是让我们家苟延残喘多几年光景罢了。可几年后呢，我膝下必定多了几个子女，弟妹又未见得有出息，到时候一家子怎么办？难不成卖了祖屋搬平屋去？再靠我去哪里做教员，或是你托人谋个差事，赚点微薄薪金度日？”

他“啪”的一声将书放下：“眼光放长远点，太太！”

表姨妈听着未成年的儿子这一番老谋深算，不禁心情复杂，儿子的野心显然比自己料想中要大，表姨妈对此本该乐见其成。想当年，省城十三行旧闻中多少白手起家的巨贾，一穷二白却敢闯世界，他们仰仗的便是野心，有野心才敢闯，敢闯荡才可能吃得了苦、挣得了钱。然而当对象换成自己的亲儿子，她却有些犯憷，只觉得邵鸿恺宛如从自己肚子里爬出来的一个陌生人。

依稀的，昨日他还只是个被自己拉着手出门访客的俊秀小儿郎，到底从何时开始，他却长成离自己远远的这么一个人了？竟然也能无师自通，胸中自有一本输赢账。

表姨妈讷讷地问："那你打算怎样？"

邵鸿恺总算转身正眼看她，道："我要在香港求学，入皇仁学院。"

表姨妈嫌弃道："下到香港读书有什么了不得？还不如留省城。"

"路近，费用低，又是番鬼聚居之所，教授英文及拉丁文，同学中港商后代必定多，对我日后更有用。"邵鸿恺难得有耐心，徐徐道，"且在香港我能时时回来，省城咱们家的亲戚朋友不至于断了联络，联络多了，该做什么，自然就晓得了。"

表姨妈未见得当场便被儿子说服，但她却清楚，无论她赞同与否，邵鸿恺决定了的事，九头牛都拉不回来。于是，邵鸿恺最终还是去了皇仁学院。他如实贯彻了为自己画好的蓝图，也如自己所预料的那样，一面在皇仁学院混得风生水起，一面又时不时回省城，如一件优秀的展示品，常常被表姨妈带着展示在诸位亲友面前。

这些年来，他虽人在香港求学，却未曾与苏锦瑞生分。两人书信不断，苏锦瑞会对他骂二姨太无耻，埋怨家人冷淡；邵鸿恺也会对她讲书院功课繁重，教导拉丁文的神父如何古怪。两个早熟的少年人在恰好的年纪，恰如其分地对彼此保留了一分天真与信赖，甚至有一次，苏锦瑞问起他为何要选香港念书，邵鸿恺还对她说了实话。

“因为一个人。”他说。

“什么人？”苏锦瑞睁大眼睛问。

“我父亲的上司，汇丰银行的买办陈廉伯。”

苏锦瑞皱起眉头，她没听说过这个人。

邵鸿恺认真地说：“我只告诉你，你可别往外说。”

“那是自然，快说快说。”

邵鸿恺微微笑道：“这个人我一点也不喜欢，可能很多人跟我一样都不喜欢他，可是他非常厉害，厉害到哪怕不喜欢，也没人会在他面前流露这种情绪。

“他十六岁就进汇丰，从底层做起，一路高升做到买办，赚了很多很多钱。我以前有一次偷溜去沙面汇丰洋行，亲眼见过他办事，我才晓得原来我们华商也有人可以在洋人面前趾高气扬，甚至连洋商要求他办事，都得叫他一声‘陈大官’。”

“这么威风啊？”

“是啊。”邵鸿恺目光炯亮道，“陈廉伯虽然出身南海丝业大佬陈家，可他从入行到今天把买卖做这么大，靠的不是陈家，而多数是他自己。我看到他，就禁不住想，原先前清时，我们邵家也出过十三行赫赫有名的大班，出过跑南洋贩木材香料一夜暴富的人物，我们姓邵的，绝不比姓陈的差。”

“可是这跟你选去香港念书，有什么关系？”苏锦瑞睁大眼。

“因为陈廉伯只在香港念过书啊，跟我一样都选在皇仁学院。”邵鸿恺目视远方，缓缓道，“皇仁学院是出了名的难考难读，他能啃下，我也能啃下，他能十几岁就不在家做安乐少爷，反而甘愿出来受苦，我也能做到。我不信留洋多有用，我只信有条路摆在眼前，有人已走得很好给我看了，那如果老天能让我可以沿着这条路努力，我不会输给他的。”

苏锦瑞听得意气风发，拍手道：“好哇，有志气，那我先叫你一声邵大官了。邵大官，你老人家好！”

邵鸿恺“嘿嘿”低笑，一撇头拱手道：“不敢不敢，苏小姐太客气了。”

若他二人此刻回想，那两小无猜的时光中铭刻的清脆笑声仍然在记忆中回响，清新自然若晨风拂面，令人每每想起皆心情愉悦。

可是，无论邵鸿恺还是苏锦瑞，对这种愉悦的需求都不是不可或缺的。他们还没长大，没法理解青梅竹马有多难得。

他们都处在年轻而张狂的阶段，生活到处充满更刺激的、更不确定，又更具挑战的考验，更检验能耐的考验。这点青梅竹马的情谊，说多不多，说少不少，没了固然会难过，可没了也就没了，并未见得会离不了。

在苏锦瑞入培道女中忙着融入时代新风尚，用各种新名词挤对二姨太的同时，邵鸿恺的人生蓝图却发生了意想不到的转折。他完成皇仁学院的学业后，并未如他最初计划的那样学陈廉伯返省城投身洋行，而是选择继续留港求学。他考入半山上的香港大学，主攻法律与政治。他也没急着琢磨使人一夜暴富的风险投资，或是雄心壮志要着手振兴邵家家业，反而退了一步，静默以待。时代在变，隔着大江大海，隔着山川湖泊，他能感知故土这种来自人心渴望变动的激情与力量。它汇聚成洪流，令人战栗又神往，可又像挣脱羁绊的猛兽四下乱撞乱碰，稍有不慎，就能令卷入其中的人粉身碎骨。

个人想要出人头地的欲望，家族想要复兴的责任，这原本都是邵鸿恺坚定不移的信念。少年像个旁观者一般冷眼看父亲出尽洋相还扬扬自得，母亲遭人耻笑却不自知。那些时候，他不止一次地想过，将来我一定不能像他们一样，我要成为陈大官那样的人，做哪种生意都赚个盆满钵满，出门连洋人见到都要给面子赔笑脸，到哪里都有人毕恭毕敬如迎财神。

可他越长大，越观察周围的世界，就越怀疑自己的初衷。在一个督军走马观花、政府改弦易辙的时代，仅仅是成为陈大官那样的买办巨贾就够了吗?

他不是没见识过本地的富贵荣华，一所学校，同学分三六九等，各有各的玩法，邵鸿恺不结交无用之人，他来往的都是绅士名流子女。山上富人区欧式建筑里的宴会，他跟着参加过几次。可就在那样的场合，他亲眼目睹过，前一刻还倨傲自矜宛若领主巡视领地的太平绅士，下一刻就偕夫人亲自到门口迎接港督府来宾。而那个来宾，往往不过是随侍的一名普通英国军官。

邵鸿恺看得很清楚，在这块殖民地上，英国人看华人总掩饰不住骨子里的居高临下，而华人看英国人，内心也未必真有那么卑躬屈膝，而是现实中总有各种原因让他们身不由己须对这些“鬼佬”笑脸相迎：比如生意往来，比如贸易关卡，比如对西洋人代表的文明秩序的认可与向往，比如对港督政府和尖兵利炮的畏惧。而一旦需要，华人之间又会各自联合，给港府施压，让不知深浅的英国人吃瘪。这么多年下来，各有输赢，维持的固然是表面太平，暗地里却风起云涌、斗智斗勇。

与此同时，通过这边许多国内外报纸，邵鸿恺又读到一个与之截然不同的中国。

他是邵家大少爷，对省城大户人家之间的交际从小熟稔于心。那是几十年如一日，任外头如何风吹草动，内里自有乾坤不变的。对大户人家来说，最大的惊恐无非兵祸和重税两样，兵祸能躲，重税能逃，苛政之下，这些人总有脱身之道。其余种种对他们而言，都是于己无关的，就连四牌楼有青壮男子出门喝茶被抓了做壮丁，或是东山口吊犯人死尸示众一类的消息，也不过是引起太太们牌桌上几声叹息而已。

可待他人在香港，却在各种铅印文字上，读到中国境况：故都北京政界热闹非凡，内阁议会轮番上场，新成员走马观花尚未为人所知，又有总理新人选开始亮相；各国银行团经过磋商又向政府借款多少万英镑，而这笔善后大借款还没料理清楚，大皇帝袁世凯却走到尽头。明明前几日的报纸还在讥讽北洋政府的国会犹如闹市私贩聚集，各谋其利，过几日却又有大幅报道，讲辫子军在一个叫张勋的人的带领下进京搞复辟，小皇帝的龙椅刚坐上，没过多久，又让人轰下了台。

乱哄哄，闹纷纷，用风云际会来形容这个时代，说到底还是承载了美好的想象。而作为身处这一时代的普通年轻人，邵鸿恺却感到真实的彷徨和迷惘。

时代不同了。

那么，就算做到陈大官那样的位置又如何？

就算能在政府与官员、督军与将领的更迭间见缝插针，趁乱捞钱又如何？满纸时事报道都充斥着“没钱”两个字，在国家千疮百孔的前提下，个人的暴富能维持多久呢？

何况，现如今早已不是嘉庆年间十三行称霸世界贸易的年代，祖辈们那些白手起家的传说早已无法在当下革故鼎新的洪潮中被复制。他如果想成为一方人物，只能另辟蹊径。

经过深思熟虑后，他入港大后转学法律，这时候他也不再拘泥于留不留洋这个问题，另一个世界的大门已朝他悄然打开，他申请到了去美利坚哥伦比亚大学深造国际法的资格。他已决心要走上一条与父辈从商截然不同的路，而在此之前，他需要完成一件事。

他需要有持续不断的大笔经济支持。

为此他重回省城，默许表姨妈为他奔走，他甚至穿上他的定制西服，一次又一次前往陈公馆。此时，他早年入皇仁学院的经历没有白费，这成为他进入陈公馆的凭证，他成为陈廉伯在皇仁学院的“校友仔”，由此得以出入陈氏兄弟组织的“荔湾俱乐部”。他本就相貌英俊，出身名门，名校毕业，前程无量，又有一次次在达官贵人的宴会上历练出来的知情识趣，一时间竟比他母亲要受欢迎得多。

他回省城已快三个月，但他一直没告诉苏锦瑞。

邵鸿恺自问不是表姨夫那样薄情寡义的人，相反，他很念旧。他经常想起苏锦瑞，想起他们一起成长的岁月；想起苏家后花园小洋房上涡卷式牌匾山花墙；想起花墙那的金桂飘来的甜香；想起两人缩在雕花木板间隔起来的暖阁内，盖一床锦被，偷看过刊印粗糙的《封神榜》。

对他来说，苏锦瑞是不同的，便是他看过再多的漂亮女人，少女苏锦瑞依然令他赏心悦目。这种赏心悦目不带任何猥亵目的，纯粹出于知根知底的怜爱，就如家中博古架上珍藏的外销青花瓷盘，只是看着便觉得满室风雅。

可一切也仅此而已。

邵鸿恺记得，那只青花瓷盘后来被表姨妈拿去送礼，家里人纵然舍不得，可没人认为没必要——邵家几代人沉淀到血液中的商贾气令他们务实又清醒。对待苏锦瑞也是如此，若邵家安好，年景平顺，邵鸿恺是乐意娶她的——青梅竹马，两小无猜，一切自然顺当而美好。

可他们错就错在长于这样一个朝不保夕的年代，邵家日趋颓败，苏家也未见得能独善其身。邵家苏家若再绑在一堆，两人间便是有再多情分，也终将在日后不可避免的衰败蹉跎中消磨殆尽。

邵鸿恺看得明白，表姨妈对此也心知肚明，他们难得目标一致，对苏家那场口头约定的婚事三缄其口。他们假装苏家是再平常不过的亲戚，不年不节的，登不登门无所谓。他们在讲求实际这点上，有血脉相通的相互理解，也晓得有些事，不说破永远比说破要好。

可他们不说破，偏有人要帮他们说破。

那个人便是表姨夫。

表姨夫这些天得了人孝敬，有上好的净膏，吸饱后只觉精神头足，身轻如燕，脸上看不出一点烟气，他兴冲冲出门要逛戏园听戏。哪知到了戏院，却撞见苏大老爷在楼上雅座招待朋友，两家本来就互有往来，还有一层谁也不想先说定的口头姻亲之约，撞正面自然要打招呼寒暄几句。

这几年苏家买卖是不如从前，然而再怎么不如，比起表姨夫这么个端着金饭碗还要讨饭吃的窝囊废总要强上百倍。加上早几年，表姨妈指桑骂槐，讥笑二姨太苛待嫡女，落的却是苏大老爷的面子。苏大老爷见到这对夫妇，心底总是不由得要带上三分鄙夷。

也是不巧，这一日苏大老爷约人谈事没谈好，又看到令己生厌的人，自然而然便不大耐烦摆亲戚相见的客套模样。表姨夫自己没本事，可偏生最介意旁人说他没本事，几句话一说，心里先被苏大老爷不冷不热的态度惹起了脾气，他故意笑道："苏家表妹夫，你这大忙人怎么今日倒有空来戏院听大戏？你家的那些买卖行，也肯放大老板出巡？"

苏大老爷"哼"了一声说："难得忙里偷闲，我是不比表姐夫整日有空，饮茶吃烟，听戏吃酒，好不快活哟！"

表姐夫笑道："是啊，谁让我夫人争气，一下给我生了几个儿子，现在我就能享大儿子的福咯。嘿嘿，你不知道吧？我家鸿恺港大毕业，要去美利坚深造，前途无量。这段时间我夫人天天带他出去同些世伯世叔认识一下，等他学成归来，再娶房见过世面的媳妇，撑得起我邵家的门户，我同我太太就能安心了。”

这几句话挤兑的是苏大老爷膝下无子，又暗指自己儿子鹏程万里，回来这么久就是不见你女儿，什么儿女亲家，大家可以歇过这口气掀开下一篇了。苏大老爷气得脸色铁青，表姨夫得意扬扬。他回去便跟表姨妈并邵鸿恺吹嘘一通，末了还拍拍邵鸿恺的肩膀道：“阿恺，不要愁，你爹我不点头，你娘不敢顾着死人脸面，硬要你娶苏家女。”

邵鸿恺一听脸色登时沉下，他问：“哪个同你讲我不娶苏表妹？”

“别在我面前做戏了，”表姨夫笑眯眯道，“我这辈子不说万花丛中过，起码也见识过什么叫莺莺燕燕。后生仔若想娶哪个姑娘，哪里是你这不理不睬的样儿？早几年不好说，现在你读过这么多书，见过大场面，还出入陈公馆，虽说陈廉伯那个人我看不上，可他现在鸿运当头，能进出他家的都是有头有脸的人。你整日去那边，见惯那些人，回头还能看得上苏家那个小丫头？我老实告诉你，当年啊，我要是跟你现在这样见多识广，你娘我都不一定娶了……”

表姨夫后面说什么，邵鸿恺已没去留心，他如课堂上被抓包的学生一样涌上一阵羞愧。他刻意不去见苏锦瑞是一回事，可被别人点破又是另一回事。他确实没跟苏锦瑞有什么花前月下之约，但那不是因为他们没有情谊，而是因为他们都觉得两人会在一起这事太过理所当然，有什么值得特意拿来说的必要？

可当时年少，又怎知其后世事变化的诸种难处呢？

表姨妈这时就显出了她一贯的务实精明，她赶走不靠谱的丈夫，坐下来跟儿子开诚布公："万事留一线，日后好相见。你爹现在这么一闹，以苏家人的脾性，我怕结不成亲要成仇。本来我还想等你的事有眉目后，再亲自去帮锦瑞寻门好亲，登门做媒，大家嘻嘻哈哈把事情扯开，毕竟咱们两家从来不算定过亲。如今看来不行了，再上门反倒显得我们心虚，带坏名声不要紧，要是影响了你的前途，就真个麻烦了。"

"那怎么办？"

表姨妈踌躇道："也不是没办法可想。"

"什么办法？"

表姨妈道："你不记得他们家还有个人看不得锦瑞好？"

邵鸿恺抬眼道："那个二姨太？"

"二姨太的女儿，今年也有十五了。她是姨太太生的，又没个好娘亲在汇丰帮她预先存好一笔嫁妆，我要是二姨太，一定心急。"

邵鸿恺这时不说话了，他静静地看着表姨妈。

表姨妈道："阿仔，你看看你自己，模样俊，家境好，又考到公派留学，转眼就有繁花似锦的前途在等着。你还是长子，嫁给你进门就是当家主妇，我要是二姨太，一想到苏锦瑞能嫁给你，自己女儿却不行，一定会睡不着……"

"太太，你到底想说什么？"

"我说，我们不用出面，只需推波助澜。给二姨太个机会，她自然巴不得搅和了你们的事，这种妾室心里算计什么，我向来一捏一个准儿。"表姨妈叹气道，"我也不想这么对锦瑞，可是仔啊，苏家不比寻常人家，他们富过三代，在省城的关系盘根错节，得罪这家人，你日后就算如愿以偿，也未必顺当。而且我看得明白，你对锦瑞不是无情，那与其让她恨你，不如让她去恨二姨太，你说对吗？"

最后一句话令邵鸿恺动容，他低下头，良久没说话。

表姨妈辛酸地抹泪，道："这都是没办法啊儿子，整个省城谁人不知、谁人不晓我最疼锦瑞？可我再疼她，也得为你打算，谁让你才是姓邵的那个？你什么也不用做，丑人都留给我做，你只需写个请柬，请苏小姐去赴陈公馆的宴会，剩下的交由我来办。"

邵鸿恺仍旧沉默。

表姨妈怒道："男子汉大丈夫，当断则断，就你这样婆婆妈妈，往后还想出人头地？！"

邵鸿恺一凛，最终点了点头。

五

# 苏老太爷

苏家大屋高三层，顶上还有一层天台，说是一栋大屋，进去后才发现内有乾坤。东西两栋楼，全靠中间一个带着四方天井的堂屋隔开，堂屋后也不设墙壁，而是用漆木涂层的屏风做隔断，上雕繁复的葡萄藤蔓，下端又雕螃蟹蟾蜍、牡丹芍药等吉祥图，意蕴着升官发财、多子多福，人间美事一样也没耽误。拐过这道精雕细琢的屏风，却见有玲珑的书房一间，书房与墙壁之间，隔出来一条狭长的过道。这过道不一般，两壁镶嵌着数不尽的卵石贝壳，顶上呈拱形，形成自然风洞，夏季此处穿堂的凉风习习，阴凉自不待言。

穿过过道却又别有洞天，小小的拱桥下引入流水淙淙。水边怪石嶙峋，垂柳婀娜，边上有石壁一座，上面用小篆写着“海山”两个字。沿着青苔点翠的岸边一直往前走，尽头视野却又开阔，只见前方有鹅卵石铺就的半圆形小庭院一座。正中央，却耸立一个西洋石膏石雕成的喷泉，也不知地底下如何引水，只要开闸，便会喷射出晶莹剔透的水珠。绕着喷泉，两侧皆是同样洁白的石膏石砌成的护栏，围成半圆，上头放置各式盆景，皆郁郁葱葱，于翠绿中簇拥着一栋西式小洋楼。

这小洋楼才是整栋苏家大屋的精华，它就像一个典型的苏姓商人，站在新旧交替的时代十字路口，不见彷徨，反而长袖善舞、左右逢源。因为太会各方逢迎，反而难免要有些自相矛盾：比如它是一栋南欧式建筑，配有罗马柱前廊，却偏偏安放了中式古色古香的雕花窗框，再往上镶嵌了教堂一样五颜六色的花玻璃；比如它二楼有细铁丝缠绕成藤蔓状的欧洲风情小露台，却喜欢往那添加低垂细密的湘妃竹帘，一到冬季，甚至会挂出锦缎制成的幕帘；比如它明明是省城最早安摇式电话的建筑之一，可它的主人仍然习惯以毛笔写信，为此还专门雇用一名青壮年做听差；再比如，它明明案桌上摆满了大大小小各式钟表，可它的运作却永远只围绕十二个时辰，哪个时辰上福建的茶，哪个时辰进南洋的烟，从来错不得，也从来没人敢错。

小洋楼是整个苏家最讲究的地方，讲究的不仅是面子上的摆件，更指内里的尊卑规矩。哪怕是苏家的老爷们，进来这里之前，也会不由自主地先捻一下衣领，整一下袖子。太太们更不必说，身上穿的戴的，多一样少一样都不对。几房的孩子早被父母教导了不得来此喧闹，若想给祖父请安，来之前必须照一下各家房中安放的西洋玻璃镜，看看穿得可整洁得体。

早年，各房的姨太太们没踏足此处的资格，可民国肇造，老规矩渐渐松弛，终于逢年过节有了来此给苏老太爷磕头的福气。

有一年来给老太爷磕头，二姨太却犯了老太爷的忌讳。

那一年她太风光，苏大太太刚去世，苏大老爷怕睹物思人整天不着家，表姨妈还没来得及给她找麻烦，她管着大小姐二小姐，俨然便是一个当家太太。

大年初一一大早，二姨太与苏家女眷一道来小洋楼磕头。女眷中谁也没有她打扮得精致漂亮：脸上抹着恰到好处的胭脂，鬓发梳得光光的，头戴镶祖母绿的金钗，穿桃红缎子压金线牡丹纹袄裙。一跪下叩头，脖子上一串熠熠生辉的南海珍珠垂到地板上"哗啦"作响。

老太爷听见了，眯着眼半天不叫起，直到二姨太自己越跪越怕，腰腿都僵了，这才听见老太爷轻飘飘地问："老大，你续弦了？我怎么不知道？"

苏大老爷一听知道要糟，他还不知怎么回答，又听老太爷状似无意地问："你先头太太留下的女儿呢？"

一旁的人赶紧推了苏锦瑞上前，她懵懵懂懂，对这个祖父既陌生又畏惧，捏着手连句过年的吉祥话都说不利索。苏老太爷睁开眼，破天荒坐直了端详她，当着全家人的面说了一句："过年过节的，难为你们倒把大小姐扮成一个小妹仔。"

"妹仔"就是丫鬟之意，其中的鄙薄讥讽显露无遗。一时间，满屋的苏家人神情各异，有忍着笑幸灾乐祸的，也有吓得噤若寒蝉的。

苏大老爷窘迫得脸色涨红，跪着的二姨太更是脑子发蒙，她这才晓得为何全家人都怕这个老太爷。不仅因为讲孝顺，要在他手底讨生活，更因为这位老太爷一辈子要么不训人，要训斥了必定刻薄无情。

两个词，一个"续弦"，一个"妹仔"，生生如两记大耳光，打得苏大老爷抬不起头来。

那天回来后，苏大老爷将气出在二姨太身上，把她骂了个体无完肤，大年节的禁了她的足，不准她出来会客。二姨太满腹怨言，可她自己也清楚，老太爷这是拿她开刀呢。说苏锦瑞打扮不得体，可苏锦瑞才多大，省城哪家小小姐会披金戴银？又不是没见过世面的暴发户，她要真把苏锦瑞打扮成金童子，只怕老太爷又有刻薄话在那等着。

其实犯忌讳的不是别人，而是她自己，是她那天不知深浅的穿戴。

苏家算是大富之家，可老太爷偏喜欢勤俭朴素那套，时不时要斋戒，要穿布鞋布衣，家里人投其所好，个个拜见老太爷都不敢穿红着绿。偏她信了二房太太的话，以为老太爷给机会磕头，定要好生拾掇一番才对得住这份体面。

哪晓得苏老太爷连自己儿孙都轻易不给体面，更别说她了。二姨太这时候才明白自己是着了道，太太与姨太太之间虽只一字之差，但在苏家却是天渊之别。

苏老太爷发了话，苏锦瑞在苏家骤然被人重视了起来，这不是说先前她被人怠慢，而是先前人们对她多少存了看戏的心思：一个没了母亲却不缺嫁妆钱的女儿，一个天天忙着外头生意刻意不着家的父亲，再加一个爱逞能又爱算计的姨太太，这热闹想也知道会有多少，简直不瞧白不瞧。

可那都是先前，现下老太爷发了话，表明了不喜二姨太在大房里不守规矩越俎代庖。苏家上下的人对苏锦瑞的态度便有些微妙的热络，不是为了她，而是为了寒碜大房的人。大把人虎视眈眈在一旁替老太爷看着，只要大小姐出来见人时打扮朴素被其他房的人见着，便会有人调侃道："哎哟，大小姐又扮妹仔玩啊？"

"妹仔，妹仔你个头，说我把苏锦瑞扮成妹仔，呸！哪家妹仔绫罗绸缎地穿着，龙肝凤胆地吃着？个个捂着心口说瞎话，良心叫狗吃了不算，连眼也瞎了不成？妹仔要都跟她这样，那谁还做小姐，都抢着做妹仔好了。"

二姨太灰头土脸，也就只能在自己房里暗自咒骂，不敢叫人听见一句半句，就连茶盅都不敢泄愤摔一个。她这里一摔，那边就有用人敢传话到小洋楼，别人家的祖父是自持身份高高在上，不纡尊降贵管儿子房中的事，这位苏老太爷却刻薄成性，眼里揉不得沙子。

二姨太要敢摔茶盅，老太爷就真会让人把摔碎的茶盅折成现钱让她赔，一个钱都别想欠。

真要那样，二姨太在苏家还怎么活？

也是巧，老太爷话说完没过俩月，恰逢苏家宴宾客。二姨太打起精神，再度把自己拾掇得漂漂亮亮的，她本想借此机会露露脸，在苏家扳回点面子。没承想脸倒是露了，可露出来却被邵表姨妈狠狠刮了一巴掌。

表姨妈借着苏锦瑞的由头，声泪俱下地闹了一场。老太爷睚眦必报，你敬我一尺，我敬你一丈，他责令苏大老爷打鼓敲锣给邵家送回礼，搅得省城上流人家皆知这么一出典故。

表姨妈骑虎难下，固然是没讨到好，但要论吃亏，却是二姨太最甚。当着宾客的面闹了这么一出，二姨太是不错也得错，大小姐是不可怜也得可怜，于是两人在苏家的地位彻底颠倒过来了。二姨太被收了大房的管事权，做回一个普通的姨太太，苏锦瑞又成为苏家大房金娇玉贵的大小姐，再无人敢怠慢她，连她父亲都时不时要留意下女儿的穿着打扮，生怕她被人克扣丢了他的面子。

二姨太匣子里的贵重首饰被迫收起来，逢年过节再不敢戴出来。不仅如此，她还不得不忍着心疼，咬牙拆了上好的珊瑚珠、玛瑙钏给大小姐攒珠花、镶戴着玩儿的小物件。若大老爷自南北行得了什么新奇的好东西，苏锦香还没有呢，先就得供苏锦瑞戴出去，不然呢？老太爷说了，大小姐可不能扮成妹仔。

二姨太与苏锦瑞的怨仇就此结下，在苏锦瑞还没明白什么是怨仇的时候，她的亲祖父，她的表姨妈，她的父亲和叔婶一起，将她与二姨太拱在了对立的两端。这怨仇是天然的，也是无解的，一开始固然与银钱有关，但到了后来，早不是冲汇丰银行里那两万块大洋去了。那是年久日深的怨怒，以及由怨怒而来的不甘。

人与人之间的争端，一根针一根线都可以成为导火索，更何况两个闺阁女子。她们目之所及的只有满洲窗往上四十五度角的一片天空，她们日日相对，不想见也不得不见，本来只有三分愤恨，一碰面，却莫名其妙总要拿七分十分的力气去倾情上演。她们两人说到底都有些身不由己，可正因为心里又都明白那点身不由己，便越发要为点鸡毛蒜皮的小事去争出个尊卑主次，闹出个子丑寅卯来。

这样的日子诚然无比热闹，可那热闹是以无趣做底，赢了没什么值得夸耀，输了也未见得可惜。心力都耗费在这等琐碎事上，人还怎么去看头顶以外的天，怎么去知晓大门以外的世界？多年后，苏锦瑞回想自己与二姨太的纷争，她也禁不住疑惑，这到底算怎么回事？她和二姨太之间，她自有她的出路，二姨太也自有二姨太的所求，原本是井水不犯河水，各自领个面子情就完了，何至于走到不容彼此的地步？

也许从一开始，但凡祖父待二姨太客气些；表姨妈不借着二姨太闹事让苏家没脸；或者更早一点，父亲不要事不关己高高挂起，不给二姨太能扶正的假象，或许她跟二姨太之间也不至于水火不容。

可这里头谁又有错呢？

祖父不过重规矩，表姨妈不过是把对母亲的心疼转移到她身上，而父亲，不过是不想看着她继而想起母亲临终前那些糟心事。

他们每个人都不过是顾着自己那点念头，来不及真正替她着想而已。

就连二姨太也没错，她只是个姨太太，胸襟见识都摆在那，又怎么能指望她跳出西关大屋四壁的樊篱呢？

那她自己呢？不是也不过如此吗？

十七岁时，她觉得孤立无援、四面楚歌，她不顾一切朝二姨太扔木屐时真是恨意满腔。她是那么恨，不仅恨二姨太，恨苏锦香，她连表姨妈、邵鸿恺都一并恨上了。她恨不得亲手教训这些人，可这些人哪一个都不是她能教训的。她从没有一刻如这般意识到自己的无能为力，她只有十七岁，虽然上了几年的洋学堂，可除了知道点新鲜名词外，她在骨子里仍然是个无所作为的闺阁女子。

怎么办？求父亲吗？苏锦瑞想起父亲看到自己便复杂起来的眼神，想到他对苏锦香反而毫无芥蒂，甚至会目露慈爱，顿时打消了念头。

整个苏家，能帮她的长辈，还能有谁呢？

她忽然想起了祖父苏老太爷。

苏老太爷不玩含饴弄孙那一套，平素里哪个孙辈也不准进出小洋楼。他对苏锦瑞即便是比旁的孙辈好一点，可那一点好也有限。这么多年来，苏锦瑞也就是比苏家其他的少爷小姐们多了点出入小洋楼的机会，能在不惊动祖父的前提下进去打个电话而已。

这样的祖父能在多大程度上帮她，苏锦瑞自己也没底。

但她那时候到底年轻，有一厢情愿冲到底的念头，她没有多想便一瘸一拐地进了小洋楼。阿秀女已经替她打听好了，这天祖父不出门也没访客，两点钟歇完午觉就会在靠窗的躺椅上吸烟看报，三点钟后，他会换衣裳出门听曲儿。要见祖父，只有两点钟后这一小段时间。

为了讨祖父欢心，苏锦瑞特地换了一身朴素的细布衣裙，乌黑的大辫子垂在身后，脸上一点脂粉不施。来的路上她仔细想过了，苏老太爷待人待己都严厉，要他管自己这点事，只能从二姨太带着苏锦香坏了规矩上说，苏老太爷向来最讲规矩，说不定看在乱了套的份儿上，会愿意管一管。

可惜苏锦瑞从来没了解过自己的祖父，导致那天发生的事，令她终生难忘。

下午两点钟，她准时来到小洋楼，又等了十五分钟左右，祖父终于愿见一见她。待她如愿以偿进了内屋，只见她的祖父一如既往，穿着一身白色府绸常服，歪着半边身子，一腿屈起，惬意地靠在靠窗的紫檀木沙发上吸烟。他躺的这沙发集合了这栋洋房的精髓：明明是紫檀木，用的雕工全是花开富贵喜鹊报春多子多福一类繁复又喜庆的粤派风格，可样式偏做成法国宫廷的贵妃躺椅，单边的弧形椅背，坐垫下是厚实的棉絮包上一层锃亮的黑色真皮，与洋人的沙发一般无二，却以中式家具木料雕工做架子。

这躺椅比苏老太爷的年纪还长，是前清嘉庆年间，十三行贸易如火如荼时，大行商为讨好粤海关官员而定制的新鲜玩意儿。多年来几度易主，最后落入苏家人手中，仍然半点不坏，只除了坐上去稍微有些“嘎吱”作响。

一年四季，苏老太爷都喜欢歪在这上面，冬季搭皮毛，夏季搭凉席，靠背上垫着几个锦缎靠垫。无论是见客，见晚辈，见铺子里的掌柜们，他都差不多这一个姿势，或是吸烟，或是端茶，或是听曲儿，全一样。边上紧挨着的是一张法兰西宫廷彩漆小圆桌，一圈围了四个抽屉，上头摆着果脯蜜饯的锦盒、装烟丝的烟筒、烟灰盅、茶水杯、玳瑁架的水晶片眼镜，苏老太爷需要的东西触手可及，应有尽有。

苏锦瑞从小到大，见他坐下后再直起身子来的次数简直屈指可数。

这天也不例外，苏老太爷在沙发上歪着，苏锦瑞站着。她添油加醋地将二姨太的恶行转述了一遍后，苏老太爷半天没声响，苏锦瑞却越站越紧张，背脊都撑得酸痛，可她连动都不敢动一下。屋子里的空气中弥漫着上等烟丝的香味，混合着屋外草木的清香、湘妃帘下熏香炉里点着的暖香，一切一切，仿佛凝固了一般。

苏锦瑞那点事，忽而在这屋里亘古不变的安逸面前，显得有些无足轻重。

她渐渐感到后悔了，最初那点不明就里却一往无前的冲动过去后，她意识到闯到这来有多不妥。这么没头没脑的，便是祖父想主持公道，可将心比心，他能主持谁的公道呢？

整件事妙就妙在什么都只是想当然，什么都没明白摊开来讲。表姨妈从没说过要她做儿媳；邵鸿恺从没说过非卿不娶；二姨太从没说过她要抢了邵鸿恺给苏锦香做女婿；苏锦香也从未说过要抢了她的婚事，跟她对着干。

有些事，贵在知而不言，隔着窗户纸影影绰绰，朦朦胧胧，于人于己，进退都留了三分余地。谁先戳破了这层窗户纸，谁就失了先机。

可怎么到了这一步，苏锦瑞反而被逼着，成了头一个将这些事摊开来不要颜面说个明白的人？

她正胡思乱想间，忽而听得“啪嗒”一声脆响，在静谧的屋子里显得无比巨大。苏锦瑞神经质地吓了一跳，她抬起头，原来不过是苏老太爷抬起手，将手边案上的景泰蓝烟灰盅碰了一下。

“多大了？”

苏锦瑞一呆，答：“十七了。”

“姓苏，享了我苏家的福，长到十七了。”苏老太爷闭着眼，口气似笑非笑，“锦衣玉食，没灾没难的，把你供养到这么大，花的银子融了，大概都能塑成你这么高的银人。锦瑞，你说苏家哪点对不住你？”

苏锦瑞心知不妙，这接下来定没好话，可到了这份上她又不能转身逃走，只得硬着头皮答：“没，没对不住我……”

“如果没对不住你，那怎么你一有事，就觉着苏家合该站在你这一边，祖父合该替你主持公道？”他似有些兴致，睁开眼问，“来，你同我讲讲，你那小脑袋里头到底都装了些什么玩意儿，居然会以为来找我告状管用？难道你觉着祖父我慈祥得紧，就跟大街巷口里那些吃饱了没事干整日含饴弄孙的老头一样？孩子一哭就忙着拿糖丸哄，孩子一闹就什么都答应？”

苏锦瑞长这么大没被长辈这么奚落过，她脸都白了，脑子“嗡嗡”作响，低头讷讷道：“老太爷，对，对不住，是我不好，我不该来打扰您，可这事，明明是二姨太先坏了规矩……”

“规矩？”苏老太爷目带讥笑，道，“原来如此，你定是想祖父最讲规矩，我就算不管你，可不会坐视这家里的人没了规矩？”

苏锦瑞咬着下唇没作声。

“算了，你来都来了，咱们爷孙俩索性多说两句。我先问你，你觉着什么是规矩？”

苏锦瑞低声说：“规矩，规矩自然是，自然是嫡庶尊卑……”

“荒唐！”苏老太爷冷笑道，“往上数三代，咱们姓苏的也不过是在珠江流域撑着艇仔卖菜卖鸡的下等人家而已，若老祖宗跟你一样长了一颗蠢脑瓜儿，哪来苏家人后来的富贵？

“乾隆末年，同文行、怡和行、广利行、易成行、天宝行，多大本事，多大规模，黄埔港停满商船，倒有一半以上是奔这几家而去，那时候讲他们日进斗金都是小的，那银子一箩筐一箩筐往铺头里抬，整个十三行，连空气里都飘着银屑。普通人家一年不过二十两银不到，可一个行商头衔，单单贿赂粤海关那就要纹银七八万两，每年上供朝廷的不下十万两雪花银，还时不时就要均摊重税，动不动就要抄没家产，尽数充公。就是这么昂贵凶险，可仍然大把人争破头要这个行商牌照。为什么？大家都明白富贵险中求，个个安于现状，十三行当年的好日子从哪儿来？”

他脸上讥讽之色加深，缓缓道："那年月，别人的富贵可没我们姓苏的什么事，看别人揽着金山银山，轮到苏家人头上，却要一个铜子一个铜子地省，辛辛苦苦做一年，到头来年三十连件新布褂都裁不起。喝粥吃饭，样样都要看别人脸色。别人说，姓苏的，这就是你的命，你生来就是穷鬼，你得讲穷鬼的规矩，他说得有错吗？没错。如果大家都讲规矩，讲天地君亲师，讲尊卑进退，穷人挨穷，富人享富，那也没什么不好。可生来人心不足，穷人想变富，富人想更富，有人讲尊卑嫡庶，就有人讲英雄莫问出处。有人固然能飞黄腾达，有人却免不了要身败名裂。为什么？命吗？"

他张开手，伸出四根手指头，缓缓道："错了，四个字，各凭本事。"

苏锦瑞心下震动，这是她记忆中祖父头一回跟她说这么多话。

"供你上洋学堂，你不好好读书打开眼界，只读了一肚子草糠。偏生别的没学会，却只学了你爹那套鸡鸣狗盗、装模作样。哦，于你有利便是长幼有序，于你不利便是不讲规矩。你就这么金贵？你同我讲规矩，什么是规矩？嗯？"苏老太爷睁开眼，目光锐利，"我坐在这，你站在那，这就是规矩。你要让你们房里头的二姨太讲规矩，就得做到你能躺着说话，她只能站着听。你做不到，却来嚷嚷连我听了都觉得老掉牙的规矩，哄你自己玩是吧？你那个二姨太，也不过是凭自己本事，技不如人，有什么脸来跟我告状？"

苏锦瑞脸上火辣辣的，眼圈一红，哽咽道："可，可邵鸿恺是我母亲生前给我定下的亲事，她敢把手伸那么长……"

苏老太爷不耐烦地打断她："你样丑家贫嫁不出吗？就这么恨嫁？"

苏锦瑞羞愤莫名，委屈地掉下泪，哽咽道："不是恨嫁，我不是为自己，我是为了母亲的遗命……"

她话音未落，只听"哐"的一声，苏老太爷抓起烟灰盅用力在桌上一敲，苏锦瑞吓了一跳，连退两步，连哭也不敢了。

苏老太爷沉下脸，冷笑道："你母亲不是早死了吗？还是我记错了，她其实没死？"

苏锦瑞心里一突，她知道自己说错话了。

果然，苏老太爷尖酸刻薄地道："死都死了，还留什么遗命？她原来活着小心得连蚂蚁都不敢踩死一只，死了倒有胆子了？恐怕是她病糊涂了随口一句话，却让有心人捡来作伐吧？行！你既然这么想嫁，我给你寻另外的亲事。喏，就是前几天那位登门拜访的叶家二公子。叶家与苏家可是世交，当年叶老太爷更是我在生意场上的恩人。那位二少爷，我也见过了，人知书达理，长得又精神，虽说叶家现在迁回省城是大不如前了，可你有家里给的陪嫁，有汇丰银行存的款项，再不济，手脚双全也能做工，嫁过去也不至于饿死。怎么样？这个主，你祖父我，可是能替你做？"

苏锦瑞吓得脸色变白，立即道："老太爷，我不要！"

"你看不上叶家的二少爷，倒觉着邵家那小子是香饽饽。"苏老太爷冷笑一下，"难道祖父的面子，还不如你那个死了的娘面子大？"

苏锦瑞脚一软，想也不想，跪下哭道："祖父，我错了！我错了，您不要生我的气。"

苏老太爷淡淡道："适才丢人现眼的时候怎么不知道错？"

"祖父，我真个知错了，我自己去解决二姨太的事，我保证不给您丢人。"苏锦瑞哭道，"我错了，您不要生气，不要胡乱把我嫁出去……"

"行了，就你这样的，除了姓苏以外，还有哪一点能高攀叶家二少爷？出去出去！"苏老太爷重新闭上眼。

苏锦瑞不敢多待，立即爬起来，浑身颤抖，也顾不上擦眼泪，羞愧得恨不得立即跑开。

她走到门口，忽然听苏老太爷像是自言自语："陈廉伯家的帖子，几时也能出错？真是奇也怪哉。”

苏锦瑞浑身一震，她听出来了，这是苏老太爷在提点她。

她从小长在苏家，自然深知大户人家若要做宴，那么给谁下帖，几时下贴，哪些是必到的贵客，哪些不过是面子情的随客，这都是需反复推敲、来回确认的，不能请客不成反结了怨，这是省城每个大户人家都有的基本共识。

而陈家也是南海大贾，陈廉伯现在更是如日中天，他的大名就连她这样的普通女孩子都听过。陈公馆的宴会是省城所有时髦人士趋之若鹜的地方，宴客怎可能出这等错？什么不知帖子上写的哪个苏小姐，这种话哄二姨太那等不出门的妇人犹可，却骗不了苏老太爷。

只有一种可能，“苏小姐”三字，是有意为之的。

到底是何人所为，所为为何？这里头深究下去就意味深长了。苏锦瑞原本只是猜测，这下却近乎确定，她想起表姨妈每次出门必定妆容精细的脸庞，想起她每每见着自己必定拉着手嘘寒问暖，生怕苏家人真个苛待了她一般，想起邵鸿恺认真地道“妹妹，我心里的抱负，只怕除了说给你听，也再无一人可说了”，想起他写的每封信，尽管言辞正儿八经，可会在信尾画一朵小花，或在信纸中夹一叶树叶，他们总能自有方式来传递独属于彼此的亲密。

可是这些记忆，还来不及拿出来品味，就已然失掉了珍藏的资格。

苏锦瑞咬着手，忍着脚踝的疼痛尽量快步走，她拼命压抑住自己的哭声，她想我能哭给谁听呢？一个女子想哭给人听，首先得有人愿意听，可这阖府上下，有谁耐烦听她的哭声？恐怕暗地里幸灾乐祸的怕反倒不少，何必白白做了别人的谈资？

她禁不住想起自己的母亲，她想若母亲还在，或者还能安慰她几句。可苏大太太的面目在她记忆中太过模糊，能让人想起的，只是那个服用过量阿片酊后瘦骨嶙峋、两颧骨高高耸起，脸上总有不健康红晕的女子。她到后来哭也好，笑也好，已全无一个大房太太该有的风范。

苏大太太就算活着，她能顶什么用？

苏锦瑞刹那间只觉心灰意冷。

这时候，前头堂屋传来嬉闹之声，一群人围着一个丽人正说说笑笑，苏锦瑞透过泪眼，很困难地辨认出那原来是苏锦香。

自从她冒名顶替去赴了一次陈公馆的游园会后，苏锦香整个人就宛若突然绽放的芍药，原有的青涩措手不及地被艳丽生生压住。她比照着省城最时髦的女郎，从头到脚被精心打磨过，头发贴着耳际俏丽地卷了若干个弯，齐眉刘海儿斜箍着一个亮晶晶的水钻发冠，一身宽宽松松的洋裙，丝绸质地，不设腰带，偏偏有丝丝缕缕也不知什么做成的银线流苏垂下，一直盖到脚踝，足下半高跟的白色麂鹿皮鞋，衬得她的身形袅袅婷婷，人一动，摇曳轻柔、妩媚横生。这一身打扮别说压过苏锦瑞的洋学生装，就连二姨太全盛时期，也未见得如此光彩照人。

围着她的全是苏家宅院里平素不怎么互通有无的女性们，此刻连她们都抛却矜持，对着苏锦香这身奇异又华丽的装束半是羡慕半是好奇。有人夸好看，有人说夺目，有人不以为然，有那老派持重的，终于忍不住说了句："二小姐年轻轻的姑娘家，这一身打扮也太过了些，叫老太爷瞧见可是要不高兴的……"

她一句话没说完，苏锦香已然用继承自二姨太的好嗓门尖声笑道："哎哟，说了你们也不知道了吧，这可是巴黎今年最新出来的裙子，若不是陈公馆的三太太割爱，我有钱也买不到这种舶来货呢。"

二姨太笑逐颜开，在一旁帮腔道："可不是，虽说不过一条裙子，可这里头有陈三太太的面子，老太爷就算晓得了，也只会夸我们锦香会交际，招人喜欢。她不过去了一回游园会，便结交了好些太太小姐。对了，锦香啊，人家送咱们这个，咱们回礼回什么？可不能回例牌那些老物件，等下叫人笑话你。”

“二妈，你放心吧，我早就想好了。”

“哎呀，你这手上也太素，我还是再请人去叫银楼的师傅带些新款戒指挑挑好啦。”

她母女二人一会儿笑着说要打新首饰，一会儿闹着要裁新衣裳，合着众人开始聊哪家的货好、哪家的款新，笑声如水上涟漪，一圈圈荡漾开去，一直荡到苏锦瑞这。

苏锦瑞隔着长长的廊道，头一回觉着这贝壳卵石镶嵌的四壁阴森森、凉飕飕的。她愣愣地看着，与苏锦香她们分明不远，然而从她这里到她们那里，却仿佛隔了鸿沟深海。

良久，她拿手背狠狠地擦了擦自己脸上的眼泪，昂着头，挪着尚未痊愈的腿，慢慢朝前走去。

就如苏老太爷所说的，一切各凭本事，一日戏未落幕，一日便胜负未分。

六

# 怀仁巷

怀仁巷正经来说似巷非巷，不在东城也不在西城，而是处在东城与西城交界的地方。由于地理的缘故，它既挨不上东城的荣华，也沾不上西城的富贵。东城独门小院的花园洋楼一栋接着一栋，住的尽是军政要人，平日里尽是汽车卫队出没。而西城的大屋次第林立，商铺一家挨着一家，人力车电车穿行而过，一天二十四个钟，倒有十二个钟人头攒动。怀仁巷夹在东西城中间，两头的热闹好看都没它什么事，闹市里偏落得个冷冷清清。

怀仁巷口立了一块半人高的石碑，字迹早已模糊，天长地久，谁也没留意上头写的是什么。便是有心想认，大抵也猜得出是前清关于“怀仁”二字来历的老讲究，如今都民国了，谁还耐烦看这个。石碑面倒是光滑得紧，路过的人多爱伸手摸一下，巷子里的孩子们闲来无事也多喜欢骑那上面玩。巷头巷尾连着的都是半铺沙土的马路，可巷子里却依旧青石铺地，下了雨崎岖路滑不说，还容易溅一身泥点子。这一年电气公司轰轰烈烈搞的路灯铺设，接了东城，也接了西城，可就是把东西城的夹缝给遗忘掉了，一入夜怀仁巷照旧乌漆麻黑、一片寂静。附近的人家也大多早早入睡，偶尔有那舍得点灯熬夜的，一团幽幽晕黄的光透过厚玻璃，总遥远得不真实。

怀仁巷总体而言狭隘悠长，便是白天，冷不防扫一眼，也会觉得幽深不见底。不明就里的人总以为怀仁巷冷清，实际上它自有一番热闹，只是藏着掖着，不足为外人道。事实上，巷子里两旁骑楼内是住满人的，从一个个门洞看进去，只见耶稣光自天窗幽幽洒下，照见一条陡峭笔直的木楼梯，抬脚往上走，到二楼才见着怀仁巷不露声色的人声鼎沸。拐角往往并着好几间套间，房东再想方设法，又用木板多隔三四个单间出来，便又能挤进去三四户人家。

这种地方杂而不乱，楼道里厨房、天井公用，抽水水龙公用，连过道的晾衣竹竿都是公用的。聚在此处的人家有土生土长的省城本地人，也有五湖四海来省城讨生活的，因而南腔北调，此起彼伏，连巷口里的面店都不是卖竹升面碱面，反倒有福建云吞、云贵臊子面等。吃饭时分，大人小孩捧着碗蹲到门口，一眼望过去，谁来自哪里、家里境况、煮饭婆性情如何，都能从各自端的饭碗中瞧出个八九不离十。一遇到天气好的日子，树荫下开了牌桌，外省本地都团坐一块，用各自的方言摸牌叫牌，竟也能流畅沟通。

偶尔哪家邻里要为争夺楼道里门洞口放点杂物的领地权而撸袖子对骂，那是最好看，这时不管有事没事，大家均会聚拢过去，津津有味地瞧这两家你来我往，扯尖嗓子往对方祖宗身上招呼。骂的人全情投入，面红耳赤，围观的人也聚精会神，偶尔还会评点这位骂得厉害，花样百出，又万变不离其宗；那位笨嘴拙舌，来来去去只会问候别人老母。怀仁巷骂架有讲究，骂得再激昂也绝不动手，干架那是粗鲁的挑脚夫艇仔人家才会干的事，怀仁巷的人多数有工做，赚多赚少是一回事，然而体面却是一定要讲的。又因为这对骂不过如小儿过家家，事端太小，街坊邻里为这点事真个结仇结怨划不着。等这口气过去了，见面没准儿还得继续打招呼。大家说到底不过租别人间屋住，何必动刀动枪来真的。

怀仁巷参透了市井的关键内容，又包容了五湖四海的人情世故，因而显得分外练达从容。然而它再有趣，也不是上等人家的小姐们该踏足的。苏锦瑞长到十七岁，还不知道一城之中竟然还有这样的地方，那一户户人家檐下堆着的花草杂物、老鼠洞一般逼仄的门洞、横七竖八架着的晾衣竹竿，这些落在她眼里，固然处处是新鲜，却也处处是不屑。

她来的这一日不巧下了雨，冬雨连天，严寒入骨。黄包车入了巷子，石板路颠得她七荤八素，没走一半便让她喊停，扶着阿秀女的手，宁可余下的路走过去。她把手收拢在狐狸毛做的手笼中，仍然觉不出一丝暖意。阿秀女持着伞站在她身后，一把伞尽靠着她，身上没多久便被淋湿了半边，握着伞柄的手也冻得通红。

苏锦瑞瞥了眼她，晓得她不情愿，便漫不经心道："莫要再多话讲了啊，都到这了，快快地把事办完早些回去。我晓得你是冷了，回家后匀我的铜手炉给你暖被窝可好？"

阿秀女的朝天鼻一耸，没好声气地答："我一个做妹仔的倒用小姐的手炉暖被窝，也不怕夭寿噢？莫要打翻了盖烧了被窝吧。嫌我啰唆，你能听我一句劝吗？阴阴湿湿的天不坐在你的绣楼里暖和和地看书下棋，非要跑出来吹风淋雨。我是怕冻了自己吗？我还不是心疼你？好不容易脚伤好了，也不养着，这么乱跑，都不晓得会不会风寒入骨噢……"

苏锦瑞哼了一声："好好的，没事都叫你唱衰运唱出事来。"

"那你倒是好心点，别给我机会唱衰你啊。"

主仆两个哼哼地对视一眼，苏锦瑞憋不住"扑哧"一笑，阿秀女也不好绷着脸，只得没好气地横了她一眼，手里的伞却又让过去两分。

她来苏家做工时苏锦瑞不到十岁，用不着奶妈，却调教不了丫鬟，还好有个阿秀女年长几岁，知冷知热。这个水上人家出身的女子自小在家做惯了活，性情大大咧咧，没什么尊卑感，在苏家签的又不是卖身契，颇有些东家要瞧不上我自回家去的蛮气。她在家早做惯了带孩子的活儿，对上苏锦瑞便熟门熟路，权将她当成哪家亲戚的孩子带着。这么多年下来，两人常拌嘴吵吵，可偏偏情谊深厚，膈应得二姨太隔三岔五要骂阿秀女没良心，不摸摸心口想想当初是谁把她留在苏家。

苏锦瑞把手自手笼中伸出，拢了拢头发，决意跟阿秀女讲句实话。她悄声说："你当我想出来啊，可等下要见的那位丫鬟没先过我的眼，我却是不放心把人雇回去。"

"有多大事？不就是雇个妹仔，还要劳你大驾来相看，又不是相看媳妇仔，再讲了你晓得怎么挑丫鬟噢？"

"你不懂啦，旁个丫鬟我是不大懂得挑，可这回这个，要什么人我心里最清楚。"

阿秀女皱眉："神神秘秘的，到底要搞什么？"

苏锦瑞不答，小心提着裙子下摆抱怨："哎哟，这里怎的这么多积水，坑坑洼洼的，这料子脏了可难洗。"

阿秀女道："左右是我洗，你操心什么？倒是你小心点，滑倒了不是玩的。"

她们一句话没说完，忽然边上一个门洞木栅栏猛地被人打开，阿秀女眼疾手快，赶紧背身把苏锦瑞护到身后，一手把伞挡了过去，只听"哗啦"一声水响，一盆脏水便倒了过来。倒水的倒有心避往来的人，水是往地下泼。可苏锦瑞自进怀仁巷后便处处留心，一时被吓了一跳，往后猛退一步，半只脚登时踩入积水坑。

这下好了，皮鞋整个泡了泥水，苏锦瑞惊叫起来。阿秀女忙把她搀到一旁，一边掏手绢替她擦裙子，一边怒骂："没点规矩没点礼数，倒个水不会先看有没人吗？”

她嗓子一拔高，在苏家练出来的气势全开，加上穿着打扮与怀仁巷的人不同，很容易先发夺人。倒水的是个少女，大冷天棉袄上罩着宽大的罩衫，系着围裙，忙得鬓发纷乱，被阿秀女这么一骂，登时愣愣地呆立着，不晓得怎么回嘴。

阿秀女冷哼一声：“你没长眼啊？看看这皮鞋，泡水了还能穿吗？真个坏了你赔得起啊？”

她并非有意为难人，然多年做惯了大丫鬟，嘴上刹不住。可惜她忘了这里是怀仁巷，怀仁巷的女人各有来历，骂架可骂人祖宗，却不能骂人家贫。皆因住到此处的人家，境况都未见得好，却偏家家自诩还有些体面清白，揭短不揭穷。

阿秀女一句话没说完，头顶已有个妇人自二楼探出来尖声回：“不要动不动就喊人赔好伐？自家过门楼不晓得先看看有没人要倒水，可不就是自己没长眼。”

那妇人嗓音清脆，说的是一口标准官话，显见是外省来的，话里的意思却难听得紧。

阿秀女自入苏家做工，往来都是西关谨守规矩的人家，已很久没遇见这么颠倒黑白的泼辣女人，顿时激起斗志，叉腰骂道：“呸，泼人水倒好意思怪别人，真个蛮不讲理，你长面皮这么厚，怎么不揭下来糊门窗？再说了，这泼水的不是你，皇帝不急急太监，你强出什么头？这么爱出头，那是不是弄脏我家大小姐的皮鞋，赔的钱一并算你头上？”

二楼那女的探出半个头冷笑：“我出头怎么啦？那是我小姑子！我做嫂子的不出头，等着你们讹她？笑话，什么皮鞋泡下水就不能穿了？你们家皮鞋这么金贵？有这么金贵就供起来，一天三炷香别落下，别穿出街才对嘛。还大小姐，哈，正好，我小姑子也是我们家大小姐，你们大小姐对大小姐，谁也不吃亏。”

苏锦瑞这时候听得一肚子火，她倒不是可惜裙子皮鞋，而是鞋袜这时俱沾了泥水，又冷又脏，浑身不舒服，偏还遇上个不讲理的。她眉毛一扬，喝住摩拳擦掌想骂回去的阿秀女，声音不高不低地呵斥：“住嘴啦，怎么出来还这么多话讲？你晓得那是什么人啊，就上去理论？跟你说多少回了，讲理要给讲理的人讲，怎么还不懂？当街失礼不说，还丢我的脸。你也不瞧瞧，租这种地方一个月顶天十元钱，还不够我买双鞋，你当做善事怎么啦？何苦为难人。”

她惯常跟二姨太斗嘴，早已深谙这套明褒暗贬的路子。这几句所谓见好就收，拢了手笼，压根儿不理会二楼的少妇跳脚骂什么，只维持着居高临下的姿态对那泼水的少女微微颔首：“不会叫你赔钱的，放心吧，忙你的去。”

那少女倒是实心人，见嫂子为自己与人吵架，早已憋红了脸，也不知听不听得明白苏锦瑞话里的奚落，咬着唇说：“对，对不住啊，那个，你鞋子脏了，要不脱下来我替你擦……”

她也说的是一口抑扬顿挫的标准官话，带着南方人学也学不会的卷舌音，配上其软软的嗓音，倒意外地好听。

“擦什么擦，你没脑啊，上赶着给人擦鞋，丢不丢人？”那二楼的少妇大失面子，“砰”的一声用力关了窗。

少女尴尬得不知如何是好。苏锦瑞嗤笑一声，这才左右打量那少女，却发现这女孩儿生得眉目清俊、轮廓优雅，只是脸色不好，身子瞧着单薄了些，想来家里日子也不好过。苏锦瑞无端觉得她有些眼熟，又多看两眼，问：“大姐啊，借问一声，你们这条巷有个卖花出名的，姓宋的人家，你可晓得在哪儿？”

“晓得的，直走，多两步路，廊下堆着花花草草卖着的那家便是。”

苏锦瑞点了点头，又问：“那我们就没找错了，他家有个大妹，人长得不错，听说还养了一手好花，你认不认得啊？”

少女目露狐疑，但还是点头道：“认得的。”

“你害我这鞋进水了，我也不要你赔，不如你帮我做件事吧。”苏锦瑞吩咐道，“你去帮我喊宋家大妹过来，她爹要是在，连她爹爹一起喊来，就说我是西关姓苏的，来相人。”

那少女听到“西关姓苏”四个字，吃惊地抬起眼，盯着苏锦瑞目光复杂。

苏锦瑞跺跺脚，皱眉催促她：“快去啊。”

少女垂下头应了，伞也不打，很快跑出门去。

苏锦瑞与阿秀女站在门廊下望着蒙蒙细雨，忽然后知后觉道：“咦，她都不打伞？”

“穷人家哪有那么多讲究。”阿秀女不知想起什么，叹了口气道，“大小姐，我适才是不是不该讲赔得起赔不起那种话？”

“你又没讲错。”苏锦瑞不以为然，“况且我也没要她赔。”

“你没见她嫂子探出来的头也没梳，衣领扣子都没扣好吗？这是睡到现下才起来，那家里的事谁做，还不是累死小姑？唉，这女子家里啊，不是父母早去，就是家里阿兄没用，阿嫂话事，不然谁家舍得年轻的姑娘家一早就起来做活？你没见那双手都裂出口子了？可怜啊，身子瞧着也单薄……”

苏锦瑞打断她：“讲得这么惨，等下你多给她几个跑腿费可好？”

“也唯有这样了。”

“滥好心。”苏锦瑞白了她一眼，“这个算什么？你等下睁大眼瞧，可有做爹的使劲要卖女儿的。”

她话音未落，就见雨里跑过来三个人，当前的是被苏锦瑞使唤去喊人的少女，她此刻头顶身上满是晶莹细小的水珠，额发湿湿地贴着，一呼气全是白雾。阿秀女也不等苏锦瑞吩咐，递过去一块手帕示意她擦擦，少女反倒吃惊得后退半步，窘迫地摇摇头，用手拍拍肩膀，使劲擦了一下身上的围裙。

“行了，莫要叫人白跑一趟。”苏锦瑞给阿秀女使了眼色，转头对那后面一老一少道：“宋师傅，又见面了。”

老宋笑眯了眼，浑浊的眼中露着精光，一张嘴一口老烟牙露出来。他不慌不忙地给苏锦瑞行了礼，口称“大小姐”，又把躲在他身后的女儿推上去，不文不白地说什么“这就是我提过的我家大妹，这孩子没见过世面，不敢带出来现世，今天能给大小姐请安，是她修来的福分”。

苏锦瑞拢着手笼，目光疏离，态度倨傲，刻意学着祖父的样子，似笑非笑说：“宋师傅跟我们家做了多少年花草生意了，就不要讲这套虚礼。这就是大妹？叫什么呀？”

老宋说：“养在八月，叫金桂，来，抬头让大小姐看看。”

苏锦瑞听了就笑：“刚刚还在说我的鞋金贵，瞧瞧，这才真来了个金贵的人儿呢。”

“哪里敢在大小姐面前称金贵，这不是种花的娶花名，方便吗？”

苏锦瑞一面跟老宋说话，一面仔细端详着名叫宋金桂的少女，倒真是一副好相貌，眉如烟笼，目若点漆，带着说不出道不明的婉约清愁，也不知怀仁巷的风水怎么养出了这么个娇滴滴的美人儿来。苏锦瑞微微眯眼，左右各看了看，心里有些满意，面上却换了嫌弃的神色：“宋师傅，家里雇妹仔，原本是不关我的事，只是我一心想孝敬祖父，这才多事要替他老人家挑个能干的养花丫鬟。先头旁人讲你家大妹如何好，你自己呢又跟我打了包票，我信你才特地出门来瞧瞧的。可怎么我今日瞧着，却觉得大妹好似身体不太好的模样？老宋啊，你也知道，我祖父那边的活虽不重，可样样精细，老太爷自己又吩咐多，如果找的丫鬟身子骨儿不大好，那可难保要吃不消……”

老宋忙说：“哪个会吃不消？怎么会吃不消咧？小户人家不娇养孩子，大妹在家也是做惯活的，家务女红，烧饭种花，样样来得。”

“瞧你说的，这在你家做活，能跟在我们苏家做工相比吗？”苏锦瑞皱眉道。

老宋脸上的笑一僵，还没来得及说什么，便听苏锦瑞好声好气对宋金桂讲话：“宋家大姐，劳烦你伸出手我瞧瞧。”

宋金桂怯生生地把手伸出，十指纤长，秀美匀称，只是略有些粗糙，显见老宋所言不虚。苏锦瑞心下更满意了，满意了却要挑刺：“哟，这手可真好看，比我的都不差，不似一双妹仔的手，倒像小姐的了噢。你真个会侍弄花草？”

宋金桂瞪大眼，忙点头，一双剪水明眸里满是无声的恳求。苏锦瑞暗暗点头，要的便是这种不动声色的美，美得让人不得不心生爱怜。她轻拍了拍宋金桂的手，却转头对老宋似笑非笑：“老宋啊，你不会瞧我年轻不会相看丫鬟，拿中看不中用的美人来糊弄我吧？”

老宋没料到苏锦瑞一点都不自矜身份，张嘴便是下不来台的大白话，他立即叫屈道：“我哪个敢哟大小姐，我家阿桂打小我就栽培她弄这些个花花草草，不知赔进去多少心血。现下她做这一行可是有名，你问问这周围的，家家过年摆的年花、金橘、水仙，都从我这买，都是阿桂伺候得妥妥当当，花期全部应节。这还不算，她最擅长种兰花、养盆景，老太爷不是正喜爱这些个东西吗？交给她，她最是细心……”

“哎，你可别乱开金口，我祖父的兰花不是人家自南洋带来送他的，便是底下掌柜亲自去云南挑的。养坏一盆，卖了你们家都抵不上的，我只是帮他老人家寻个养花丫鬟，可不是寻个胆大妄为的去无事生非。”苏锦瑞眼波一转，改口说，“不过也不怕，横竖府里还有正经的花匠呢，金桂就算什么也不懂，搬个花盆浇个水总没问题。”

要真这样，那还需要什么专门的养花丫鬟？

老宋突然间就意识到，原本自己女儿的优势，在苏锦瑞三言两语中显得一无是处。他想说我女儿长得美貌如花，怎么能跟阿秀女这样去做工的妹仔一视同仁呢？可他也深知，这个美貌的优势在同样妙龄的苏家大小姐面前，却还不如不要提的好。他来之前还笃定苏大小姐不过十七岁，又娇生惯养，能有多大见识？此时却暗恨自己小瞧了商贾大户出来的女儿，打小儿跟着长辈见惯人情往来，他心里头的打算，没准儿这位大小姐早就一清二楚。

既然如此，那她又为何要亲自来这趟怀仁巷？

老宋心里一动，再瞧自己女儿如花似玉的一张脸，忽而就有些醍醐灌顶，苏大小姐百般挑剔，不是因为她与自己意图相左，恰因为有些不谋而合。老宋收敛了脸上的假笑，苏锦瑞也收了试探，两人话里打着机锋，一路讨价还价，从宋金桂的活计、工钱谈到签几年契，四季领几件衣裳，逢年过节准几次假等。敲定后，老宋瞥见自己女儿头也不敢抬，双手攥紧衣襟的羞涩模样，分明就是没见过世面的小家碧玉，也不知前路是福是祸。他莫名有些良心发现，对苏锦瑞真心实意地道：“我家大妹不大懂规矩，进了苏公馆，该骂骂、该打打，只求大小姐不嫌弃，愿意教她一教……”

苏锦瑞心虚了，她笑得刻意：“我们家又不是龙潭虎穴，她只是去做工，又不是签卖身契，再说了还有试工，没准儿不是我们家看不上你家大妹，而是她看不上我们家呢。”

宋金桂的头垂得越发低了。

他们这边商量事毕，老宋自带了女儿回家。那边阿秀女却在另一边与那少女推搡几个铜子儿的跑路费。阿秀女看到她便想起自己当初在家也是这般起早贪黑、忙里忙外，十来岁花朵一般的年纪，头上却从未抹过一次素馨花油，脚上从未蹬过一双包头包尾的黑绒布鞋。说起来，人生中头一回穿上不打补丁的竹布褂，还是进了苏公馆领到帮佣们裁剪一致的夏季薄衫。初进苏家，熬个银耳汤都不会，还以为银耳滚过水便能吃，没少让人笑话。

可阿秀女的秉性是粗粝中带着精细，待人处事颇有男子气概，少了几分唯命是从，却多了几分急公好义。也正因为这个，当年她入苏家跟在苏锦瑞身边，旁人只将苏锦瑞看作大房锦衣玉食千娇百贵的大小姐，唯独她看到一个年幼丧母落入姨太太手里的弱小女孩儿。她今日看这个少女也是如此，旁人只道她害臊腼腆，为着几个铜子儿憋得满脸通红，阿秀女却看到她心底隐约的自尊。她想起适才二楼那妇人讲过一句，这女孩原也是家中的大小姐，只是此大小姐比不得彼大小姐，往大里说是乱世纷纭，遭逢巨变，朝为青丝暮成雪一类；可仔细推敲，却不过四个字："造化弄人"。要是换那多愁善感的人，为这四个字便可嗟叹一番，可阿秀女却不这么看，她想便是生如浮萍，进退半点不由人，那也要在一进一退之余，寻点实在的根基。她被少女推搡几次烦了，用力抓住她的手，从钱袋里抓出一把铜子儿全塞入她手中，口气强硬道："拿着，别叫你嫂子知道！"

少女惊诧地看着她，阿秀女不耐道："女孩儿家哪样不用钱？留着买朵花儿戴，买包草纸用都好。"

少女霎时间脸色变红，又挫败一样慢慢收了钱。苏锦瑞这时正打发走了宋家父女，回头一看这边未语先笑，娇声道："可不是，拿着吧。阿秀女今日可是把自己的体己都拿出来赏你了。"

少女顿时羞愧难当，手忙脚乱又要把钱塞回去，结结巴巴道："不，不能拿，不好……"

阿秀女手一扬，那把铜钱被碰散，“叮叮当当”落到地上。两人俱是一惊，忙蹲下捡钱。有一枚滚到苏锦瑞脚下，她就算不乐意，也弯腰将钱捡起。

就在此时，她听见一个耳熟的男音诧异地问：“小妹，你们在这做什么？”

“二哥，你回来了？我们没做什么，苏小姐掉了钱，我在帮忙捡……”

苏锦瑞慢慢直起腰，映入眼帘的是个衣着朴素、高大英挺的年轻男子，苏锦瑞只瞥了一眼便不由得皱眉头。她认出来了，这位正是那日目睹她拿木屐扔二姨太的外客。她还想起这个人姓叶，原与苏家是世交，不久之前与祖父不愉快的交谈中，祖父甚至威胁过要把她许配给这个人。

原来这个人就住在这等地方，原来那个如帮佣一样忙里忙外的少女是他的妹妹，那么适才于二楼窗口探出头来骂街的女子，便是他的嫂子了。

苏锦瑞心里冷笑，脸上却不露半分，因为她从那男子略有诧异的表情看出，不仅她认出了他，他也认出了她。

认出了就不好装作不认得，苏锦瑞抿抿嘴唇，站直了身子。

“原来是苏小姐，不知可是西关苏家？”那男子明知故问。

苏锦瑞似笑非笑地颔首。

“哦，那真是巧，敝姓叶，叶棠，祖父与苏老太爷曾为八拜之交，那日我登门拜访过，见过一面，不知您是否记得？”

怎么会不记得？真是想不记得都难。苏锦瑞嘴唇一勾，浅笑道：“原来是叶家少爷，贵府就在此处？这位小姐，是令妹？”

她是故意的，“贵府”与“小姐”等字咬得极重，叶棠脸上顿时多了三分疏远，客气地道：“正是舍妹，妹妹，这位便是与咱们家世交的苏家大小姐。”

叶小姐怯生生上来问好，苏锦瑞笑着应道：“今日赶巧了，我们府上要雇个养花的丫鬟，家在此地，我替祖父来掌掌眼，省得被那些黑心肠的骗了，却不承想倒遇见了令兄妹。既然是叶家小姐，那适才真个冒犯了，阿秀女，把你那把铜子收起来，叶小姐是与我一样的人，哪能让你给赏钱？别失了礼数叫人笑话。”

阿秀女撇嘴，不以为然地收起铜子儿。

叶小姐倒不好意思了，她局促地捏住围裙，小声道：“也没，没什么的，原是我泼水没看人，我……”

她似乎连说句囫囵话都要紧张，正待说话，却听一阵急促的下楼梯声，一个女人忙不迭地尖声道：“都堵在那干吗呢？小妹噢，眼瞅着晌午就到了，你这衣裳才洗了一半，灶上还是冷的，想让一家人饿肚子还是咋的？要不要嫂子给你雇两个丫鬟，一个专门伺候你洗衣裳，一个专门伺候你淘米做饭啊？哟，这不是二叔嘛，稀客啊，这家你可终于舍得回来了？整日不着家，我做嫂子的也不好打听你去哪儿，想来你找着正经营生做了？那敢情好，快跟我说道说道，我也好跟左邻右里吹下牛，沾点光。如果这个月房租您能掏腰包，那我立马回去给爹娘多上一炷香……”

她连刺带打，几句话便将叶家兄妹说得灰头土脸。苏锦瑞差点没憋住笑出声来，有这么厉害的嫂子，她讥讽叶棠那几句简直算不得什么。可她热闹没看成，下一刻叶大奶奶便将炮火轰到她身上：“哟，这不是那位什么大小姐吗？怎么您主仆二人贵脚还站在我们这贱地舍不得走啊？别是讹鞋子钱不成，又想讹其他的吧？”

叶棠终于忍无可忍，低喝道：“大嫂！这位是苏家大小姐！”

“什么苏大小姐，咦，苏大小姐？”叶大奶奶眼睛一亮，“那个苏家？”

叶棠别过了脸。

“哎哟，您就是苏家大妹妹啊，哎哟哎哟，这叫怎么说来着，大水冲了龙王庙，自家人不认得自家人哟。”叶大奶奶拍手一笑，过去亲亲热热想拉苏锦瑞的手，却见苏锦瑞牢牢将手揣在毛皮手笼里，她不好上前将那手拉出来，便顺势转了方向，扶住苏锦瑞的胳膊笑眯眯道，“百闻不如一见，瞧瞧这仪表，这做派，可不就是个千金大小姐，哎呀，嫂子我有眼无珠，今天差点冲撞了你，还望苏大妹妹看在咱们两家世交的分儿上，别跟嫂子一般见识啊。欸，贵客临门，蓬荜生辉啊，怎么能在这站着，快请家去坐坐啊。”

苏锦瑞心想这妇人倒会说话，自己一下从“苏大小姐”变成了“苏大妹妹”，她一下成了自己“嫂子”。这顺杆子往上攀亲戚的本事，倒让苏锦瑞不觉嫌恶，反而觉出几分新鲜。要知道在家里，便是与二姨太唇枪舌剑，可彼此都得讲究个技巧，不惯这么直来直往。如今一听叶少奶奶这直白的土话，方觉不讲规矩的人原也有她来自市井的野趣，又能屈能伸，玩转起歪理儿来也能自圆其说，把苏锦瑞看得兴味盎然。

再一看，旁边叶棠那副皱眉冷峻、又不好发作的模样，苏锦瑞便更觉有趣了。她晓得这男子是穷得偏剩三斤硬骨头，想是看不惯自己嫂子这种踩高捧低的做派，觉得她在外人面前丢了叶家人的脸。叶棠越是憋气，苏锦瑞便越是有种赌气般的高兴，她挑剔地瞥了两眼，心道就凭你这莽夫模样，贫寒家境，加上这么个泼妇大嫂，窝囊小妹，住在这月租低廉，环境恶劣的怀仁巷，竟然也敢肖想我苏家，真个癞蛤蟆想吃天鹅肉。

“苏大妹妹啊，有道是有缘千里来相会，你想我们叶家千里迢迢地迁回来，与你们是故交，你又好巧不巧来我们家门口，可不就是有缘？赶紧的，上楼坐坐，嫂子给你寻些打北方带来的新鲜玩意儿，包管你没见过……”

什么叫“有缘千里来相会”？这叶大奶奶还真什么话都敢往外讲。她话音未落，阿秀女已经黑了脸，狠狠咳嗽了一声。苏锦瑞却撑不住“扑哧”笑出声来，一旁的叶小姐窘得恨不得地上有条缝钻进去，叶棠却脸罩冰霜，沉声道：“大嫂！”

叶少奶奶讪讪地闭了嘴，苏锦瑞也吓了一跳。可随即一想，原来这叶二少爷还要脸啊，那更好了，怕的是你不要脸，但凡你还要这张脸皮，那可就对不住喽。

她自手笼里抽出手拢了下鬓发，不作声色离叶大奶奶远了一步，抿嘴笑道：“这位叶家少奶奶，咱们还是慢点论辈分的好，我一个姑娘家，家里头但凡来个亲戚朋友，也轮不到我出面应酬不是？不熟万不好乱叫的，该怎么称呼您呀，该尊称您什么呀，这可半点不能出错。不然回头家去长辈们晓得我乱了规矩，那可是要责罚的，叶少奶奶看着就面善心慈，想来也不会叫我为难不是？”

叶大奶奶虽泼辣，可她到底往来的都是怀仁巷的人，极少见苏锦瑞这般便是要拒人千里，也得拿漂亮话兜着的，一时间竟有些不知怎么回合适。

她不知道说什么合适，苏锦瑞却不会，她眼波流转，笑意盈盈地接下道：“说来说去，叶少爷到底算登过我苏家的门，想来苏家叶家，故交的情分是错不了。今日我来都来了，总不好就这么甩手走。这样吧，我们府上有规矩，一向所有的乡下亲戚，外省故交，一旦登门都会留饭留茶，好好款待。可不巧，那日叶少爷去时，我们府里正乱着，也不曾留您下来，真是有失待客之道，叶少爷见谅啊。”

叶棠狐疑地看着她，明显摸不着她话里真正的意思。

苏锦瑞笑得仿佛有些不好意思：“既然有意要致歉，我总得有些表示才对。虽说论理轮不到我来多事，可谁让家里怠慢叶少爷在先，我呢，又跟叶小姐有缘在后。要不然适才那一盆水，怎的早不泼晚不泼，偏生我走过的时候便泼，叶少奶奶先前说什么来着？不打不相识，可不就是这话。要不是叶小姐的水盆这么一泼，咱们也不知道谁是谁哇。也罢，今日我也斗胆代我家长辈一回，封个利市，权当作给叶少爷赔礼，也是给叶小姐压惊，算是替我们府上表下心意。”

她一席话说下来，叶家诸人脸上各有异色。苏锦瑞可管不了那么多，她转头旁若无人地吩咐：“阿秀女，把咱们等会儿要去银楼挑首饰的那一百元先挪出来，首饰可以不戴新的，家里的故交可不能怠慢哟。”

阿秀女虽不太情愿，还是从衣襟内袋里掏出一个精致的钱袋，从里头数出十张银行拾元钞票递了过去。

“不好意思，我嫌银圆累赘，向来都带纸钞出门，这个是省银行发行的兑换券，省城里处处通用的。”苏锦瑞拿过纸钞，塞到叶小姐手里，笑眯眯道，“叶小姐得空了也来我家玩啊，不过记得先送拜帖，不然门房不放人的。”

叶小姐手抖了一下，她想把那几张薄薄的纸钞塞回去，奈何她对面这回是苏锦瑞本人。她就那么一站，眼睛那么一瞥，高高在上的姿态便令她心生畏惧，令她不敢像对上阿秀女那般推来推去。她也不是愚钝之人，听得出苏锦瑞话里藏着话，没那么好相与。可她又是实心人，攥着那几张纸钞，迷迷糊糊地想，原来这便是整整一百元啊，时下上好的羊肉不过两毛五一斤，猪肉两毛八一斤，那一百元能买多少羊肉猪肉？简直数都数不过来。

叶家的饭桌上可是久不见成块的肉菜了，日常的荤菜不过挑街市收档时贱卖的小鱼小虾买几个铜子，加点菜油水煎一小碟，上了桌也尽顾着侄子和嫂子两张嘴。若是有这一百元，饭桌上便无须再可怜巴巴上那个蓝汪汪的小瓷碟，而是可以上大锅羊肉汤。叶小姐记得母亲还在时，伊犁的铺子不管生意多惨淡，一到冬至这天，她总是能想方设法给一家人炖一锅热热的羊肉，那是叶家留下的老规矩，也是这故乡的老规矩。人们一厢情愿地相信若这一日补得好，一整个冬天都能暖洋洋，能容易挨过去。可惜母亲一去，叶家已经连着两年没照规矩过节。若是有这一百元，嫂子也不会太吝啬，冬至现下是过去了，可马上年关将至，有这一百元，想必能过个像样的年。

没准儿还能给全家人一人裁一身新衣裳。

她觉得这几张纸仿佛霎时间重逾千斤，想推，却本能地舍不得。她求助一样看苏锦瑞，豁出去一样想她替自己决定，是留是推，只看她下一刻怎么做而已。苏锦瑞此时却笑而不语了，爱莫能助一般退后一步，饶有兴味地看着眼前的一切。她的视线太戏谑，叶小姐顿时慌了，她不得不看向一旁的叶大奶奶，小声唤了句："大嫂……"

叶大奶奶意外地没见钱眼开。她不比叶小姐，苏锦瑞话里话外的意思，没人比她更清楚。她恼怒，想娘家夫家多少都曾富裕过，眼下光景是大不如前了，可她在叶家，那也是响当当的叶大奶奶，怎容一个小丫头话里话外奚落？可她又不能真个发作，说到底，只一个穷字，便令人折了腰。

叶大奶奶将小姑手里的纸钞接了过去，她的手又凉又湿，透着不知所措，可她脸上却堆上分外刻意的笑，笑声尖利："哟，这可怎么好意思，大小姐也太客气，哪有你给我小姑见面礼的道理。"

“谁让我比叶小姐长两岁，就倚老卖老了。”苏锦瑞俏皮地说，仿佛还嫌不够似的，又凑近叶大奶奶那，仿佛要密谈，声音却不小，“少奶奶可莫要推了，你们一家由北边返乡，这一路兵荒马乱的，也不知挨了多少苦呢。可怜噢，这点钱又不多，拿着吧，就当我一个心意。这年头家家都有些不好说出口的难处，我虽年轻，却也是晓得些人间疾苦的，少奶奶就当成全我，让我也学一下家中长辈乐善好施一回……哎哟对不住，我可不是那个意思，您别多心。”

叶大奶奶听得柳眉倒竖，脾气一上来正要不管不顾了，却听叶棠喝了一声：“行了！”

他是练过武的人，这一下气运丹田，声若沉钟，又压着怒火，震得人人耳朵发蒙。苏锦瑞吓得心里怦怦直跳，眼见叶棠黑着脸大踏步走来，后知后觉地想起这会儿她身边只有阿秀女一个，而叶棠可是个身板粗壮、瞧着就像个做苦力的，真要干点什么，她哪里是对手？

苏锦瑞这才晓得怕了，她后悔适才不该画蛇添足加最后那两句，意图太明显，以至于激怒了叶棠。事到如今，她可不能退后，只好睁大眼强撑着，假笑说：“叶二少爷，我这人少应酬，不懂说话的，如果有哪句话不对，您可别跟我计较……”

叶棠冷冰冰地盯着她，道：“苏大小姐要还不会说话，这省城大概没人敢说自己能说会道。大嫂，钱拿过来。”

叶大奶奶脸上神色不定，叶棠冷冷瞥了她一眼，她撇了嘴，泄愤地将纸钞往他手里重重一塞。

叶棠两根指头捏着那几张纸钞，又慢慢从上衣口袋里掏出一块银圆，连纸钞一道，随手丢到阿秀女怀里。阿秀女“哎哟”一声伸手接了，接过手才发现不知该不该接，又看向苏锦瑞，等着她拿主意。

苏锦瑞不知哪儿来的勇气，挺着下巴问：“叶二少爷这是什么意思？”

叶棠冷笑道：“抱歉，我叶家没乱给人见面礼的规矩，可家风庭训讲究主随客便，苏大小姐今日莅临寒舍，赠我妹妹一百元做见面礼，我是她兄长，自然要替她回礼。我又比你痴长两岁，回礼数额总不好跟你齐平，自然要比你给得多。只是我叶家祖上虽为商贾，然却爱教导子孙后代耕读传家，得势时莫要仗势欺人，失势时莫要怨天尤人。因此，我便在你之见面礼基础上只添多一块钱，这一块钱，既是讲规矩，也是讲人情，更是讲祖训。苏大小姐可千万请收好。”

他说罢，拍了拍双边衣袖，漫不经意地道：“天色不早，两位请回吧。若叫不到车，我去帮你们叫。”

苏锦瑞被他适才一席话噎得一句话说不出，正憋着气还没找回场子，这会儿人家又下逐客令了。她怒道：“叶二少爷说的话好奇怪，莫非你家租的屋子连带楼下门檐？怎的我走不走，倒劳你挂心？”

叶棠逼近一步，苏锦瑞吓得忙退了一步，待发觉自己退了，又不甘心，反而要再往前，只是她尚未动作，已听叶棠压着嗓子道：“趁着我没发火，赶紧走，不然信不信我动手轰你？”

他口气中的威胁意味强烈，令苏锦瑞觉出一丝真正的恐惧。她几乎立即扯了裙子转身就走，走了两步才想起阿秀女，回头道：“走啦。”

阿秀女三步并作两步跟上，把伞重打开罩到她头上。苏锦瑞深吸一口气，停了脚步，再度回头，却又是那个假模假式明媚鲜妍的大小姐：“叶二少爷，大家既然有误会又不愿解开，不若就这样吧，平日若无事，你我还是莫要相见的好，以免引发口舌，有伤体面，您说呢？”

叶棠面无表情点头："求之不得。"

"我祖父对叶二少爷可是赏识有加，你这么知礼讲规矩的人，个中分寸，想必晓得如何拿捏。"

叶棠转身看也不看她："无须多言，慢走不送。"

"那好。"苏锦瑞抿嘴一笑，酒窝浅浅，"那叶少奶奶、叶小姐，告辞了。"

说完，她如自熟人家做客回去那般颔首示意，再转身款款步入雨中，阿秀女紧随其后。

七

# 东楼

苏家大屋东西两栋楼，东楼住的是大房，西楼住的是二房三房，中间夹着狭长逼仄的堂屋，再到后园小楼流水。整座府邸建筑格局取的仍然是四平八稳，子孙延绵之意，然进去一看，却能发觉西楼比东楼宽敞，里头格局也更复杂。楼中楼、阁中阁，厢房之内又有厢房，阁楼之内又有阁楼，为将苏二老爷、苏三老爷众多的妻妾子嗣、仆佣老妈子安置进去，真是煞费了苦心。

人口一多，西楼主楼便住不下，就得往外想办法。于是苏家人又挨着主楼修了夹巷，夹巷开了门，隔墙之外又盖了一溜儿平房，推开门固然一间间低矮，开了窗却被主楼挡了光，白天也昏暗，底层又接地气，一遇梅雨季节便潮湿。然而这里毕竟仍是苏宅的一部分，干净而又井然有序，能住人。

于是西楼一众杂役拖家带口地全遣到那里住，每日进出全凭那一道门。平房临着街市，说是苏公馆，实质却属外围，住的又多是签短契来做工的，难免鱼龙混杂，天长日久，便不乏想浑水摸鱼、偷鸡摸狗的人。于是夹墙那道连着西楼的门，便显得尤为关键，夜夜有人轮值不说，警务厅巡逻队那也是常常要去打点的，巡逻队巡夜，这里也定例要多照应一下。

住西楼与住东楼不同，简单讲，住西楼热闹得多，人丁旺，二房三房在一个宅门进出，同一道楼梯上下，同一座厅堂里喝茶打牌，典型的抬头不见低头见。见得多了，两家人自然要亲密，可亲密过了头，便难免有牙齿碰嘴唇，碰得满嘴血的时候。可无论唇齿怎么碰撞，该打落牙齿和血吞时，二房三房却毫不含糊。因此，她们应对矛盾的方式，要比东楼里大小姐与二姨太明火执仗隐晦得多。比方讲，若二太太在三太太那吃了委屈，或三太太在二太太那吃了教训，两妯娌当面是绝不给对方脸色看的，她们会隐而不发，回头遣各自的丫鬟老妈子、厨房场院、楼上楼下，自有千百种不同的方法给对方下绊子。有时遇上孩子们打闹就更好了，一句“孩子们小不懂事”，麻烦总能轻描淡写揭开去。若哪家的哥哥姐姐欺负了叔伯家的弟弟妹妹，太太们自乐得装没看见，没准儿回房还要给儿子女儿喂蜜饯、吃鸡仔饼，无言奖励一下他。可若事情闹大了，闹出了西楼，叫东楼那边的人看了笑话，那太太们又会判若两人，不问对错，先当着众人的面不由分说赏自己孩子几个耳光，再押着孩子好声好气赔礼道歉，为自己教子无方愧疚万分。

无论西楼两家如何互看不对眼，可对外她们是一致的，促使二太太与三太太亲密团结的时候，多半是对上了东楼。她们偶尔也会抱怨老太爷偏心，明明晓得二房三房人口多，可仍将东楼不由分说全给了大房。可她们抱怨归抱怨，谁也不想真个跟大房换，都知道东楼宽敞是够宽敞，可那栋楼年代久远不说，名声也不好。当年兴建时苏家将将富裕，顾不上用料精细，讲究不了风水格局。因此，那楼虽是祖上发迹楼，照规矩只能长房居住，可这楼年月一久，总有些关于阴气重的传闻。据说老太爷的原配当年也是病逝于此楼，轮到大老爷的原配太太、苏锦瑞的亲娘，也在此楼里香消玉殒。这两位都是原该做当家主母的女人，都年纪轻轻、如花美眷，没来得及大展身手，就各自撒手尘寰。

老太爷五个子女，活下来只余三个，这在省城富户中绝不算开枝散叶。轮到大老爷的情况就更糟了，迄今为止，他的一妻一妾也不过养了两个闺女，用旧时代的眼光来看，无子嗣简直可称为绝后，可惜现在时代不同，便是女子亦有继承家产的权利。以往老式粤商家，能挑大梁做买卖的姑奶奶也不是没有。可苏家人的古怪在于他们对此都漠不关心，苏老太爷正嫌二房三房少爷小姐养得多，大房有没有儿子似乎都与己无关，他也从不过问。苏大老爷自己也有自己的偏执，他自原配过世后，多年来不续弦、不纳妾，更不养外室一流。南北行的事忙起来是粤港澳三地轮流转，闲下来时，他尤喜读王守仁《传习录》一类，却又混着禅宗语录一道瞎看，搅得脑子里禅也不像禅，儒也不像儒，格物未必致知，心也未必能只系一处。但那又如何呢？苏大老爷读书不求显达，也不求甚解，偏偏歪打正着，多年研习下来，脾性早已养得清淡平和，偶然想起少年时的痴狂，反而觉得不可思议，仿佛隔着毛玻璃打量一个陌生人。

他对家里头的事也不爱管，哪怕二姨太与大小姐闹上了天，只要不影响到他，不在外人面前削了他的面子，苏大老爷宁可睁一只眼闭一只眼。他看东楼里这几位女眷，也像隔了毛玻璃看人，看的还是变形了的皮影人，美则美矣，然而一举一动，都身不由己。他是带着怜爱来看这些女人的，觉得她们都不容易，来世一遭，没给自己挑一条好走的路。他常想，若这些女人出生在寻常百姓家，或是干脆点，出生到珠江畔任意一艘破船、城郊任意一户农户家里倒好了。穷人家的女儿娇养不了，一落地便被抛到一旁，学会走路便要学会做活；再大一点，烧火劈柴、照料弟妹、做饭洗衣，不过是女子一生重重劳役的最开始；待养到十来岁，或是做工或是嫁人，总是有重重的生计二字压在头上，哪儿有闲工夫烦忧？

可苏家的女人，尤其是住进东楼的女人，仿佛格外过得难。她们难就难在日子越过越小，小得如针鼻儿的量度，看什么都得耗气耗力，费劲思量。明明好端端地养在精雕细琢的楼里，拿锦衣玉食供着，拿绫罗绸缎裹着，可又能保得住多久的鲜妍曼妙？她们总是会不明所以地褪色、苍白，总是会一如既往地憔悴、颓败。就如养在温室里的名贵兰花，明明倾注了极大的心力去浇灌，施肥锄草从不耽误，每一日都拿细布擦拭嫩叶，可越是这样，它们就越容易凋零不堪。

偏偏他还不能责怪这些女人自寻烦恼，争来夺去皆是些不入流的小欲望。因为那点烦恼，那点欲望，本来就是她们生活中不可或缺的养分，是她们单薄人生中自己一层层加上去的，重重叠叠的色彩。仔细看，那烦恼也是可爱的，为一件时新裙衫，为一样晶亮首饰，为一盒舶来的胭脂；或是为一句话不对、一个举止不妥、一个眼神不善，她们能琢磨上大半日。这些缘由都很小，可小有小的正经肃穆，容不得旁人轻易否定唾弃。好比多年以前妻子床头那用棕色扁平玻璃樽装的阿片酊，今天想来，那哪儿是一瓶阿片酊，那其实是一瓶解忧的灵丹，是对付女人细细密密、层层叠叠无穷烦恼唯一的溶解剂。苏大老爷当年是不懂，看不明白这棕色小扁瓶中欲说还休的苦，所以才越俎代庖想阻止妻子喝那玩意儿。后来他慢慢懂了，懂了后他便有些后悔，常想若没这件事，柔弱美丽的原配想必会一直柔弱美丽下去，到死都不会有损记忆中那份美。可看看她后来都成了什么样儿？披头散发、状似泼妇，对他破口大骂时，哪里有平日半分的温柔贤淑，简直疯得令他惊恐。

可惜人生总是太短，开悟总是太晚，导致现如今，大老爷便是有心想要回忆点少年夫妻恩爱缱绻的时光，还未忆起细处，大太太病重时那张瘦削又泛着潮红的脸便先挤进脑海。她骂什么已然记不真切，却总记得她骂人时双眼迸发出凶狠的光。那是真恨啊，仿佛他不是她的丈夫，而是杀父仇人，是她不共戴天的宿敌一般，恨不得剐骨剖腹，食其肉寝其皮。苏大老爷每每想起，都要重新经历一番在妻子目光下仓皇逃跑的惊惶无措。这一切历历在目地提醒他，他曾经如此耽于外物，如此经不起事。他不止一次地后悔，当年便是让她喝又如何？让她喝总好过让她疯，总好过让她骂，总好过让自己在众目睽睽之下难堪至极，以至于十来年这种难堪仍然不减半分，只要一想起，便是一阵羞愤难当。

若是早点懂得些格物致知的道理，何至于为一瓶阿片酊乱了阵脚？

因为大太太的死，苏大老爷怪上了女人，又体谅了女人。比如二姨太，他怪她目光短浅，心思不纯，可又体谅她做妾不易、扶正无望，她恨不得两只手抓多点，再多点，也是人之常情；比如苏锦瑞，他怪她做女儿毫无作用，唤不起亲生母亲半点怜悯慈爱，可又体谅她幼年丧母，凡事不得不自己做主，多些强硬跋扈也是应当；再比如苏锦香，他怪这个孩子来得不是时候，她的到来，直接将大太太气病在床，可又体谅她身为庶女，有个处处比她强的长姐在前头压着，爱争强好胜，任性骄蛮，也是环境使然。

苏大老爷因此默许，甚至有些纵容家中的女眷。他带着怜悯，带着居高临下，却又不偏不倚。有时哪一方处在劣势，他还会暗地里伸手扶一把，不叫西风压倒东风，也不叫东风压倒西风。苏大老爷自有他的道理，哪一方输赢都不叫输赢，那不过是女人们度过漫长时日的消遣。再往深里看，不过是富贵梦中一团团花影绰绰的幻景而已，拿幻境当真，梦里不知身是客，想想都有无尽的可怜。

苏大老爷因这些道理，对家中女眷与其说多了三分宽和，不如说多了三分退让。他轻易不与其一般见识，也不与其争论短长。叶棠上门来那日，苏锦瑞朝二姨太扔木屐，正正好让他碰见，那是不得不当面呵斥的。可呵斥完了，苏大老爷却没了下文，既不罚长女禁足，也不罚姨太太回房反省，对她们针尖对麦芒的缘故毫无兴趣。他倒是隐约听说，那是大小姐去参加什么宴会的请柬让二小姐拿了，可这算得什么事？不就是穿红戴绿往人群中走一遭，也值得大张旗鼓煞有介事？

苏大老爷掏腰包给长女五十块，让她去买条新裙子，想了想也给二姨太补了五十块，让她带苏锦香逛逛百货公司。拿到钱后，二姨太与苏锦瑞双方着实消停了几日。到晚上他回家时便看到苏锦香穿着时兴的及踝洋绸裙，脖子上绕着新买的长串珍珠跑来给他请安。苏大老爷顿感欣慰，觉着钱没白花，又因心情好，不觉讲了二女儿一句：“哪儿有好衣裳，也记得带你长姐去买。”

苏锦香想苏锦瑞眼高于顶，还需要我带她去买东西？她心里鄙夷，面上却要带出一个娇憨的表情，微微撅嘴，却不失柔美可爱。没有人比她更明白苏大老爷希望小女儿怎生模样了，上头已然有一个自矜自持的大女儿，剩下的小女儿自然要能扮演撒娇发痴、承欢膝下的角色。苏锦香对此无师自通，演绎了十来年，为自己挣得好处无数。她正因苏锦瑞在小姐妹的聚会上奚落她心存芥蒂，当即半是委屈半是无奈地叹口气道：“我这么笨，懂得又不多，还是莫要毛遂自荐惹长姐厌烦。您没见长姐与她的同学姐妹们玩儿，去游园会、开茶话会，从来都不带我啊？”

苏大老爷一听就头疼了，他晓得这是闺阁女子惯用的拐弯抹角告状的方式，她们从不直说谁不好，开口总要先说自家的不是，再从这“不是”中带出无尽的委屈，折回来讲令她们受委屈的人才是真不是。可惜苏大老爷刚两边给完五十块慰问金，正觉着该平息事端天下太平的时候，实在不愿顺着小女儿多事。他忙端起茶杯，吹吹气，顾左右而言他：“今年冬天冷，茶花都冻得没结多少苞，看来过年我们家要用的年花还得早些订，你可有想要摆在房里的花儿？”

这要是换成二姨太，听这口气就知道大老爷不愿管了，自然就会顺着他不提适才的话。可苏锦香刚刚那句只是抖了个包袱，接下来要讲的才是重点。她见苏大老爷不接话茬，不甘心地偏要一意孤行道：“父亲，你担心这个做什么？我跟你讲，今年家里的花有姐姐呢，不仅年花，往后过年过节所有的花，姐姐都能包圆了。”

大老爷一听也惊讶了，问：“这话怎么讲？”

苏锦香就冷笑：“她请了个侍花仙子来家呢。”

“什么仙子不仙子，尽胡说。”

“我哪儿用得着胡说啊？家里都传遍了，姐姐雇了个养花丫鬟，长得跟仙女似的，说是专门给祖父养花弄草，哼，园子里的花匠原本做得好好的，她非要多事横插这一手，那往后园子里的花给谁管啊？花匠一家都求到二妈跟前哭呢……”

苏大老爷不怕别的，却最怕父亲，忙问：“那你祖父呢？老太爷说什么？”

这就不是苏锦香能知道的了，她撇嘴不甘地道：“谁知道，反正祖父没责怪，哼，谁不知道他最偏心长姐……”

没骂人就好，没骂人就说明老太爷懒得管，既然老太爷不发话，那他也要跟着不发话。苏大老爷松了口气，把背脊靠回椅背：“那就没什么，入夜了，你也早点回房吧。”

苏锦香不依，撒娇问：“父亲，你都不管一下长姐吗？”

苏大老爷挥手道：“快回房，家里的事轮不到你多嘴。”

“你们都偏心！”苏锦香跺脚，娇声道，“我不过多戴件首饰，西楼的婶婶们就要讲到二妈头都抬不起，姐姐自作主张，你们却个个都不讲她。”

苏大老爷笑了，这也是他包容的小儿女态，他好声好气地哄小女儿："好了，不讲她也不讲你，婶婶们不让你多戴首饰，那我让铺子里的人给你寻枚好胸针别着，可好？"

苏锦香眼睛一亮，嘟嘴道："上回我在陈公馆见到有人戴珐琅镶象牙的，我也要那种。"

"好好，不过你要乖些才有。"

隔几日，苏大老爷睡了好觉，起来便闻着一阵花香。这香不比寻常，趁着冬日清晨冰凉的空气，有沁人心扉的清甜气息。他想了会儿，才想起这是桂花香，可今年冬天比往常冷，桂花十一月后基本不打苞，哪来的香气？他慢吞吞起来洗漱完毕，坐下来喝了一盅茶，这才开始用早饭。那花香一直如影随形，若有若无，将人环绕其中，却偏偏不见踪迹。苏大老爷将筷子一放，擦擦手，下了楼梯准备出门。过道那几个丫头凑在一堆往花园方向看，不知在说些什么。大老爷掏出怀表一看，这个时辰二姨太与苏锦香还睡着，但虽说还没到伺候时间，这一群人围着不做活像什么样？他禁不住咳嗽了一声。

那群少女如受惊的小鸟一下四散，当中围着的人就显露出来。苏大老爷仔细一看，竟然是好几盆修剪得精致可爱的桂树盆栽，栽在青陶花缸里，枝叶修剪得整齐，郁郁葱葱的，冬日里显得生气勃勃。更难得的是枝头缀着一簇簇金黄色花苞，娇艳柔嫩，那香气便是从那里而来。

南粤之地，金桂本随处可见，栽种简单，花期又长，开的花清香沁鼻，花瓣能泡茶、制香、做点心，又好看又好用，真是最实惠不过的一种植物。省城内的人家多有栽种，实在没什么出奇。可这几株金桂奇就奇在隆冬时节还能打花苞，也不知栽种的人使了什么巧法，花了多少心思。

苏大老爷见了不知多少新奇玩意儿，几盆花而已，他也不放在心上，刚要走过去，没两步远忽而听见一阵银铃似的笑声。他转头一看，却见两张少女的脸自花旁转了过来，一张明媚，一张娇柔，仔细看，这两人的眉眼间竟然有些许相似，一样的明眸善睐，一样的眼波流转，只衣着气质天差地别，故一人是大家闺秀，另一个却是小家碧玉。

苏大老爷霎时间有些恍惚，脑子里有一闪而过的情形，似曾相识，却又真假难辨。仿佛是在很多年前，他也曾遇见过与此相像的一张少女的脸，那样容貌精致，举手投足仿佛蕴含无穷尽的韵味。他甚至能记得起那个少女当时穿的碧绿绸袄，盘扣一直扣到下颌骨，衬得一张脸素净小巧。她的袖口绣着一圈嫩嫩的小黄花，花瓣简约，不是玉兰，不是藤萝，更不是蔷薇一类，那是什么花来着？

想了半日，他忽而忆起，那是金桂。

舒展开的金桂，一小朵一小朵，五瓣花瓣，点缀着橘色花蕊。

可自己是怎么晓得那就是金桂呢？似乎是在很久以后，新婚缠绵，大红顶帐之下，他拉着那女子的衣袖闻那上头熏的香，又仔细端详袖口绣样，好奇地问："你绣的？是什么？"

女子不答，只咬着唇笑，他有心逗她，便说："迎春花？雏菊？不像，难道是野花？"

女子不依了，娇嗔道："你才绣野花，这是金桂。"

"为何不绣花儿雀儿？我有个表姐女红针线甚为了得，绣了一顶帐子，上头有一百种鸟，个个栩栩如生，就像活的似的，仿佛下一刻就要飞到人肩头叽叽喳喳。你会绣那个吗？绣一个咱们也挂床上。"

女子恼了，一把扯过自己的衣袖："我又不是你家的绣娘，想要百雀图自己拿钱买去。"

他摸不着头脑，不晓得好端端的她为何就生气了，问了半日，女子也不肯再睬他。后来又被他发现，原来她在背地里拿针线匣里的东西出气，好好的白绫段都被铰成一段一段。仔细看，上面描的竟然也是花鸟，仿的是南宋的小品画，横枝遒劲，一只雀儿俏立其上，比之传统的百雀图，意境高下立现。可惜的是，哪怕只是绣了一点点，也瞧得出那上头的绣工不敢恭维。

新妇原来不擅刺绣。

他暗骂自己糊涂，女子虽出身小商贾，可那家人宠女儿却是出了名的。新妇自小娇生惯养，长这么大，只怕拈针动线的次数还没几次，家里人个个偏疼她，想来也无人逼她下苦工学女红。出嫁了怕人笑话，她便在袖口上绣与众不同的金桂，那花样既简单又别致，属于取巧，可也是一片兰心蕙质。

偏生他不明就里，一下伤了她的心。

为了弥补无心之过，他哄了新妇许久，又亲自对外宣讲舍不得内人动针线伤眼睛。从此不许人拿针线烦她，又花钱在东楼里雇了专做刺绣的绣娘，新妇描花样，选配色，再由绣娘绣上，穿戴出去照样体体面面，漂漂亮亮。

那时谁人不夸她好福气；谁人见了他们夫妇，不夸一句男才女貌，璧人成双；谁人背地里说起他们俩，不赞一句神仙眷侣，如胶似漆。

苏大老爷原以为这些年已修得淡泊如水的心，被突如其来的往事猛地刺痛了一下。

那两个少女见到他，一个深深垂下头，另一个诧异地扬起眉，眼神亮如出鞘宝剑，酷似生母的感觉瞬间被破坏殆尽。苏大老爷不无遗憾地想，大太太在她这个年纪时，绝不会这般锐利地直勾勾看人，她只会飞快地瞥一眼，再羞怯地将视线转到别处去。

可惜了，柳眉凤眼樱唇，本就该配贤良贞静的性子，那才叫相得益彰。

“父亲，您来了？”她笑语盈盈地朝前走两步。

苏大老爷这才惊醒，认出这是他的大女儿苏锦瑞，那另一个呢？

苏锦瑞给他解惑：“这是我才请来的养花能人，她父亲您也晓得的，就是咱们家园子帮衬了多年生意的老宋。您别看她年轻，侍弄花草可有一手。喏，这四盆开在隆冬的桂花就是她的手笔。不仅如此，她还会养兰花，我不是想着祖父园子里就缺个弄兰花的高手吗？这才好说歹说，说动了老宋把他大妹借咱们家用一用。她可不是来咱们府做丫鬟的，而是做独一份的顾问，只管暖房里的名贵花卉，不管其他。”

顾问是个舶来的新名词，其意思大抵能猜得出，这也是这个女儿大胆的地方，成日拿外头学来的洋词汇标新立异，比之小女儿成日穿戴时髦的奇装异服，却又要令人头疼。苏大老爷心里怪大女儿多事，嘴上难免要问最要紧的：“老太爷同意了？”

“我一片孝心，老太爷怎么会拦着儿孙尽孝呢，这可是我省吃俭用拿自家私房钱请来的人，老太爷高兴着呢。”苏锦瑞笑眯眯地把那丫头往前推了一步，“来，快见过大老爷。”

那丫头怯生生地上前鞠躬，脑后的油亮长辫子一下顺着瘦削的肩滑到胸前，露出纤巧雪白的一段颈子，声音细若蚊子哼哼道：“大老爷好。”

苏大老爷霎时间胸口那根隐约的针又刺了他一下，他不得不定一定神才问：“你是老宋家的大妹，叫什么？”

“巧了，叫金桂。”苏锦瑞笑眯眯地补充，“桂花的桂。”

少女羞怯得头都不抬，苏大老爷看着看着，忽而像被灼伤一般，仓皇掉转视线，不敢多看一眼。他想苦笑，却又想叹息，像是绕了一番轮回，洗练了一番生死，本以为自在俯仰天地之间了，却原来不过仍在方寸之地。

他如同十余年前在妻子病榻前断然离去那般，再度转身就走，似乎怕慢一步，身后就有浓郁到令人喘不过气来的压抑尖叫咒骂着扑上来。那如花美貌，那似水流年，顷刻间便会化作烈火。迈出两步，他猛然回过神来，妻子早已死了，他想，她早已死了多年。

苏大老爷深吸了一口气，转头看向自己的长女。苏锦瑞立在不远处，大眼睛中似乎有疑惑，也有不安，她像是个不知道自己哪儿做错了的小女孩，捏着袖口忐忑着。在她身边，有同样忐忑的另一个少女，在他回头的瞬间，她来不及垂下头，一张秀美的脸庞无遮无挡。

分明是那般未经风雨，纯净无垢。

那些前尘往事，又与她们有何相干呢？

大老爷慢慢地寻回自己的淡泊从容，寻回他对女人的怜悯宽宥，他对苏锦瑞和颜悦色道："既然把人请来了，就好好招待，莫要传出我们苏家苛待人的传闻。"

"父亲放心。"苏锦瑞挽着宋金桂的胳膊，"金桂就住咱们东楼呢，我亲自给她挑的地方，一应东西都全的。"

"那就好。"大老爷颔首道，"我出门了，你莫要贪玩，快过年了，家里事多，得空你也帮帮你二妈。"

"好的，父亲。"

苏大老爷再无话嘱咐，却仍然多瞥了眼宋金桂，捏了捏礼帽的帽檐儿，这才转身离开。

家里多了个如花似玉的养花女子，似丫鬟又不似丫鬟，似小姐又不似小姐，众人顿时不晓得如何对待，不免敬而远之。又因那女子面目实在生得娇美，月薪拿得比人多，仆佣一类最忌讳这类与众不同，平日里更是疏远为上。宋金桂来了苏府多日，除了头几天大小姐三天两头来看她，过后便渐渐无人理睬了。热水也不晓得在哪拿，热饭也无人给她留，她一开始不明就里，以为新来旁人记不得疏忽了，哪知忍了几日，情况越来越差。次数一多，她渐渐觉出这其中无声的排斥。宋金桂不敢抱怨，只敢暗地里哭，过了两天，再见到阿秀女，就说想收拾东西回家住，往后辛苦些，日日来苏公馆便是了。

阿秀女是什么人，一听就晓得里头有猫腻儿，回头告诉了苏锦瑞。苏锦瑞亲自过来劝宋金桂，问她："不是说了，你是我请来的人，吃的用的从我们东楼走吗？"

宋金桂嗫嚅道："我是去东楼领东西的，可东楼的人说了，我属于老太爷园子这边的，不归他们管。"

"那老太爷这边呢？问过了？"

"问过管园子的阿伯，阿伯说，没有人告诉他多添一个人的用度。"

苏锦瑞就笑了，点头说："是我疏忽，阿秀女，往后金桂就跟我们一道吃饭吧，别给家里其他人添麻烦。"

阿秀女点头，苏锦瑞又软言宽慰了宋金桂两句，险些又把她说出两泡眼泪来。牵扯了许久，终于将她安抚好了。

"就算你是大小姐，也不是这么败家的。"阿秀女跟在她后头忍不住讲，"工钱给得比旁人高，现下吃的用的又单独走你的私账，她到底做多少活啊？一天到晚闲得要死，不就是拿花洒喷喷水的事吗？这点活我做不得？其他人做不得？给我那份工钱，我能顶她两三个。"

苏锦瑞笑了，故意逗她："那你到底是嫌她不做活白拿钱，还是嫌我没贴你钱？"

"哎呀真个没良心，我是那种人吗？我还不是为你想。你能有多少钱？先头太太留下的存款你又动不得，你能动的，不过是那点零花钱、逢年过节家里长辈给的利市钱，攒了许久，自己都舍不得买双先施百货的新皮鞋，倒舍得一百两百地撒到这些外人身上。那个金桂噢，难道真是金打的？就算她是，也轮不到你往她身上贴钱，还跟你一道吃，你晓得你一天菜金多少吗？她也配？"

苏锦瑞莫名有些眼眶发热，这家里人人都调侃她有钱，人人故意把她母亲留给她的存款并那点古玩珠宝往高处捧，仿佛汇丰银行存的不是两万块，而是花不尽的金山银山一样。这么多亲戚朋友情愿给她营造一场富贵黄粱梦，却只有这个水上人家出身的自梳女会一语道破这梦有多虚妄不靠谱。只有她会说，大小姐其实穷，也只有她会怕她手缝宽耳根浅，一个不留神，连给自己安身立命的本钱都没有了。

这是真替她着想。

她挽住阿秀女的胳膊，凑近了闻她衣服上干净的皂角味，哑声道："你安心啦，我有分寸的。"

"你有分寸？你要有分寸，就该照规矩把她丢给公馆里的管家使唤，一应开销全走公账，是归东楼管还是西楼管都不干你的事，这才是分寸。你现在横插一杠算怎么回事，怎么讲都不听是吧？真是气死我了。"

苏锦瑞微笑着听她唠叨，待她说得差不多了，才低声道："莫吵啦，都说了我有分寸，你操心什么，等着吧。"

"等什么？"

"等其他人没分寸。"

阿秀女皱眉，一脸困惑，问："什么意思？"

苏锦瑞戏谑地道："不告诉你。"

没过多久，阿秀女便晓得这个"没分寸"是个什么意思。

她知道，宋金桂进了苏公馆定然过得不轻松，但她并不怎么放在心上。因苏锦瑞待宋金桂好，她多少是有些醋意的，大小姐从没待一个丫头这么上心过，不似请进来做活的，倒似请进来做姐妹的，那哪儿能行？规矩是规矩，什么人家的女子，就该做什么样的事，这不是天公地道、毋庸赘言的吗？可看看苏锦瑞对宋金桂，连吃什么都管上了，那宋金桂一辈子没见过的好东西，这些天全见着了，没看她上了饭桌下筷子都不晓得往哪下吗？畏畏缩缩的，这让阿秀女也看不上。故她受了什么欺负，有时听一耳朵，阿秀女也只装作没听见。

再则，每个新来做工的都必须挨过"欺生"这一关。倒不是苏公馆的仆佣们有多坏，而是每个大户人家皆差不多如此，他们伺候的主家不同，这里便分了不同的派别；大户人家又多用熟工，谁由谁介绍而来，谁跟谁是亲戚，家中父母做什么的，这又分了一次；进来以后，各人管的东西，做的事，拿的薪水各不相同，有人是买来的，有人是雇来的，有人是长工，有人是短工，有人油水多，有人清水衙门，又再将人分了一次。层层分下来，越是根基深的行商大户，家里头用人之间的关系便越是错综复杂。比起其他家，苏公馆已经算好的了，至少像阿秀女这样无根无基的自梳女，能凭一股子劲头上门找事做，竟然还能让她待下来，一待还待了十来年，这已说明苏家用人没别的人家那么苛刻。

阿秀女当初才来时，也是从“欺生”中过来的。她一来便被厨房的人骗去熬银耳，水上人家的女子，哪里晓得熬好的银耳该黏稠软糯，哪家会费那么多柴火去慢慢炖成一盅汤？她做出来的银耳汤可想而知。可阿秀女好学，不服输，不怕人笑话，出一次错，下回绝不会在同样的事情上犯第二次，就这样渐渐在东楼搏出一个做事仔细妥当的名声，这才会专门被指去伺候大小姐。她大大咧咧，不将吃苦当成苦，从未觉着“欺生”这回事有多严重，顶多便是被欺负顶包，被骗着犯错，要不然残羹冷炙吃两回，难听的话听几次，如此而已，放眼整个苏公馆，哪个做下人的不是这么过来的？

可她忘了人同人却大不同，宋金桂不是她。她当初进府，做的是最寻常的低等帮佣，签的契也不过半年，每月拿几十个铜板，是丢在西楼夹巷那都未必有人瞧得上眼的自梳女，谁耐烦真个来为难她。可宋金桂完全不是这么回事，宋金桂是典型的小姐身子丫鬟命，她生得好却怯弱，还爱哭，这些落入文人眼中值得怜爱的好处，落在做活的人眼中，却是毫无用处还处处招人嫌恶的“富人病”。加上苏锦瑞把她捧得太高，一进来就说她不做丫鬟，倒叫什么养花的“顾问”。这个新名词令底下人大多鄙夷，他们不会因为不懂而心生敬意，反而会因她一来便担了个虚职而心生不忿，再看她那张脸，简直罪上加罪。

众人原想着大小姐玩闹似的摆这么一尊美人进小花园，等两天新鲜劲儿一过，宋金桂就得随园子里的花匠带，好好做回一个养花丫鬟。可没想到不过没吃几顿热饭，她竟然敢把状告到大小姐那，大小姐也是个十指缝隙大开，不忧柴米不知疾苦的，竟然就让个妹仔跟她同桌吃饭。这叫多少人暗地里心生不忿，再过两日，连身上的衣裳瞧着都与众不同，原来是大小姐的旧衣服改的。丫鬟们顿时眼热了，按捺不住要当面酸她几句，路过时故意扫她一鞋土，被褥上故意淋水，晒的衣裳故意撞掉到地上让她白忙活。这样的小事层出不穷，不胜其烦，却说不好是谁的过，要的就是让宋金桂哑巴吃黄连，有苦说不出。

这些都无足挂齿，便是大小姐铁了心要帮她，也总不好将她接到自己房里住。阿秀女当面呵斥过几个丫头，可都是不痛不痒，雷声大雨点小，也未见得真要为她出头。众人便晓得这也是大小姐的态度，都暗自放了心，这才是苏家的规矩，小打小闹，不足道哉，大节上不错就行了。

本来这等欺生的行为也持续不了多久，仆佣们各司其职，也没那么多闲工夫对宋金桂使坏。没想到过不了几天，竟然有个爆炸性新闻在苏家霎时传开了。据说宋金桂在花房前被人打恰好让大老爷瞧见了，向来不管家务事的大老爷竟然亲自管了这个事，不仅责罚了那两个打人的丫头，还亲自安慰了宋金桂几句，夸她侍弄的盆景好，让她亲自挑一个送书房。

这个消息犹如水入油锅般炸开了，整个苏家各路人马顿时反应各有不同，各有各的微妙：西楼的二位太太当日在西楼厅堂里说笑抹牌了许久，又慷慨地把赢的钱拿出来，买点心请女先生上门唱木鱼歌，一直热闹到掌灯时分。东楼这边，苏锦瑞笑眯眯地吩咐人上永汉北路的北新书局订新书，津津有味读到半夜。苏锦香却在房中不小心摔了一只梅瓶，二姨太不得不拿自己私藏的另一件瓷具给她补上。老太爷那一切照旧，没人敢为这点小事惊动他，众人猜测，他大概连谁是宋金桂都不晓得。

# 八

# 苏锦香

与旁人以为的不同，东楼里的二小姐苏锦香并未对自己称谓前加诸的“二”字深恶痛绝。她甚至觉着，幸亏自己生在东楼，排行老二，则有了比做“大小姐”更为宽裕的进退余地。

她是姨太太所生，上头有嫡长姐，底下却无弟妹，小时候不懂事，她还有委屈。不说旁的，苏家逢年过节去小洋楼给老太爷叩头，一溜儿小萝卜头齐齐跪下，排在前头的几个只能是正房太太所生子女。无论二姨太给她打扮得多玉雪可爱，她那天表现得多乖巧听话都无用，她只能跪在一堆兄弟姐妹后面。她身板矮，拼命直起身也只能瞧见祖父头顶瓜皮帽上缀着的绿翡翠。等磕完头被祖父叫到跟前问话的，定然是那几个排前头的孩子；年夜饭后分下来给孩子们的煎堆糖三角等油果子，她的也定然不如分给长姐苏锦瑞的丰盛；待守岁时长辈们塞到她手上的利市钱，不用比，她也晓得比苏锦瑞的薄。

可随着年龄的渐长，苏锦香的看法却与以前不同。她的眼光一旦越过那几个油果子和那点压岁钱，便慢慢体会出做二小姐，尤其是做东楼的二小姐那些说不出的好。照旧时代的规矩，姨太太所生子女，原本是轮不到本人教养的，可苏锦香生的年月好，清廷覆灭，民国方兴，士农工商都乱了套，更遑论尊卑嫡庶那点老规矩。她的祖母嫡母都早逝，头上没了最有资格管教她的女性长辈，其余亲戚不愿多事，大老爷也不愿多管，她自然而然就跟在亲娘身旁长大。整个东楼没个正经女主人，二姨太的威风抖了十几年，在她最风光的时候，哪里是二小姐比不上大小姐，简直是反过来，大小姐都得看二小姐的脸色。虽说好景不长，二姨太犯了老太爷的忌讳，又被邵太太闹了一场，从此在苏家有些短了底气，难免畏首畏尾，可她再短自己，也断不会短了亲生女儿。苏锦香小时候管二姨太不叫“二妈”，而叫“阿妈”，她同苏锦瑞争东西，一句“这是我阿妈给我的，有本事让你阿妈死过返生，也给你弄同样的”就能噎得苏锦瑞说不出话来。后来她再喊二姨太“阿妈”，就被苏锦瑞告到大老爷跟前。大老爷是个怕事的，深恐这叫法被老太爷听见，又要讥讽自己这一房没规矩，便发脾气要她改口，苏锦香这才在外人面前改叫二姨太为“二妈”。

二姨太疼爱她，是带了委屈的疼爱，这里头有她自己的委屈，也有替苏锦香抱不平的委屈。当年生苏锦香时，恰逢苏大太太病重，整个苏家都围着大太太转，谁会在意一个姨太太生孩子的事。孩子还在襁褓，又遇上大太太逝世，大老爷备受打击，十天半月见不着人，别说给苏锦香办百日酒，就连抱都没抱过她一下，最终分发亲戚朋友红鸡蛋和酸姜都得偷偷摸摸，生怕冲了大太太的灵。苏锦香长这么大，从没断过她命克嫡母的说法，西楼那边传来的流言更是简单粗暴，认为大太太就算不是她克的，也是她气的，终归跟她脱不开干系。二姨太听了火冒三丈，却不晓得找谁算账。大太太死不死，全赖她自己命比纸薄，关她什么事，关她的女儿什么事？她从进了门，可从未对大太太不恭敬过，做姨太太是最规矩不过的。说句更明白的，便是她想不恭敬，也得有机会啊。大太太一病，大老爷十天里头也未见得能进她房中一两次，他心神全都扑到对大太太的歉疚里；大太太一死，大老爷成日忙着修身格物，清心寡欲，能想到她的时候也有限，连带着对苏锦香也未见得真上心。

二姨太为生了苏锦香深感愧疚，因为她排行第二，没投好胎，托生到姨太太肚子里；也因为二姨太没法像大太太那样，汇丰银行里头为女儿早早存了嫁妆，都一脚踏进棺材了，还能有余力为女儿寻个门当户对的邵家大少爷做女婿。这时候她才深深念及做太太的好了，明明都是一样嫁入苏家的女人，论出身，她祖上可是出过举人的书香门第；论德容言功、织纴绣组，她远远比那个病歪歪的美人灯要中用得多，可这些有什么用？正房太太哪怕在病榻上伸出手，能够到的地方也比姨太太远；正房太太成天躺在床上什么也不用做，可就有旁人堆着金山银山到她眼前任她挥霍。大太太当年喝的那种神仙妙药，一个扁玻璃瓶子就抵她几个月的月例，更遑论稍微能动弹下地，厨房里立即参茸不断，跟流水似的送到她嘴边只求她尝一尝。

二姨太想，她有什么地方比不上大太太？从头到尾，她只比不上一样，这一处比不过，导致处处都比不过。

可惜这都是二姨太的念头，却不是二小姐的念头。苏锦香虽然在二姨太身旁长大，却向来自有主张。在她看来，民国了，报纸上天天都讲新风尚、新气象，她也要讲新意识、新观念。这个新指向最直接，指的是她与苏锦瑞。在她看来，她们两姐妹，与其说是嫡庶之别，不如说是财产继承上的区别。可什么是财产继承呢？苏家那些商行店铺是分不到女孩儿们头上的，轮到女孩儿的往往是陪嫁，陪嫁多寡，又由直系父母掌握。东楼大房的老爷生怕给自己添麻烦，对两个女儿从来都不患寡而患不均，压根儿不会私下多给苏锦瑞钱。正房太太病逝多年，二姨太实际上便是女主人，不用苏锦香动脑筋，她亲娘自不会在这种大事上让她吃亏，说不定还会使出浑身解数，把本该给苏锦瑞的抢过来塞给自己女儿。

苏锦香小时候耳闻目染，人人都说长姐身家丰厚，最是阔气。可随着年龄渐长，两姐妹楼上楼下住着，苏锦香细细打量她的花销穿戴，往往还不如自己。苏锦香这时就晓得冷笑了，又有些可怜她，暗叹到底没人真心替苏锦瑞打算，顶着“存款”的花架子、虚嚎头过了这么多年，把日子生生都过到名声上去了。名声越响负累越重，逢年过节给底下人的赏钱都不能封得比旁个少，一少人就会说，大小姐这么有钱还死抠，难听至极。可见顶这种名声有什么用？还不如自己暗地里多攒两件首饰，起码神不知鬼不觉，反而能谋个心安。人人都说苏锦瑞有钱，可瞧在苏锦香眼里，她过得却不如自己痛快。旁个不说，她要买什么，撒个娇，诉个苦，大老爷二姨太多半都会允的，换成苏锦瑞行吗？二姨太是觉得生了她就先亏了她，物质上就不肯再短了她的；大老爷是万事不过耳，宁可私下补偿，也不愿听她抱怨闹腾。

大小姐那两万块存款实际上代表什么呢？若苏锦瑞嫁得好，这点钱拿到省港澳数得上名的富户人家里做媳妇，也比不过旧时代嫁女儿的十里红妆，充其量不过面上好看；若嫁到一般人家，这点钱拿来维持小康尚可，可万一要倒霉点遇上兵荒马乱，夫家又不争气，那连体面日子也过不了多久。

关键在于，这是一笔人人知晓的钱，等苏锦瑞一出嫁，有的是千方百计朝她伸手的人。

这么一算，苏锦香甚至都同情上了苏锦瑞。

她是学不来苏锦瑞的洋学生派头，站在一色的浆硬白衬领英格兰绿呢裙的私立女中学生中，她诚然没有这些女孩的张扬漂亮，可她有超乎年纪的洞察力，早早便看明白这身时髦装束下的拘谨。她不会为此而逼自己去考女中，去学一堆不顶吃不顶喝的洋知识。从这点看，苏锦香甚至比苏锦瑞看得更明白，她既学点旧时代闺阁女子擅长的诗词女红，也请过家庭教师上门教授点新派女郎必备的英文；她既能写一手整齐娟秀的簪花小楷，也会看点市面上流行的白话文小说。

苏二小姐对样样东西都是点到为止的，唯独对怎么做“二小姐”深谙其道。在她看来，“二小姐”的特权，“二小姐”的方便，全在“娇嗔”二字之上，其中分寸的拿捏，断不是洋学堂里能教导的。她不用如苏锦瑞那般一天到晚摆出大小姐的架势，装一副生怕旁人不晓得她“进步”的派头去虚张声势；她也无须经受嫡母为难之苦，不用如西楼那边姨太太生的堂姐妹那般，见着正头太太，个个如经了霜的鹌鹑。太太高兴时要会凑趣说笑，太太不高兴时要晓得垂头低脑，恭顺聆听训斥。最要紧的，西楼里那几位姨太太所生的堂姐妹，荷包永远都是瘪的，里头的角银都不够她上四牌楼买两回点心。

因为是二小姐，苏锦香从来没试过伏低做小，也无须刻意拿大，她只需娇憨可人，再加上适当的刁蛮任性便可。

她是二姨太的女儿，二姨太横冲直撞，有心计却没谋略；她又是苏锦瑞的妹妹，苏锦瑞装腔作势，有谋略却没心计。苏锦香冷眼旁观，早看出这两人各有所短，若她们能取长补短倒也好了，可她们却偏都自视甚高，为争一口闲气，陷入那些你来我往的花招中出不来，聪明反被聪明误。说到底，这口闲气争不争又有什么打紧呢？二姨太与大小姐本就井水不犯河水，东楼里又无其他妻妾争宠，大老爷又最怕麻烦，从未昏聩到偏袒哪个，两人只管各自安心数钱入袋便是，何须费劲给对方使绊子，连带着连累她也不太平。

之前苏锦瑞故意在家宴请五个小姐妹，明摆着设套等着奚落她们母女，二姨太偏偏就上了当，不明就里，硬要将自己女儿推出去，害她被那群大小姐一人一句取笑了去。苏锦香平日再事不关己高高挂起，这回也恼火了，她一回房便与二姨太嚷嚷开，说别以为进个洋学堂有什么了不起，大小姐们瞧不上她，她也未见得瞧得上她们，本就是各有各玩儿，何必去自取其辱？二妈眼光未免太浅，只看眼前不看将来，省城大户人家起起落落，兴亡难定，别看一屋子都自以为高人一等，将来的事，谁比谁过得好那可不一定。

二姨太一听这孩子的气话，急道："我的二小姐噢，你哪个懂这里头的厉害，我也是为你好，大小姐那帮同学仔个个好出身，将来大了出门子，哪个都是顶门的当家太太，你现下多认识个人，往后不是多条路走？"

"多条路走？"苏锦香冷笑，"就苏锦瑞那个人，往后不绝我的路就不错了，还肯牵线搭桥把我引荐给她的同学？你还真是敢想噢。"

二姨太怒道："我哪晓得她在外人跟前一点面子都不留，小小年纪就这般不念姐妹之情，我看她往后能有什么好！"

苏锦香嗤之以鼻："还姐妹之情，你与她天天乌眼鸡一般斗着，她见面没撕了我，还是托了她一贯装腔作势的福。总之你现在骂她也无用，有本事往后捏她的痛脚，照她脸上狠狠刮一巴掌，那才叫出气。"

二姨太幽幽地道："真个撕破脸也不是不可以。横竖这么多年下来，我们跟楼上那位无论面上心里都和气不起来了。"

苏锦香心里一跳，忙摆手："我可什么也没说，苏锦瑞心眼小过针鼻儿的，你可不要做多余的事。"

二姨太半晌无话，忽而叹气，拉过她的手，爱怜地抚摸："都是阿妈没用，让你受这样的委屈，当年我要是能争气些，不进苏家做妾室，嫁个好的，你又何须吃这些苦？"

苏锦香撇嘴道："那你也得嫁得到。还是莫要翻这些老皇历了，没意思。"

二姨太点头，叹息道："说得是，所以你要争气，要比我争气。"

苏锦香靠在她怀里笑："放心啦，我将来一定要做最有钱的太太，至少比苏锦瑞有钱，然后天天带你去逛银楼，逛金行，雇戏班子唱大戏只演给你一个人看，好不好？"

二姨太笑眯眯地点头，道："乖啦，阿妈不求这些，只求你好就好，你好了，我才能好，至于别人好不好，那就顾不上了。"

苏锦香当时听了只觉绕口，并未真放在心上，哪承想过不了几天，二姨太真的不管不顾，在陈公馆的请柬上耍了调包计。这调包计虽不高明，可架不住管用，在邵表姨妈与苏锦瑞两边暗自角力之间，莫名地钻了空子占了先机。苏锦香从来识时务，自然清楚这等机会可遇不可求，只是她的"遇"和"求"，却与二姨太截然不同。二姨太大半生都活在闺阁之中，她才是最念旧的，旧时代一应皆好，旧时代的女子顶顶要紧的大事无非谋个良婿，嫁入高门，这也是她认同的头等大事。对她而言，邵家行商世家，买办出身，多少年前就能有与沙面领事馆的洋大人共游珠江、共享下午茶的荣幸。邵鸿恺又一表人才，绝非坐吃山空的纨绔一流，放眼省城简直找不出比这更好的亲事。更遑论她入了名为苏锦瑞的魔障，只要能给大小姐添堵使绊，二姨太都乐此不疲。

然而，邵鸿恺就算是块肥猪肉，人人瞧见都想咬一口，也与她苏二小姐无关。原因很简单，苏锦香虽然跟邵鸿恺没怎么接触，不清楚他是什么人，可邵表姨妈是什么人，苏锦香却心知肚明。那是一个豁得出面子，又能打得开排场的女人，看似爽利，喜怒常显在脸上，可实际上，这种女人真正的喜怒往往藏得很深，轻易不叫人碰见。

小时候，有一回邵表姨妈来看苏锦瑞，她也愣愣地跟在长姐屁股后头去见客。邵表姨妈待她又和气又可亲，还亲自摸她的手，看她手腕上绑了一串剔透的西瓜红碧玺串，还笑眯眯地直夸好看。哪知第二日她便看到二妈被父亲叫去训了一通，说她照料大小姐太不精心，见客时长姐手腕上光秃秃的，细妹手腕上倒先缠了宝石，成何体统。

这一件小事令苏锦香记了许久，她先是如二姨太那般咒骂邵表姨妈惯会狗拿耗子多管闲事。可骂了几次后，苏锦香却记住了邵太太那日拉着她的小手，亲热和煦的笑脸，她心里真正想什么，只看脸可一点看不出来。

这样一个女人，若看不上苏锦瑞，也定然看不上她苏锦香。

想到这，苏锦香又可怜起了苏锦瑞。人人都道邵表姨妈多么心疼大小姐，心疼到因怕她受委屈，连太太的脸面都顾不得，恨不得苏锦瑞快快长大好将她娶进邵家，不让她在苏家受委屈。可在苏锦香看来，这又是一层苏锦瑞不得不背着的名声，背久了，名声就成了负累。

试想一想，有这么疼爱自己的长辈，大小姐怎么能不乖巧听话呢？邵表姨妈偶尔有想不周到的地方，大小姐怎么好意思怪长辈呢？邵太太是多喜欢这个表外甥女啊，亲戚朋友间谁人不知，谁人不晓？连陈公馆冬季交际游园都早早想到她，生怕她不来，替她要了请柬命人送到苏府，至于那落款上“苏小姐”三个字的瑕疵，又怎么能是邵太太的错呢？苏锦瑞没来，她的同胞妹妹反而来了，邵姨妈怎么会真的去责怪大小姐不懂事不给面子呢？不，她只会夸自己心疼的孩子就是不一样，晓得礼让恭顺，晓得友爱姐妹；她只会同样欢迎苏锦香，并热心地把她带进陈公馆的社交圈。

谁会晓得这里头的弯弯道道？便是真有人看明白了，谁又舍得破坏这一团和气，皆大欢喜？

琢磨明白了，苏锦香的心便定了。

她不管邵表姨妈打什么主意，反正通通与她无关，她只在乎最终给自己带来的好处有没有落到实处。她才十六岁，要到明年立秋才满十七，可她已经对自己要过什么样的日子心知肚明。邵鸿恺诚然风度翩翩，一表人才，诚然前程似锦，意气风发，可那又怎样？苏锦香一见他就明白，这个男人骨子里跟她是一类人，他们都从头发丝到毛孔全彰显着索取的欲望，想做他的女人，就要先学会掏心掏肺，继而等着被敲骨吸髓。

苏锦香才没兴趣做那种戏文里苦守寒窑、耕田纺纱供养相公的傻女子，她还等着张开手四下“要”和“拿”呢，哪里有闲心去凑到邵鸿恺跟前浪费时间？

苏锦香的精打细算，令她直接越过了少女怀春的阶段，越过了豆蔻年华的浮夸虚荣直奔主题。她冷眼瞧着她身处的这个时代，固然日新月异，固然革故鼎新，可它也同样朝不保夕，无例可循。二姨太那套婚嫁理论早已过时，大小姐那套青梅竹马的念想也显得不合时宜，她们各有所谋，却又各有所力不能及，可这些又与她苏锦香何干？

时局太不安，命运太无常，她管不了长久，只能看当下，哪怕外头天塌地陷，都抵不上裁缝按时上门给她送来赴宴那日要穿的礼服裙要紧。

她才不要洋学生那种虚头巴脑的派头，她要时髦，就要真时髦，要如洋画片里的摩登女郎那般从头发丝到脚指甲都与众不同，要迫不及待地从这副少女的身躯里生长出一个妖娆成熟的灵魂。她烫头发，做新首饰，拿水钻镶在发冠上，拿法兰西的胭脂膏妆点自己的脸。她看着镜子中的自己，带着少女的晶莹剔透，又有少女达不到的妩媚，眉目中既天然带了清新单纯，却又有即将冲锋陷阵的决绝果敢。她看着这样的自己，慢慢地笑了，是的，她是在苏锦瑞、二姨太与邵表姨妈的三重角力中看准时机异军突起，那又怎样呢？哪怕明知踏出这一步，苏家东楼将无宁日，那又怎样？

她只知道，一扇新大门正朝她打开，而她已经迫不及待，要从“二小姐”的身份，跳到另一重天去。

一切原本进行得异常顺利，如她所料，邵表姨妈对她冒名顶替一事只字不提，反倒亲自领着她进了陈公馆的内宅，分外亲热地将她推荐给陈公馆的女眷们。她在短时间内真正开洋荤见世面，心早已飞到陈公馆那耀花眼的时新与富贵中，难免疏忽了家中的状况。等她回过神来才发现，原来苏锦瑞已毫不留情将了她们母女一军，而且这一步棋，还走得不甚体面。

她竟然能亲自操持，给自己的父亲找个足足能做他女儿的丫头做妾。

世间男子，但凡有些身家功名，没有不想三妻四妾的。苏锦香生在苏家，又没上新式学堂，对此并不特别反感。可问题在于，苏大老爷已然十几年不曾为自己添过一个女人，这十几年来，东楼早已默认了二姨太这个主母，苏锦香也早已习惯做她独一无二的二小姐，冷不丁再添一个年轻漂亮的姨太太，必然要打乱她们与苏锦瑞之间微妙的平衡。更何况，苏大老爷看着淡泊和气，然骨子里却是苏家男人一脉相承的薄凉寡恩，他能给予妻妾子女的财物细软、恩爱眷顾就那么点，突然多了位姨太太，多了姨太太未来的子女，那还怎么分？

苏锦香迅速意识到，这根本不是父亲多了个姨太太，而是东楼里多了一房来争来抢。

而且争抢的还是原属于自己的东西，父亲娶多少个姨太太，苏锦瑞也仍旧是居高临下的“大小姐”，可她苏锦香却未必还能是进退有余的“二小姐”。眼下她才刚刚开始出入省城名媛社交场，还未给自己铺好路，苏锦瑞来这么一手，表面上打击的是二姨太，实际上受损的却是她。

苏锦香恨得牙根儿痒，她心想，省城里哪家未嫁的大小姐将手伸那么长，一伸伸进自己亲爹的房里，真是没羞没臊到极点。她不是整天自诩端庄大方吗？不是整天恨不得将洋学生的派头表演得人尽皆知吗？旧时代新时代，哪条规矩，哪样观念，会支持一个未嫁女管起父亲房里的事？

偏生苏锦瑞打的旗号又好听又时髦，什么请个给祖父养花的顾问。苏锦香想起自己当初听见这事还好奇什么是“顾问”，便恨不得给自己来一巴掌。

她想起苏锦瑞对自己频繁出入陈公馆的沉默，想起她笑而不语瞥向自己时那抹淡定的眼神，想起她这些时日面对二姨太与自己时不时的挑衅退一步微微笑的姿态，这张脸突然与邵表姨妈那张脸重合了起来。苏锦香恍然大悟，原来不知不觉间，邵表姨妈那种深藏不露的秉性，已悄然转移到了苏锦瑞身上。

她看向二姨太，彼时自己的亲娘正弯下腰，亲自收拾她适才惊怒之下失手打破的一件仿古梅瓶。二姨太本有些呆滞，迎上她的脸却强笑，反过来宽慰：“老爷只是让那个小狐狸精送了一盆花，还没真纳了她呢，你沉不住气做什么。”

“二妈！父亲从未对家里哪个妹仔上过心，这回又是为那个小贱人出头，又当众夸她养花养得好，简直是司马昭之心路人皆知。你是没见过那丫头，娇娇怯怯的，不像是来我们家做工，倒像是来我们家享福的。你还不着急，等明日新人进门我看你怎么办。”

二姨太却有些心不在焉："不是还没进门嘛。"

"等进门就晚了！"

二姨太突然发狠骂道："进门又怎样？那张脸天生的福薄命薄，短命鬼的苦相，赶紧娶啊，这楼里又不是没死过人，我看她能熬得过几年！"

苏锦香听着不像话，狐疑地问："二妈，你在说什么？"

二姨太眼泪蒙了上来，哽咽道："那个叫宋金桂的小贱人，你道为何老爷一见她就失了魂？就因为她那张脸长得像先头过世的太太啊。"

"宋金桂长得像死了的太太？"苏锦香惊奇道，"我说呢，父亲也不是没见过女人，这几年修身养性，我还以为女人落入他眼底都是红粉骷髅了，怎的这个小贱人却入了他的眼。"

二姨太哭道："十几年了，我还以为他真个修身养性，天天谈道论禅，连我房里也不大来，原来他不是清心寡欲，而是一直对个死人念念不忘。我又做错了什么？这么多年来我辛辛苦苦为他养育孩子，操持家务，照料他衣食起居，他在外头应酬，哪天回来小厨房没备下消夜点心？刮风下雨，哪次不是我生怕他冻着冷着？我这么待他，他回报我什么？常言道没有功劳也有苦劳，他倒好，等我年老色衰，不但迎一房新姨太太，还挑长得像先头太太的，这十来年我尽心尽力，结果是做猴戏给人看哇……"

"别哭了二妈，男人三妻四妾不是寻常吗？怎的你反倒越老越看不开，眼下要紧的，压根儿不是父亲的态度，而是这新姨太太不能进门，至少不能在这时候进门。"苏锦香不耐地打断她，轻声道，"算她狠，亲妈坟头草都多高了，她还能拉出来用一用。"

二姨太掏出手绢擦了泪，冷哼道："要不怎么能时不时进小洋楼聆听老太爷规训呢？都是一样冷心冷肺的刻薄东西！她也不想想，她那个死鬼母亲活着时就最容不下老爷纳妾，死了十几年了，女儿倒还张罗给爹再纳一房，也不怕半夜亲娘从坟里爬出来找她算账！”

“骂她有什么用？”苏锦香道，“苏锦瑞才不是会管死人安不安宁的人，现在她是要我们这些活的人不安宁。”

“有人做初一，就不要怪我做十五。”二姨太扶了扶发鬓，幽幽地道，“阿女，这件事你莫管了，二妈自有法子，管叫那个小狐狸精进不了门。”

二姨太会怎么做苏锦香并不操心，她对苏锦瑞骤然升起一种郑重其事的情绪。她原本自觉看得比苏锦瑞明白，对苏锦瑞是鄙夷中带了同情，鄙夷她作茧自缚，也同情她身不由己。苏锦香对她与二姨太多年的纷争，从来都觉得与己无关，只要不把她牵扯进去，她多数都视而不见。可这回苏锦瑞将宋金桂带入苏家一事，却让她打了个激灵，仿佛一不留神，原以为不过如此的一个女子，竟然会超出她的预想，全然不顾一向拿来装点门面的大小姐的矜持，能豁出去没脸也不让对手痛快。

冲着这股劲，苏锦香气归气，冷静下来后倒对这个长姐存了些另眼相待的心。

第二日，苏锦香早早起身洗漱完毕后，照例打开梳妆匣悉心打扮。她描眉画唇，换上几日前新买的洋裙，才从房中走出。她今日约了新结识的太太小姐们一道饮早茶，吃完茶还要拐去长寿路乐善戏院看文明戏，自然不能迟了。她看了看表，此时不到九点钟，苏锦香提着裙子轻快地走下楼，路过二楼时，见到阿秀女提着热水进出苏锦瑞的卧房。她鬼使神差地折了回去，轻轻走到她房前，掀开帘子进了去。隔间里苏锦瑞穿着月白色家常小棉袄，一头没烫过的黑亮长发斜到胸前，正拿起梳子慢条斯理地轻梳，脸上素白，一点妆没上，平日明丽的五官，无端端多了三分寡淡。这样的苏锦瑞见所未见，往日里两姐妹碰面，都如身披战袍铠甲的战士，打扮得整整齐齐，脸上身上全是精心思量后呈现在人前的形貌。似这般春闺初醒，临窗梳妆的模样，苏锦香还是头一回见着。

没承想一见之下，苏锦瑞也有不动辄装腔作势的时候，这样望过去，倒有些柔弱之美。都说大小姐长得像生母，多年以前，东楼里想必也有这么一尊梳个头都婉丽动人的美人太太。苏锦香讥讽一笑，苏锦瑞那边已察觉，一回头，目光锐利，大小姐的气势就回来了。

她一张嘴，果然是苏锦香熟悉的口气，适才的柔弱仿佛成了错觉："是你啊，今日这么得空来我这坐坐？我还以为你整日忙着外头的应酬，比父亲还多生意讲呢。"

她姐妹不知从何开始，互相见面再不相称，只"你"啊"我"啊地乱叫一通。苏锦香撇嘴，没意思地转过头，忽然又想到什么，眼波流转回来，在苏锦瑞脸上徘徊两下。

苏锦瑞微微一笑，扬起嗓子："阿秀女，早起的炖盅再拿一个上来，二小姐来了，总不能我吃她看，成什么样子？"

苏锦香也不客气，坐下来说："不用了，我赶着出门看戏吃饭，黄包车都叫好了。"

苏锦瑞又扬声喊："阿秀女啊，二小姐不用了，咱们省个炖盅晚上接着吃。"

苏锦香被她噎了一下，气得就想抬脚走，想想又坐下了，盯着苏锦瑞的脸似笑非笑。

苏锦瑞摸了摸自己的脸颊："看什么啊？"

"看你靓啊。我今日才发现，你要是不张嘴说话，倒是个标致的美人脸，还是蛮能哄人的。"苏锦香笑眯眯地道，"就是左看右看，觉得像谁，又一时想不起来。"

苏锦瑞一听这话就晓得下面没好词，正不想接这个话茬，阿秀女正好端了茶碗进来，听见了便插嘴道："当然是像过世的太太，太太当年可是出了名的美人。”

“哦，原来是像太太呀，罪过罪过，我没福分见到她老人家，脑子里倒没想到她，我想的是别人来着。”她侧头思索下，忽而一拍手笑道，“对了，像新近园子里那个什么养花顾问，叫什么，什么金桂，对不对？”

阿秀女嘀咕道：“要像也是她像大小姐，怎么好反过来说。”

苏锦香只装作没听见，继续笑眯眯说下去：“金桂长得像你，你长得像过世的太太，那岂不是说，金桂跟太太也有几分相似。哎哟，这可是巧得不得了，难为你上哪儿寻的人，一寻就寻到个像太太的。”

她话音一落，阿秀女已经沉了脸。

苏锦香到底年纪小，讲出这些话便显得刻意，相比之下苏锦瑞跟没事人似的，气定神闲地端起茶碗饮了一口，慢慢道：“是吗？那可真是巧。母亲过身时我还小，长什么模样也不大记得了，不过你这么一说，怪不得我当初见到金桂就觉得喜欢呢，你说，这是不是叫作有缘？”

苏锦香心里暗啐不要脸，脸上却不得不笑得娇憨：“还真是有缘，只是这也有缘得太巧了些，不知道的人还以为是你特地照着太太的脸去寻的人，特地把她安排在老太爷的暖房，特地闹了这出请顾问的新闻呢。”

她几个“特地”说出来，声音难免落了尖厉。苏锦瑞却笑了，慢吞吞说：“几日不见，你连笑话都会讲了。我没事寻个像母亲的人进家里做什么？我是看金桂侍弄得一手好花草，祖父的花房又没个仔细的人看着，两年白糟蹋多少好花。这才三请四请，请动她进了我们家，好在家中长辈念我一片孝心，无人责怪我自作主张。二妈更是好人，还特地嘱咐过人照顾宋金桂，虽说照顾得太过，让宋金桂诚惶诚恐了，但也是二妈一片心，你回头见了二妈，替我谢谢她！”

苏锦香咬牙：“一家人，何必客气。”

“是啊，一家人不说两家话，连父亲都夸金桂养的花好，我这心里头也算放下一块石头了。”

说到这再往下，话未免就难听了，两姐妹有默契地停了嘴，各自不语。苏锦香压着火，深深看着苏锦瑞，忽而一笑，道：“说到这长相相似，我这还有一桩新闻呢。那日我在陈公馆玩，远远瞧见一个青年公子，长得活脱脱跟邵家表哥一个模样。”

苏锦瑞手一顿，眉毛都不抬，继续喝茶。

“要说是他，这时间不大对。照理说，邵家表哥这会儿该在香港没回省城，怎的却会出现在陈公馆？可要说不是他，邵表哥生得好看，省城哪里还找得出第二个？”

苏锦瑞不耐烦道：“你都说是远远看的了，也许看错也未可知。”

苏锦香拍手笑道：“可不是，我也想大抵是我看错了。别的不说，往年每逢圣诞假，邵表哥回省城定会来咱们家看你，我可不记得今年他登过门。而且呀，我那天见着的那一位，正跟省城商团的那几个大佬相谈甚欢，好像彼此认识了许久。我就想，如果那是邵表哥，可不该是刚刚回的，那得回来许久了，可咱们这边分明没听说过一丁点消息呀。哦，对不住，我没听到消息是正常，你大概是接到信了，毕竟邵表姨妈那么疼你，不可能瞒着你的。”

苏锦瑞把茶碗“哐”地一下放在茶几上，冷笑道：“讲来讲去，我还是听不明白你到底有没有认错人，要这么好奇，上前去打声招呼不就好了？若那个真是邵表哥，就是不知他还认不认识你。”

这句话说得有些气急，断不像苏锦瑞会说的。苏锦香心里暗笑，原来你真个在意邵家那两母子。也是，十来年的关照，真心假意早就掺和在一起，一时半会儿又怎么理得清。

苏锦香有些幸灾乐祸，也有些兔死狐悲，她不由得带了三分真意，口气却不好听："你才是真个会讲笑话，我为何要邵表哥认得我？他不是只该认得你就好吗？我又不是三岁娃娃，吃不到糖还要哭闹，邵表哥也不是糖，他是太太那边的亲戚，认不得我又有什么打紧？"

她凑近苏锦瑞，如发现好玩事情的孩童，压着笑道："认不得你才是真麻烦，你说对吗？"

她说完随即后悔，不该将意思讲得太明白。苏锦瑞也又嫌恶又诧异，两人同时往后一缩，离彼此一尺远。

半晌，苏锦瑞冷声问："苏锦香，你到底什么意思？"

"我什么意思也没有，我只讲我见到的。"苏锦香伸出手，就着窗外的光端详指甲上的蔻丹，"那个像邵表哥的青年才俊呢，身边可一直有佳丽相陪。我听陈三太太讲，那个佳丽可不是一般人，人家是南洋橡胶大王的女儿呢。啧啧，人家才是实打实的千金小姐啊，前段时间有块前清宫廷的翡翠流了出来，传说是慈禧老佛爷的私藏，要价一万块大洋，这位小姐一句喜欢，她父亲便买了送她做生日礼物。你说，咱们两个的父亲要也这么慷慨，那该多好！"

苏锦香如同跟自己说一般，轻言细语道："也是，咱们父亲即便有心也是无力。十三行路上的老铺，怎么能跟南洋的橡胶林比？可叹我们往常做惯了井底之蛙，还以为苏家有多富贵，实际上咱们家的家底儿，跟人家一比又算得了什么？去过了陈公馆，我才晓得这世上有的是没见过没听过的值钱东西，没听过没见过的有钱有势的人。我一个大门不出二门不迈的女子尚且能感悟到这些，何况整日在外头见世面的男人？"

苏锦瑞脸色发白，嘴唇紧抿，正要说点什么，忽而听见楼下一阵喧哗，不少人"噼里啪啦"跑出去，木屐落在楼梯上"咚咚"作响，中间还夹杂着尖叫声吵嚷声，一直传到她们这里。

苏锦香皱眉，站起来到窗边探头，嘟囔道："好端端的跑什么，又怎么啦？难道走水了？”

苏锦瑞深吸了一口气，回头对阿秀女讲：“你去看看。”

阿秀女快步走出房，苏锦香百无聊赖地摸着自己的头发，苏锦瑞拿起本书来不理会她，冷冷道：“你不是约了人？迟到不好吧。”

苏锦香装没听见，笑嘻嘻顾左右而言他：“我认得一个烫头师傅，手艺很好的，改天介绍给你？”

“我说你可以走了。”

“哎呀，我又没喝你一口茶水，没吃你一盅炖品，你着急赶我做什么？我还有好多见闻没讲呢，也是在陈公馆瞧见的，你要不要听？”

“没兴趣。”

“好可惜。”苏锦香佯装叹了口气，继续热心地道，“我同你讲，邵表姨妈人很好的，她带我进陈公馆，介绍我认识他们家的女眷。哎你不晓得吧，那一家的姨太太不叫姨太太，都叫太太，照着排行叫，大太太就是正房太太，二太太其实就是姨太太，可有意思了……”

苏锦瑞瞪她：“讲那么多，口水也不嫌落我这，快走快走。”

“讲这么多，也未见得你明白。”苏锦香站起来，漫不经心地讥笑道，“你多走出去瞧瞧啦，都什么时候了，还有空斤斤计较那张帖子，要我说，那张帖子给我总好过给你。我进陈公馆，是苏家二小姐不谙世事去赶时髦开洋荤，你去那，又算怎么回事呢？”

苏锦瑞只觉一股怒气涌上来，正要不管不顾赶她走，却见阿秀女急急忙忙冲进屋子里，脸色很不好看，喘着粗气，焦急地道：“不好了，大小姐，出事了……”

“怎么啦，谁出事？慢慢讲不急。”

“是金桂，宋金桂出事了，哎哟，这叫我怎么讲噢。”阿秀女又是臊又是急，“你赶紧去看看就知道了。”

苏锦瑞心里一急，站起就要往外冲。

“头发，头发。”苏锦香在后头喊她，“你披头散发就出去啊？”

苏锦瑞这才意识到自己头还没梳好，她拿起手绢随手在脑后一绑，走了两步，又回头冲苏锦香道：“多谢提醒了。”

苏锦香有些尴尬，恼道：“我是怕你丢我们大房的脸。”

苏锦瑞低笑一声，随即正经道：“但一码归一码，这回的事，最好与你们无关。”

九

# 宋金桂

宋金桂是宋家的大妹。

这个大妹与众不同，她生得貌美，闽南人道“孬竹出好笋”，讲的就是这种情况。她父母都长得相貌平平，因家贫劳苦，早早便显老相，又因长在市井，脸上还多了两道刁横的纹路，可这些全然遗传不到她身上。宋金桂的脸，如同有双看不见的手将老宋家祖上三代于相貌上的优势，都集合起来捏在一块，再精心打磨，往细处不厌其烦地淘换调节，最终形成了她这张令多数人过目不忘的相貌。

她样子全然不似父母与弟妹，在一家子平淡无奇的长相中，她就如突兀而出的一个异类，可即便如此，老宋从未怀疑过她不是自己的种。原因很简单，就凭她亲娘年轻时的那张脸，也断然勾搭不到一个丰神俊朗的公子哥儿与她春风一度。那怎么解释这个如花似玉的女儿从何而来呢？老宋宁可选择另一种说法，他们宋家两代人都尽心尽力靠侍弄花草为生，大概哪一刻，在他们都没意识到的某个瞬间，天上的花神为其诚意所感，遂命座下侍女投生肉体凡胎，为的就是给他们宋家赐福。

这个说法随着宋金桂越长越大，那张脸越发俊俏，流传出了越来越详细的版本。原来讲的是生她那日，恰逢桂花开，于是取名金桂。后面慢慢添加了枝叶，比如那盆桂花原本快枯死，可谁知等婴儿一落地，桂花随即转危为安，还开出朵朵桂花，满屋异香。再后来，老宋又嫌弃这个版本不够传奇，于是重新添加细节，比如那盛开的桂花却不是普通桂花，乃花朵有小拇指大小，金光灿灿，花蕊沁出阵阵奇香；那婴儿也不是普通婴儿，而是一出生便粉妆玉琢，不会哭，反倒朝人咯咯发笑。

可见宋金桂是有福气的。

戏文上不也这么演吗？九天玄女下凡尘，或为报恩，或是赐福，或是拯救生灵，总之她们来世一遭都背负着责任，端看怎么完成，何时完成而已。老宋为此还特地花一块大洋，请街头巷口的算命先生“南北寻”给卜了一卦。“南北寻”擅长寻物，算四柱八字却不甚了了，可看在这一块大洋的分儿上，也尽心尽力搜刮枯肠，将能想到的吉利话都堆这女娃儿身上。老宋听了果然大悦，向来的胡扯骤然得了旁证，高兴得合不拢嘴，又经过大力宣扬，街坊邻居皆知宋家生了个来历不凡的大妹。于是那几年，谁家娶亲，谁家做寿，谁家娃娃办满月，谁家女儿要归宁，都要寻宋家大妹去坐坐床，沾点仙气。

有一年，五仙观恐来观里新年祈福的百姓过多，便于观外搭建竹台摆上五仙像，可只有仙人像，无道童却不合适。于是便有人出了主意，于民间寻几个俊俏孩子扮道童，既省事，于孩子本人也添功德，实在是各方都满意的好事。这时，便有好事者将怀仁巷宋金桂的名字推荐了上去。观里道人来相看，一见宋金桂便表示满意，当即拍板，定下这回事。

哪晓得临到大年三十，小金桂突然发了高烧，灌药喂仁丹均不管用，刮痧催吐也不见效，小女孩病得在榻上都起不来，哪里还能去扮道童？老宋无法，只得去五仙观赔罪，说了一车好话，赔了四盆挂满果的大金橘，这才作罢。

可宋金桂这一病，却成了她人生的转折点。没过几日，怀仁巷里便渐渐流传出一种说法：扮真人座下道童本是增福增寿的好事，可为何这样的好事轮到宋金桂，她却承受不起呢？只能证明她福薄，甚至于与仙人福地相克。

谣言一传十、十传百，事情骤然变得严重起来。

五仙观是什么地方，那是相传五位仙人骑羊喜降的福祉之地。旧城羊城八景，五仙观里就占了两景。其中“穗石洞天”一景尤为出名，皆因那块“穗石”乃仙石，遍体红色，上头有硕大的拇指印，古称“仙人拇迹”，历经风吹雨淋、火烧兵祸、朝代更迭，仍然清晰可见。省城内知名道观有若干，但论历史久远，灵验异常，大抵还是要算上五仙观。被挑上扮道童的孩子，不说自己增福添寿，家门一年也会平安。然而偏生这个号称花神下凡的宋金桂，却会在正宗道门添福增寿的机会面前病倒，这里头能说的东西就多了。

有那与宋家不虞的，或对老宋为人不敢恭维的，一听这个传闻，哪有放过的道理？有人甚至说了，一个花房里，有花神，就同样也有花妖，若是神仙一类转世，五仙观仙君相邀，那是相得益彰的好事，然而若是个花妖呢？

花妖转世，可不就是进不得道门。

谣言越演越烈，加之生了宋金桂，老宋家确乎未见得家道中兴，年节下的花草生意也越做越小。老宋搬石头砸了自己的脚，在外头被人奚落得多了，回家连带着以往疼宠的宋金桂也瞧着不顺眼。这还不算，算命先生“南北寻”又在这时候落井下石，他喝醉酒跟人讲，当初之所以给宋金桂批了个好命，全是老宋求的，他收了利市，又欠了老宋人情，不得已这才说尽好话。人家便笑他怎见得不是你算不准，掐指推演推到别的地方去？“南北寻”急了，说不信我立即给那小姑娘起个卦，你们就懂了。他趁着酒兴果真摸出几枚大钱起六爻，出来竟然是个“水火既济”的卦。这下“南北寻”有话讲了，他兴致勃勃道：“水在火上，初吉终乱，君子以思患而预防之。就是说那女仔当初看起来是好的，养大了终究要与双亲不睦、水火不容晓得吧？老宋生了这么个女儿，不要讲破财，破家都可能！”

“南北寻”是酒后醉话，藏着为自己开脱的心思，却不料这句话传到了老宋耳朵里。老宋二话不说，抄起家伙冲到他那砸了他的算命摊子，老宋老婆拖了孩子们紧随其后，扯着“南北寻”哭闹不休，说他以言杀人，胡说八道不给他们家活路，既然不活了大家都不过了，都在“南北寻”这讨饭吃算数。“南北寻”被女人和孩子扯破长衫，扯乱头发，挣扎了许久才灰头土脸地溜走，到别处躲了好几日才敢回来重新开摊。

借着老宋夫妻俩这么不要脸面地闹了一场，关于宋金桂的流言到底渐渐消停了下去，老宋也不再提自己女儿的来历。他心里也渐渐生疑，这个原本寄托了厚望的大女儿，除了脸能看之外，实际上毫无出彩之处，仔细观察能很快发现她举止怯弱，胆小如鼠，为人不伶俐，没什么眼力见儿，做起活来，还不如底下的弟妹利索。老宋找了再找，也找不到宋金桂身上有一丁点不凡的地方，他便是再自欺欺人，也没法哄自己相信他早年编出的那套花神转世的话来。

女孩子脸长得好，却生在平常人家，实际上平白无故要给家里带来诸多不必要的麻烦。宋金桂还没长成人已经流言四起，等长大点，少女的风姿一点点显露出来，街头巷尾的地痞流氓、光棍无赖，简直跟闻到臭的苍蝇一样赶之不尽。人人都想占这个出名的美人一点便宜，说句话摸个手都行。他们围着宋家的花档，不买东西只为看人，看不到人还要闹事，搅和得宋家都不能好好开档做生意。

倘若女子本人性子泼辣凶悍，那些个男人也能有些顾忌，可宋金桂不知是不是在家被老宋嫌弃得多了，性子越发畏缩，见到陌生人连头都抬不起来，遇上无赖只会躲在别人身后，躲不过便哭。她一哭不要紧，调戏她的男人只会越发来劲。这样的事隔三岔五上演一遍，宋金桂已经吓得轻易不敢出门，连家中最小的孩子都晓得，跟大姐上街手上要抄根棍子以备不时之需。

老宋晓得，再不想法子，迟早有一日，养这个女儿得养出祸来。

他想起当年“南北寻”起的那个卦，水火既济，不利于家，还是要把人送走为妙。然而到底是亲生女儿，怎么送，往哪送，都得费思量。

可巧这时来了个苏锦瑞。

宋金桂临去苏家那晚，老宋本是有心想给女儿讲点在大户人家为人处世的道理，可还没进房，就听见她在哭，哭声凄哀，仿佛明日不是要去做工，倒像是要去上刑场。

老宋的脚步就进不去了，他无奈地想，去苏家做工是多好的事啊，哭什么呢？苏家大小姐亲自寻上门来，说请女儿去养花，首先就给足了体面，加上商议的工钱又丰厚，还有寒暑补贴，四季衣裳，到哪儿去寻这么好的工？说出去又好听又妥当，跟着大小姐也惹不了闲言碎语，家里省了麻烦不说，还给家里多添了进项。养了这个女儿十来年，终于开始有所回报，这样的活计旁人求都求不来，怎的轮到她头上，却只有哭呢？

老宋还有一层不好说的心思，金桂进苏家门，凭她的长相，若福气来了攀上一位老爷少爷，总好过在街面上寻个贩夫走卒，也算没白白浪费老天给她的那张脸。

这点攀高枝的心思原该旁敲侧引，或由当妈的亲自去说，可他只开了个口，自家婆娘便含了两泡泪一言不发。老宋见惯了她撒泼哭号，突然来这么一手，反而招架不住。他疑心婆娘瞧不起他卖女，骂：“我有那么眼浅，我是为大妹好。你看大妹生得那样，便是不想招蜂惹蝶，那狂蜂浪蝶自己就会往她身上扑，怀仁巷从巷头到巷尾，哪家门楼能受得住？真要有点什么冬瓜豆腐，算谁头上？人家只会骂她不检点，品性差，骂我们姓宋的养了一个浪女。”

他婆娘落泪问：“怀仁巷消受不起她，难道东山西关那些大屋里，就有她能待得住的地方？是什么人就有什么命，硬要人穿龙袍扮太子，像吗？”

老宋一下哑了，他摸了摸脑壳，顿时茫然起来。他对于大户人家的理解，实际上也只是停留在两扇厚门偶然一开，瞥见中间那道富丽堂皇的风景。都说她们穿金戴银，裹绫罗绸缎，出入坐黄包车，怎么看都是享福，总强过起早贪黑在家做家事，在档口帮干活，还得应对四下流里流气不务正业的地痞无赖。他轻拍了下床板，折中道：“她去苏公馆做活，还不定会怎么样，总之你让她心里有数，要真有人看上她，还是不要太犟的好。”

“我才不去讲，要去你去，我不卖女！”

“要有那么一天，由得了你？”老宋半是鄙夷半是悲哀，“那就是她的命。你也说了，什么人什么命，注定的。”

也不知夫妻俩这番话是不是被宋金桂听了去，第二日宋金桂去苏家，抱着包袱眼睛红肿，面如死灰。她将攒了许久的灰泥扑满摔了，将里头的大钱尽数交给亲妈添家用，又把自己舍不得穿的两件细布褂找出来给了两个妹妹，再拿出苏锦瑞预支给她的工钱塞给亲爹，低头说：“给阿弟们上学堂使。”

老宋嗤笑：“阿爹也知道上学堂是好，可好也得分人不是？家里就这个光景，哪还有闲钱让他们学那些个不顶用的东西？还不如让他们安安心心在档口做学徒，学养花种树也能混碗饭吃……”

宋金桂猛地抬头，哭肿了的眼睛竟有些凄厉：“让他们上学堂。”

老宋骂她：“上学堂有鬼用？学堂不用学费？不用书册费？学了又怎样？现在还有秀才举人能考来光宗耀祖？”

宋金桂像没听见，执拗地道：“让他们去，学认字，学道理，学做人，学什么都好，学了就不会像我，不会像阿娘，不会像阿爹……”

她懦弱了十几年，头回在父亲面前清晰地坚持自己。老宋听得心烦，举起手想给她一巴掌，手停在半空才想起，大妹从今日起是要进苏公馆了，照规矩说，给人家做妹仔的女孩，往后要打要骂也轮不到他了。老宋莫名有些心颤，手就打不下去了。他回头，几个小的都含了泪，忍不住的孩子偷偷拿袖口擦脸，不敢哭出声。最小的男孩懵懂地摸出一根拨火棍，递上去说：“大姐，你带着它，用得上。”

他虽然最年幼，却已经晓得些事，知道这个大姐生得最靓，出门上街也最需要保护。

宋金桂骤然间呜咽出声，上前抱着小弟哭成一团。

老宋只得上前把他们分开：“又不是再也见不到，哭什么哭？家里财气都叫你们这群败家的哭没了。快走，头一天上工不早些去，人家要嫌你没规矩。”

他虽恶声恶气，手下却没真使劲。他扯着宋金桂上了路，一直送她到了苏公馆侧门。父女俩从西楼夹巷那道门处通报了，半日都不见有人来领。宋金桂抱着粗布包袱神情呆滞，与父亲两人沉默以对。冬日难得有点滴阳光凄凄楚楚地从厚云层中洒落下来，落在宋金桂白皙的脸上，给脸上的细微绒毛镀上些许金光。

等通报的时候，老宋问她冷不冷、饿不饿，宋金桂也不作声，低垂着头，像是认了命，温顺得令人不知如何对待她才好。这道偏门时不时有苏家用人出入，人来人往皆多看这父女两眼，目光冷漠又审视，盯得他们浑身不舒服。又等了许久，里头始终没动静，父女俩像是被人遗忘了一般，眼瞅着快晌午了，肚子饿得咕噜叫。老宋等不住了，上前接连拦了两人，哪知都是话还没说出来，就被人不耐烦地推开了。

老宋先前在家里夸过海口，说自己与苏公馆做了好些年的花草生意，苏家上上下下都打过交道，人人都给他三分薄面。可如今站在西楼夹巷外头，被人晾在边门没人管，又托不到人传句话进去，在女儿面前又丢脸又难堪。正一筹莫展之际，忽听得门"嘎吱"一声开了，苏锦瑞带着阿秀女从天而降一般，笑吟吟走出来，一迭声地道"怠慢恕罪"，苏锦瑞更是亲自上前挽了宋金桂的胳膊领她进去。老宋悬着的心突然就落了地，他在这一瞬间对苏锦瑞感激涕零，觉得有这位大小姐在，女儿就有了依靠一般。他看着默默随苏锦瑞走进门内的宋金桂，突然间涌上不舍，还未来得及反应，已先叫住了她。女儿转过头来时，老宋却不知说什么合适了，他嘴唇颤抖，飞快地将手上套的绒线手套剥下来塞到宋金桂手里，结结巴巴道："戴，戴着。"

"我有。"

"戴着，戴着做活好。"

宋金桂最后就是这样怀揣着父亲从手上剥下来硬塞给她的绒线手套进了苏家的门。老宋在女儿进去后，走远些，独自钻在一条窄巷里，蹲在人家檐下，摸着脑袋，搓着脸，心里酸得想哭，又咧嘴无声地笑。这是一件好事，他对自己讲，你好我好，最好的那个是金桂，没错的。大妹在苏公馆里头待几年，又跟着大小姐，早晚会改了她的性子，等她出来二十了，整个人都会变样，说脱胎换骨都不为过。

工钱得帮她攒着，走一步看一步，不管她今后嫁什么人家，做少奶奶还是做姨太太，终归要嫁得体体面面的。

就是不知道这一进去，女儿何时能再见。大户人家规矩多，一年半载恐怕都回不了一趟家吧。

从来没离过家半步的女儿噢，老宋想到这，又湿了眼角。

他还是愿意把事往好里想，却没想到不过时隔月余，却有苏家用人跑来喊他赶紧去一趟苏公馆，金桂出事了。

那人大中午急匆匆闯入他家门，态度不耐又倨傲。他讲宋金桂不识好歹，不守规矩，自己做错了事，还胆敢在苏家拿腰带绕了横梁寻短见，幸亏发现得早，不然不知道要给主家添多少麻烦。主家说了，一向雇人雇得多，可还从没见过这么没规矩的妹仔，苏家左右是不敢用，也用不起，让他速速去将人领回家。

老宋唬了个肝胆俱裂，面无人色。他婆娘尖叫一声，直接瘫到地上号哭起来，底下几个小的也惶惶然乱作一团。老宋搭上棉袄就浑浑噩噩随着人跑，脑子里乱成一锅粥。他只想着那日送大妹去苏家，明明一切都好好的，苏大小姐和煦可亲，待宋金桂一点架子没有。他把自己那双旧手套脱下来给女儿，苏锦瑞在一旁看了，一句重话也没讲，还说金桂是可人疼的，让他放心。

他当时还想，终归跟着这样的主家，宋金桂会有长进。

可怎么一转眼就闹到了寻短见的份儿上？

那是他家大妹，是蚂蚁都舍不得踩死的女孩，地痞流氓欺负到她头上，也只敢躲在人身后哭，连六岁的小弟都懂得挺身而出，挥着拨火棍保护她。她最是怯弱，没主意，没气性，大声点呵斥她，她都要吓得抖一抖。

她哪儿来的狠心上吊？哪儿来的气力去上吊？

老宋像是猛然惊醒，一把攥住来人的胳膊：“我家大妹为什么要上吊？”

来人讥笑：“为什么？没脸见人了呗，还能为什么。”

老宋心里发凉，问："什么没脸见人？你说清楚。"

那人一把甩开他，鄙夷中又带着猥琐："你女儿干的好事我怎么好讲，你去了就知道了。"

"有什么不好讲，你说。"老宋不得已哀声道，"老弟，你跟我讲一讲，我是她爹，就这样不知头尾地跑过去，等下冲撞了主家怎么办？要连累到你，你也不好交差啊。"

那人不耐道："你还是快走吧，跟我说这些有的没的干吗。"

老宋摸了摸身上，摸出钱袋，抓了几个钱塞到他手里，继续求："求你了老弟，把事情先同我讲，我也好心里有底。"

那人掂量了手里的钱，"啧"了一下，不甚满意，但还是道："行了，跟你透露一声也好，你那个好女儿，在房里私会男人被抓了个正着，她还咬死不肯认。我同你讲，这下阖府都被她惊动了，她害得大小姐丢脸不说，连大房都被她带累。大老爷说了，既然这么不安分就赶出去，昨天夜里她就寻了短见……"

老宋如五雷轰顶，呆立无语。那人见他不走，推了他一下道："走啦，多少人等着呢，人家生女儿，你也生女儿，你倒生出个骚狐狸来，嗤，还扮什么贞洁玉女，摸一下手都要哭哭啼啼，死都不挑个地方，还要给主家添晦气……"

老宋暴怒涌心，揪起那人衣襟骂："你说什么？够胆再讲一遍！"

"你女儿敢做，我有什么不敢讲？"那人不甘示弱，横着眼骂，"也不知道她暗地里被多少野男人睡过，进了我们公馆倒有脸立牌坊装小姐款……"

他一句话没说完，脸上已重重挨了老宋一拳，顿时也火了，反扑过去跟老宋扭打在一块。老宋悲愤交集，拼了命揍他，可到底年纪放在那，没几下又被那人反过来打趴在地，他还不过瘾，抬起一脚猛踹老宋腹部，顿时令他缩成一团。那人边踢边骂："干你老母，敢揍你大爷，死老东西，活该你家出了个小骚货小烂婊子……”

那人正骂着突然间“哎哟”一声惊呼，随即“砰”地一下重重摔到石板路上，疼得直叫唤。老宋勉强睁开眼，却见一个男人背着光看不清脸，只看到身形高大，一出手就把苏家的男仆摔了个狗啃泥。他弯下腰搀扶起老宋，语气温和：“老宋，这是干吗呢？家门口就被人打，是年底给人追债不成？”

他说的是一口官话，老宋醒过神，反应过来这是前头门楼里新搬进来的叶家二少爷，听说先祖也是省城大户，惜乎家道中落，流落外省，最近才扶灵返乡。他家小妹与金桂平时也有往来，叶二少爷与金桂也算相识。老宋脑子里灵光一闪，忽而忆起那一日苏家大小姐来相人，叶家人也在场，言语之间跟苏家好似有点交情。

他们怎么说来着……

老宋红了眼，登时如抓住救命稻草一般揪住叶二少爷的袖子，张开嘴，却哽咽不出声。这节骨眼儿上全然顾不得脸面了，他膝盖一软，就给叶棠跪了下去，哭道：“二少爷，二少爷救命啊二少爷……”

叶棠一把架住他，不让他行大礼，皱眉问：“有话好好说。”

“二少爷啊，你要不救，我们大妹就完了，不，不对，是我们一家都要跟着完了。”老宋死死攥住他的衣袖，“我求你，求求你……”

与此同时，苏锦瑞正在房里不安地来回踱步。

她闭上眼还能清晰地看到当时宋金桂的情形，惨白如纸的脸色，头发蓬乱，几缕贴到脸颊上，黑的黑，白的白，两相对照，更是触目惊心。她的唇几乎成淡紫色，脖子上一道红到发黑的瘀血痕，身上的衣服松松垮垮，仿佛下一刻风一吹，整个人就会摧枯拉朽，灰飞烟灭。

可她偏生还睁着眼，那双眼前两日分明还眼波流转、清澈透亮，天生含着欲说还休的不尽之意，似乎回眸凝神，俱是风情。可只过了两日，那两汪清泉竟都成了枯水坑，直白地裸露着干涸和麻木，愣愣地盯着不知名的远处，无声无息地流淌着绝望。

宋金桂屋子里乱哄哄的，许多人进出，看热闹的占了多数，仆妇丫鬟们早瞧她不顺眼，当着她的面就叽叽喳喳，说什么的都有。可宋金桂都木雕一般毫无反应，只有苏锦瑞进去时，宋金桂眼中突然迸射出光华，可没等苏锦瑞说什么，那光华又渐渐褪去，再度归于沉默。

就是这一眼，让苏锦瑞寝食难安。

她想起了自己的母亲。在幼年时，遇到她喝多了阿片酊心情畅快时，她也会像欢乐的小鸟，爬起床，披着长长的乌发，穿着雪白宽大的绸褂，满屋子转咯咯发笑。天窗的光线射进古老的厢房里，形成光束，当中有无数粉尘飞扬，母亲笑嘻嘻地追着这些粉尘转圈，舞动松垮垮的衣袖，一抬手，绸缎流水一样一下滑到肘底，露出苍白而骨骼玲珑的手臂，如两只嶙峋的骨蝶，仿佛再多曝晒点阳光就会支离破碎。苏锦瑞躲在箱柜边，看得触目惊心，突然，母亲一转眸见到她，那眼神会直勾勾地定在她身上，空茫而不承载任何内容。然后逐渐地，她的眼慢慢亮起神采，像是认出了她，认出了自己骨肉相连的女儿，她朝她伸出手，柔声说："囡囡，过来啊，来阿妈这里。"

她怎么敢过去，摇着头，吓得直哭。用人冲了进来，不由分说先抱住她，小声说："大小姐乖，不哭不哭，太太没有要打你，不哭不哭啊。"

她抬起头，泪眼蒙眬中，大太太的面目已经模糊，可那双逐渐黯淡下去的眼眸却触目惊心。母亲再没看她，继续自娱自乐，转着圈，发出咯咯的笑声。苏锦瑞却知道，在那一瞬，有一扇通往母亲的门户在她面前用力关上了，"哐"的一声。此后一直到死，苏大太太都没再招呼她。

她与宋金桂之间也仿佛是那样，在宋金桂看到她的刹那，她是有希望的火苗烧蹿起来的，只可惜那火苗很快熄灭了，她并不信苏家大小姐会对自己施加援手。

她不信苏锦瑞会救她的命。

苏锦瑞突然意识到，这里面谁也不是傻子，宋金桂再懦弱，也懂得自己被安置在这个尴尬的养花顾问位置上不会事出无因。她的那点算计，宋金桂只是无从反抗，却并不是不知晓。

那她又怎会来跟自己求援?

苏锦瑞以为自己已经够心狠了，为了收拾二姨太，她连自己过世的母亲，连父亲对母亲那点残余的眷恋之情都可以拿来利用。她事先也知道宋金桂可能会受池鱼之殃，她看到那个女子含羞带怯却又柔顺地跟随自己进门来时，也曾有过那么一会儿心虚。可正因为心虚，她反而不愿细究，只想一厢情愿认为这没什么大不了。若父亲真个看上宋金桂，她一定会帮她弄个姨太太的名分，有三姨太的头衔，也不至于让宋金桂吃亏。

可她从未真的亲眼目睹过一个鲜花嫩柳一般的女子在一夜之间枯萎凋谢，她没看到之前不知道这个场景有多可怕。她这才明白，原来摧毁一个年轻女子，一个进公馆做工的女子，根本不需要太复杂的手段，只需简单粗暴，便可一招致命。

她如犯了错不知如何是好的孩童，她咬着指甲，茫然地想我原本是可以制止的，在宋金桂遭人有意排挤的时候，在父亲留意到宋金桂的时候。

或者更早，她就不该让宋金桂卷入苏家她和二姨太的争斗中。

她原本是可以救这个少女的，就如她原本是可以让大太太记起她在世上还遗落了一个孤零零的女儿一样。可是她两次都没有抓住机会，两个面目相类的女子，注定要在她面前无可奈何地消亡。

苏锦瑞知道宋金桂想死是拦不住了，或迟或早，她总要听到那个少女自寻短见的消息。你怎么制止得了一个一心想死的人呢？你怎么能让她们活下来？没办法的，那就是一条一去不返的路，在她们踏上这条路之前，她们都曾经在分叉口为她停留了片刻，可她却因自负和自私，而选择转过身去假装什么也没看到。

苏锦瑞哭出了声，她不是同情，不是懊悔，而是真正地感到害怕。

她怕永远也忘不了这个面目与生母有几分相似的女孩，忘不了她的眼睛，怕以后只要一想起这件事，总要意识到自己在整件事中扮演了一个什么角色。最重要的，她怕她其实很清楚，她与她最讨厌的二姨太，行事也没多大区别。

她怕成为自己所嫌恶、怨怒的那些人。

“大小姐，大小姐。”

苏锦瑞手忙脚乱擦了脸，抬起头，却见阿秀女跑了进来，木屐敲在楼板上“咚咚”作响。她一进屋子看清她的脸，便大惊小怪：“哭了？你躲在这哭哇？”

苏锦瑞哑声道：“收声啦，你要把整栋楼的人都喊过来看我的狼狈相吗？”

阿秀女欲言又止，拿水罐往木架上的铜盆里注水，浸入一条帕子，绞了递过去。

苏锦瑞接过敷在眼睛上，问：“金桂怎样了？”

“还是一句话都不说。也是，说什么呢？那么多人见到她大白天跟个男人在屋子里拉拉扯扯。管家当众搜她的箱子，个个都瞧见里头有拿布头包着扎给男人的衣裳鞋袜，她还能讲什么？”阿秀女叹息，“公馆里一人一句都替她讲了，她还能讲什么？不就唯有不开口？”

苏锦瑞闭着眼不说话。

“上公堂大刑伺候之前，也得让人出句声啊，现在一个个都当自己是县太爷，问都不问一句，直接就判她私通男人，坏规矩，没廉耻，真是好威风啊。我帮她说句公道话，那些人个个拿看猴子的眼神看我，还有人笑我是不是收了她的铜子，真是气死我了。”

苏锦瑞仰着头哑声：“是啊，在他们眼里，金桂已经坏了贞洁，怪不得杂志上讲，礼教就是女子的枷锁，是吃人的野兽……”

阿秀女瞪眼道：“可你上次不是给我读报吗？说政府提倡新，新那个文明……”

“可我们公馆里没有新文明，出了这种事，怪金桂头上不是最容易吗？”苏锦瑞一把扯下帕子，哽咽道，“阿秀姐，老实同你讲，我觉得整件事都是我的错，是我害了金桂，她要是死了，这笔账也要算在我头上……”

阿秀女忙打断她：“你说的什么糊涂话？你招工她做工，契书上白纸黑字都写着呢，入了府做妹仔就要吃苦耐劳，看主家眼色做活，难不成反过来要主家日日看着她，不叫她受欺负受委屈？没这个道理。”

“可是我当日找她进来，根本就没安好心……”

阿秀女一把捂住她的嘴，正色道：“这话出你口入我耳，再也不要讲。大小姐，你听我讲，一切都是金桂的命，是她命中带了桃花煞，才会入了府出这种事。要讲哪个错，是那个摸进她房里想占她便宜的臭男人的错，是那些故意把事情吵得阖府上下都知道的、嚼舌根的碎嘴八婆的错，唯独不是你的错，你对她已经够好了。”

苏锦瑞像个没主意的小女孩，问：“真的？”

“真的。”

“阿秀姐，我晓得你无论如何都会站在我这边，可我骗谁都骗不了自己的。”苏锦瑞擦了擦眼泪，“是我的错，我作孽了。”

“不要这样想。”阿秀女大声憨气说，“这几年是年景好，人命跟着值钱，要放在荒年，一个丫头都不抵几斗米，买进来做妹仔，打死就打死了，草席一卷，让家里来领尸，最多给十块二十块，谁敢怨主家不好？穷人家莫讲女子了，就是男子也命贱，入人家铺头做学徒，起早贪黑给师傅做牛做马，给师娘倒屎倒尿，跟牲口似的被使唤个七八年才叫出师。有那身子骨儿单薄的得了病，师傅哪会给钱找大夫抓药啊？还不就是熬呗，熬得过就活，熬不过就死，这种事太多，谁会多一句嘴呢？”

苏锦瑞低头道：“你不晓得，她那双眼长得像我亲娘，我看了就心慌。”

“嗐，太太都过身多少年了，讲句大不敬的，她坟头的草都长得高过了你，太太生前心善，这会儿定是投胎到好人家，哪还管得了闲事。你莫要自己吓自己。”阿秀女忽然一拍脑袋，“对了，忙着劝你倒忘了正事，我刚刚从花园子里过来，老太爷让我问你两句话。”

苏锦瑞惊跳起来：“你见着老太爷了？他，他老人家晓得我做的事？”

“一间大屋两栋楼，什么事能瞒得过他老人家？”阿秀女不以为然，“他让长随过来跟我讲，让我务必把这句话学溜了，一个字都不能错。”

苏锦瑞忐忑地道：“好，你说。”

“老太爷让我问你，苏锦瑞，暗度陈仓前一句是什么？”

“明修栈道啊。”

阿秀女点头：“答对了，对了老太爷才有第二句话等你。”

苏锦瑞睁大眼。

“老太爷问，苏锦瑞，那你修的栈道呢？”

“完了？”

“完了，就两句，第一，暗度陈仓的前一句是什么？第二句，你修的栈道呢？”阿秀女丈二和尚摸不着头脑，“老太爷真奇怪，怎的在这节骨眼儿扯到修路修桥上，要捐银子修路也是老爷他们出面啊，干你这个姑娘家什么事。”

苏锦瑞低头思索了一番，点头道：“我知道了。”

“知道什么？”

“知道我该怎么做。”

“你要怎么做啊？哎，我跟你讲，你可别乱来。”阿秀女拉住她，“府里做什么都有定数，往外撒银子修路桥修牌坊这类可是西楼那边管的，你不要自家后院起火还没灭，就要去西楼引火烧身。”

苏锦瑞拍拍她的手：“不是真个去修路，事到如今，我只能去试试了，走得好，没准儿金桂能活。”

“又是金桂，都说了那件事不关你事。”阿秀女急了，“你莫要乱插手，你还没嫁人呢就管这种事，还要不要名声了啊？”

“阿秀姐，”苏锦瑞低头道，“咱们家，东西两楼，亲戚朋友，你瞧着是不是个顶个都是会替自己打算的？”

“我也喜欢替自己打算。从小到大，除了你没人真个替我着想，我再不为自己想多点，谁还会替我想多点呢？”苏锦瑞幽幽地道，“我一直觉得自己这么想没错，可这半日，我坐在这想了又想，我想我读了洋学堂，我是苏家的大小姐，我生在这个时代，我终归要跟二姨太，跟邵表姨妈，跟西楼二房三房那些阿叔阿婶有点不同，对吧？

“更重要的是，我现下没法忘记金桂，她要是真个死了，我大概一辈子都忘不了这件事。

“我不想那样过日子，一闭上眼，总想起手上害死过一个人，我想起这个一点都不高兴。

“我这么为自己打算的人，若连自己高不高兴都打算不了，再打算别的又有什么用？”

她抬起头，对阿秀女，也对自己正色道：“我要去管这个事，做得好，我不仅能出了这口恶气，还能给金桂一条活路走。我不是要做大善人，我只是记起来，原来我还没同金桂正经说过话，我也没告诉过她，看见她的那一日，我心底是很欢喜的。因为我知道她长得像太太，太太过世时我太小，记不得她的脸，幸亏见到她，我才能确定，我娘亲在世时一定蛮好看的。"

"个个都讲前头太太是个大美人，金桂一个妹仔怎么比噢。"阿秀女回过神，攥紧她，着急道，"哎呀，险些给你糊弄过去。我跟你明讲了吧，你要插手这个事，就是正面跟二姨太干上，你还不晓得这是二姨太借着金桂在给你下马威？这可不是往日你们拌嘴吵架，她，她可是什么都干得出的，你是个娇滴滴的姑娘家，跟她那种破落户不能硬碰硬的。"

苏锦瑞轻飘飘问："当初，若有人愿给我娘亲一条活路，你说她还会不会喝那么多阿片酊？"

"什么？"

"祖父、父亲、二姨太、表姨妈还有我，我们中若有谁真心要给我娘亲寻条活路，她还会不会死？"苏锦瑞含着泪笑问，"你答不上，我也答不上。因为她事实上早已死了，可今天轮到金桂，我想试一试。"

阿秀女还待再说，突然间外头传来一阵"咚咚"的木屐敲楼板声，一个丫鬟径直来到门口喊："阿秀姐，大小姐在不在房里头？"

"在呢，你大呼小叫做什么？没点规矩。"阿秀女叱责道，"什么事？"

那丫鬟的声音立即低了下去："大小姐，老爷让我喊您换衣裳下楼，有个客要见您。"

阿秀女问："是谁？怎的二姨太不见？反倒要见我们大小姐。"

"二姨太说是头疼，在屋里躺着呢。"丫鬟有些为难，到底还是实话实说，"来的是叶家二少爷，他带着一个人，是，是园子里宋金桂的爹。”

“知道了。”

那丫鬟行礼走后，阿秀女苦思冥想：“叶家二少爷？哪个啊？”

苏锦瑞没好气道：“那日去怀仁巷，拿水泼我那家，后面来了个处处跟我针锋相对，心眼细过针鼻儿的男人，记得吗？”

“哦，是他呀。也对，叶家就住在老宋家隔壁门楼，老宋定是知道我们两家是故交，求到他头上了。”阿秀女对叶棠没好印象，止不住骂，“一点礼仪规矩都没有，呸，什么二少爷，喊他一声少爷，还真当自己是了？都成破落户了，还有脸替别人强出头，这么喜欢行侠仗义，怎不见他画花脸上台去扮关二哥啊？”

苏锦瑞“扑哧”一笑：“你也别怪罪，这位叶二少爷来得正好，他要不来，我还得费点功夫把老爷从书房激出来。他一来拜访，老爷看在故交之子的分儿上，这不就得亲自见了嘛。”

“大小姐。”阿秀女迟疑地问，“你真个要去？那位叶二少爷说话不讲情面，两片嘴皮子厉害过使刀，万一他上下唇一碰，把老宋一激，那老东西冲撞了你怎么办？”

“放心，你没听祖父给我传的话吗？暗度陈仓我都做了，就差这明修栈道了。”苏锦瑞淡淡道，“父亲大人大抵还是想息事宁人的，只可惜，这回怕是要对不住他了。”

# 觅活

在叶棠看来，宋金桂不过受了冤屈，一时想岔了投缳，又被救了下来。她本人为何寻死不是关键，关键是她活了下来，并要回怀仁巷继续活下去。

这就需要费些心思好好想了。

这件事若换成别人别家，叶棠未必会多管闲事，可谁叫老宋在他跟前一跪，张口就道出了苏家和苏锦瑞。叶棠对苏家本就看不上眼，苏锦瑞上回将一百块钱甩到他脸上，更是令他印象极差。几乎不用多问，叶棠便认定这事上定然是苏家苛待下人，宋金桂熬不住才投了缳。他心里冷笑，这类旧式大家庭不过外头光鲜，谁知道两扇厚木门一关，内里有多少肮脏鄙陋。这种人家最是冷酷无情，一有丫鬟寻死，不问缘由，定然是先拿住丫鬟，一番打骂威吓了再说，人都被逼得没了活路，那些太太小姐却只会讲这妹仔多没良心，竟敢死在主家，腌臜了别人的地儿。人命在她们眼底，大抵比不过薄薄一张银圆券。上梁不正下梁歪，主家鄙薄苛待，恶仆自然有恃无恐，竟当街就对苦主父亲拳打脚踢，说狗仗人势都轻了，简直就是一丘之貉。

别说叶棠跟老宋一家是街坊邻居互有来往，便是素不相识，一想到苏锦瑞恍若自云端往下瞧人的模样，就想管一管这不平之事。

可惜叶棠长在叶家没落的时代，没福分瞧见旧时叶家宅子里一屋莺莺燕燕争奇斗艳，也没福分领教当年他的祖母——叶家当家太太整治妾室，收拾狐媚子的雷厉风行。若见识过了，他没准儿就懂了，苏锦瑞将宋金桂挪进苏家，不过是一招声东击西。与他去世的祖母比起来，她的手段连狠戾都算不上，只是一个身不由己的小姐，想当然伸手拽住了另一个更身不由己的丫鬟。然而，叶棠没有机缘窥见深闺里女子们的细碎心思。他对女人，能了解的途径不过通过叶大奶奶与自家妹妹。前者太聒噪，后者又太寡言，两人表面上看截然不同，底子里却殊途同归，走的都是浅显易懂的路子，她们一个算着起居用度，一个捏着锅碗瓢盆，都没余地摆弄女人家那些九曲十八弯的心思，呈现给叶棠看的，是一幅简单到近乎粗粝的图景。

他在这些女人一目了然的欲望中长大，看她们时多少带了天然的怜悯和不耐。本来堂堂七尺男儿，哪个耐烦去了解女人家那点琐细又没完没了的心思？在他看来，女子若要自强，当学秋瑾、葛健豪这般女杰，为国家兴亡而奔走捐躯，其豪情壮志、勇猛果敢，丝毫不逊于男子。世间多少女子生于贫苦，贱若浮萍，一生埋没于家庭生计，全然无可能思索自身。而苏锦瑞这样的女子，生于富贵人家，进的是洋学堂，想读什么书唤一声，自有下人去书局订购。想见识一下大千世界，只需撒下娇，自有长辈亲朋为其出钱出力。养到岁数大点，生活便只打扮这回事，穿着时新衣裳去出街，自有无数的青年才俊在各式时髦的社交场合等着她们去结识，去缔造罗曼蒂克。她们明明比许多女子有钱有余力去学习进取，去做些利人利己的实事，可偏偏这些小姐，却只学些伤春悲秋的皮毛，动不动便刁蛮任性，狗眼看人低。

叶棠一想起苏锦瑞，就皱紧了眉头。

命运对苏锦瑞有多厚待，便对宋金桂有多不公。

叶棠今日登苏家的门，为的是不平则鸣，而不是为宋金桂本人。事实上在他脑子里，宋金桂就是一张画在纸皮糊在灯笼上的灯影绰约中面目模糊的画像，都说她美，可他却想不起宋金桂的五官具体如何。他只记得每次见到宋金桂，她都是垂着头，不是跟自己妹妹交换着低不可闻的话语，就是急急忙忙躲到他见不着的地方去，仿佛慢一步就会被谁擒住一般。这一点又与那位毫无矜持的苏家大小姐截然不同了，叶棠就没见过像苏锦瑞那样胆大又嚣张的少女，头一回见就敢当着客人的面举木屐砸庶母，第二回见居然敢扔出来一百块钱羞辱他，真是想记不得脸都不行。事实上，他不仅记得苏锦瑞的脸长什么样，甚至记得她嘲讽人时嘴角上翘的弧度，记得她装模作样拿出一百块银圆券时，眼眸里闪过的得意微光。他有些恼怒地想，似这类骄纵女子，真要治治她的臭毛病，就得寒冬腊月将人丢到伊犁去，不出三日，北风凛冽，严寒肆虐，茫茫白雪无边无际的冬天里，看她还怎么自以为是装模作样。

可惜这个想法太不着边际，叶棠也只能想想而已。他捏了捏头顶的毡帽，第二回踏入苏家大屋。

这一回，他带着老宋，抛开了寒暄来寒暄去的客套话，一撩长衫坐下，递上的茶水也不喝一口，开口便是："今日我登门乃有一不情之请，须与苏家长辈商议，烦请苏世伯做主。"

苏大老爷想笑呵呵岔开话题，叶棠却不为所动，接着道："世伯，我义妹月前由贵府大小姐亲自招募，入了府上做养花顾问，说好只管种花，不做其他杂务，义妹一家感恩于心尚且不及，怎的府上突然有人来报信，说她竟要自寻短见？我那个义妹在家最是温顺听话，到府上只是月余，想必无可能性情骤变，而府上又多以仁厚体恤著称，还从没听说过有苛待下人的传闻。世伯，这当中是不是有什么误会？”

叶棠想的是单刀直入速战速决，他暗示苏大老爷，这种事不如卖他个面子，当成误会含糊揭过，也算为那个可怜的女孩挣些体面，再寻个好听点的由头把人弄出苏公馆，有多少事便都闷在这扇大门里，也不影响日后女孩嫁人。

可他到底还是年轻，不晓得西关大户人家人情往来的规则。苏大老爷一听就晓得这后生多半是闲书看多了，存了些行侠仗义的心来打抱不平。他虽说场面话讲得漂亮，可里子到底稚嫩鲁莽，要知道，宋金桂可是被人撞破与男人的奸情才羞愧投缳的。为一个污名声的女人强出头，实在容易反累其身。这种旁人避之唯恐不及的事，偏叶棠倒敢仗义执言，苏大老爷不觉暗叹一声，心忖这后生固然心地好，可事情却不能这么办。

他端起茶碗，揭开盖子刮了刮浮沫，吹了一口气，慢悠悠地道：“我当你心急火燎来有什么大事，却原来是为这个。嗐，我们公馆东西两楼，算上家父现在住着的后园，地方不大，用的人却不少。叶世侄，你这么冷不丁要同我讲你那个义妹，可我哪个晓得你义妹是谁？”

叶棠还没开口，老宋却坐不住了，哀声道：“苏大老爷，他义妹就是我家大妹，名唤作宋金桂的。当初是大小姐带进府，讲好做养花丫鬟那个啊，今早府上还来人去我家报信，讲大妹上了吊又被救下，我这心急得不得了，您不认得她，府上的大小姐定然是认得的，您让人请一下大小姐，一问就知道啊……”

苏大老爷把茶碗往几上重重一放，截住了老宋的话头。他犯不着对老宋讲话，却对叶棠和颜悦色道：“世侄，既然你开了口，我让管家查查便是。不过你们讲她上吊，这事就大不同了，女人家，有什么事需要寻死觅活呢？现如今又不是前清，风气开明，欣欣向荣，我们苏家也不敢落后太多。我记得从民国五年开始，家里一应雇人签的都是短契，合则来不合则去，你好我好，何至于闹到要生要死的地步？

“要不怎么说呢，如今的后生女啊，气性太大，做活帮工一有不适，便觉得受了天大的委屈，实在不是我这等老朽能明白得了的。你等下见到令义妹，也不要责难，倒是需好好劝导一番，对吧？女子不爱惜自己怎么行？你看我也有两个女儿，自小也不乏顽劣，我怎么教她们呢？四个字，修心读书。所谓欲修其身者先正其心，欲正其心者先诚其意，欲诚其意者先正其知，致知在格物。朱子云，此乃古人为学次第，诚哉斯言。规训女子，莫不在此……”

苏大老爷一边扯着长篇大论，一边使眼色给一旁侍立的丫鬟再去催苏锦瑞，与一个晚辈理论一个妹仔的事，不仅不合身份，而且不成体统。苏大老爷巴不得赶紧让家中女眷来应付叶棠，可二姨太狡猾，一听到消息便装病，总不好命仆人入她房里把人拖出来。余下能用的就只有一个苏锦瑞，大老爷原也不想让未嫁女出来充场面，可这种事，女人家来讲，总好过自己一个大老爷还插手家里鸡毛蒜皮的细碎事。

不承想叶棠面无表情，等着他一讲完口干喝水，冷不丁来了句：“世伯，要这样讲，女子只要寻死，只能是自己想岔了，与旁人无关？那就奇了怪了，好端端一个花信女子，在家孝顺温良，来你们府上倒变得褊狭刁钻。她若没遇上什么事，就该是碰上什么人了，要都没有，只能说贵府风水格局是不是有些聚阴……”

苏大老爷一拍桌子，怒道：“胡扯八道什么？！”

叶棠拱手一笑：“世伯请恕罪，小侄适才确是不当推论，只是请世伯易地而处想一想，小侄不过随口一说，世伯便深觉冒犯，那我义妹抛下父母弟妹投缳自尽，您用一句她自己想不开解释，听在她老父耳朵里，实在是搪塞之词。当然了，世伯饱读诗书，定然不是有意在人命关天面前含糊其词，只是不清楚事情的来龙去脉而已。世伯既然对此事一无所知，那是不是请出哪位了解事端的人出来说道说道？”

他话音刚落，便听得一个女音道：“爹，我来了。”

叶棠先听得一阵木屐点地声，清脆轻盈，像有人拿着精巧的木槌轻轻敲击地面，随后才看到苏锦瑞。她身后照例带着那天见过的膀大腰圆的自梳女，穿墨绿天鹅绒面窄袄，因为见客，特地系了外裙，底下是深灰色羊毛长袜，配粤式旧家庭里常见的黑漆红底木屐，发辫低垂脑后，脸上手上一应胭脂首饰全无，干净得有肃杀之意。她走进厅堂，先朝父亲行礼，再给自己见礼，眼睑低垂，态度前所未有地温顺。叶棠眼睛极利，看出她脸上虽盖了粉，掩不住脸上的憔悴，却添了三分柔弱可怜，令叶棠禁不住想，原来没那些咄咄逼人和讥讽嘲笑，这位苏大小姐也不过未及双十年华，也是个有教养的大家闺秀。

因为这一个罕见温顺的苏锦瑞，叶棠放缓了口气：“苏大小姐来得正好，我正与世伯论及义妹宋金桂之事，可惜世伯不管内务，不甚知晓事情的来龙去脉。大小姐却是不同的，当初义妹入贵府做工，三顾茅庐亲自去请她的是您，与老宋签了契纸付了工钱的是您，金桂入府，想必也颇受大小姐照应，如今她出了事，大小姐想来也应比旁人更清楚。麻烦你来给我们解一解惑，好好一个女子，怎的入了贵府月余，便要寻死觅活？”

他沉得住气，老宋却不行，他自苏锦瑞进来便神情激动，一见苏锦瑞面露犹豫，立即一下站起来，几乎要扑到她跟前，红着眼眶问：“大小姐，咱们明明说得好好的，大妹进来做工，只管种花不管其他，怎的她才种了这么点时候就出事了？我的女儿我晓得的，从小最听话乖巧，胆子又小，人虽不醒目，可她心地好啊。她不会去害人的，她是连蚂蚁都不敢踩死一只的人，你让她做坏事，她也没那个胆子去啊。大小姐，你好心替我们家大妹说句好话吧，替她说句公道话吧……”

他哽咽出声，苏锦瑞又惭愧又难过，退了一步低声道：“老宋叔，对不住，我没看着她，没照顾好她。我知道时，金桂在她房间里私会男人叫其他用人抓住的事，已经嚷嚷开了，我原本想先稳住她的情绪，这几日再慢慢问怎么回事，哪知她隔天早上就上了吊……”

“不会的，你们一定是搞错了，我家大妹啊，大小姐你知道的，她那样的人，怎么会干这种没廉耻的事？你们讲她什么都行，就是不能讲她私会男人啊。我不信，打死我都不信！”老宋眼睛都红了，“不是，大小姐，大小姐您开恩，您开开恩帮帮我们金桂啊，女子家的名声禁不住这么摔打，今日你让我把她领回去，明日你让她怎么在别人面前抬起头？她不能这么回去，她这样回不去啊大小姐……”

苏锦瑞咬了下唇，道：“可是他们好几个人都见到她房里确实藏着一个男人。”

“藏，藏着一个男人？那她，她有没有事？”老宋哆嗦着问道，“我女儿，我女儿她有没有，有没有……”

苏锦瑞听懂了，窘得满脸通红，旁边的阿秀女忍不住开口道：“喂，这位阿叔，你跟我们家小姐讲话呢，一点避讳都不懂啊？”

“有没有？啊？”老宋死死盯住苏锦瑞，透露着哀求和无尽的难过，他哆嗦着嘴唇，眼泪已流下，他却顾不上擦。

苏锦瑞眼眶也红了，她忍住尴尬，轻轻道：“听他们讲，两人被人撞破时，金桂衣裳是穿着的，想来，应该是没有……”

老宋松了口气，这才拿袖口擦眼角。

“可不管有没有，底下人都咬定金桂当时是与人搂搂抱抱。”苏锦瑞哑声道，“众口铄金，颠倒黑白，很难说清。金桂就是想到这一点，才不得不去投缳。”

她说到点子上，老宋一下哑口无言，半晌，他颓然地垂下了头。

“讲半天，就是府上认定宋金桂行为不端，品行放荡，至于实际上她有没有与男子幽会根本不是重点，重点只在于有那么多人认定她有就够了。”叶棠冷笑一声，转头对苏大老爷道，“苏世伯，我原本以为这里头有什么误会，现在看来却未必如此，而是关乎我义妹的名声。兹事体大，不能含混过去，不然不仅我义妹这辈子抬不起头，连府上的声誉也要受损，毕竟内院里跑进个男人这种传闻，我想您不会希望它在省城流行起来。”

苏大老爷暗暗一惊，若说别的他自然可以当晚辈胡扯，不以为然，但说到苏家声誉，他却不能不郑重其事。可他不愿被叶棠看出自己已听进他的话，于是轻笑一声，对苏锦瑞顾左右而言他道：“叶世侄先前在伊犁可是少有文名，你听听人家这一句句话讲的，可比你们几个强多了。对了，你还没正式见过他，来来，这位是咱们苏家世交之子，叶家二少爷，跟你平辈，你就叫声叶二哥。唉，当年要不是叶家有难，你们这一辈，没准儿也是从小一起长大的情分。”

苏锦瑞目露诧异，叶棠更是被这句“叶二哥”噎得霎时间反应不过来，他还没来得及想句漂亮话把“叶二哥”的称谓堵回去，就听苏锦瑞上前郑重叫了一声：“见过叶二哥。”

叶棠一时不知作何表示，他想起两人之前的过节，万分不愿承了她这一叫。可苏大老爷看着，苏锦瑞也看着，甚至老宋都看着，他不得不从座上起身，木着脸道：“大小姐无须多礼。”

他生怕苏大老爷来一句“你们平辈相称，叫她锦瑞就好”，赶忙回头道：“苏世伯，正如您所说，我叶苏两家往来几辈人了，称得上世交二字。小侄斗胆请您赏我一个脸面，把我义妹宋金桂一事弄个清清楚楚。您放心，若真个是她品行不端，我当场给您磕头赔罪，二话不说立即把人带走，从此以后她是生是死，皆与贵府无关。可是世伯，凡事都有万一，万一我义妹乃被人冤枉，甚至于被人陷害呢？”他加重语气接着说，“若真是那样，我也不求惩恶扬善、水落石出，只求您还她清白即可，请您念在她不过一个弱质芊芊，给她一条生路走，孰是孰非，我们都揭过不提如何？世伯，毕竟这里面涉及的，不是一个贱到几块钱能买的丫头，而是一条人命，小侄只听过人命关天，可没听过人命有别，您说是不是这个理？”

苏大老爷被叶棠张嘴就来的这番大道理挤对得下不来台，他一边讪笑，一边给苏锦瑞使眼色，让她赶紧上前把话岔开去。

哪知苏锦瑞却愣愣站着，眼眶慢慢变红，随即竟然也跟着落下眼泪，点头道：“叶二哥讲得再在理不过，爹，那个宋金桂是女儿领进府的，原是为成全我的一片孝心，却不想竟害了她，若她真个有三长两短，女儿心里怎么过得去？”

只听这几句，苏大老爷几乎要疑心苏锦瑞私底下是不是与叶棠做了什么交易，可再一看苏锦瑞这掉泪的模样，又可怜起她来。扪心自问，那个养花丫鬟他也是有印象的，非但有印象，简直称印象深刻都不为过。他还记得自己不久前曾在花园里替那丫鬟解过一次围，当时她感激得哭红了眼，抽泣着道谢的模样诚然可怜又可爱，却与记忆中那个遥远的身影相差甚远。那个记忆中的女人可不是那般哭法，梨花带雨的精髓并非在于将鼻头眼珠子哭个通红，而是细细碎碎，点点滴滴，只见泪珠，却不闻啜泣。若非从小习惯被人捧在手心，以诗书为底，以花月为媒，再经柔肠百转，千锤百炼，如何能窥见真正的风仪美态？可惜世上深谙此道的女子少之又少，他有幸撞见一个，却早早归了黄泉，余下这些年，便是遇见多几个相貌相似的女子又如何？也只是相貌相似而已罢了。

苏大老爷叹了口气，他每逢怀念大太太时总是不由自主地心肠转软。他看着眼前相貌与大太太如出一辙的苏锦瑞，不无遗憾地想，虽说也是锦衣玉食养大的，可苏锦瑞到底少了家里人的娇宠呵护，好比一株仙灵草给养成了毫不出奇的春兰翠兰一类。说到底，在养女儿一事上，大家庭反倒不如小门小户。

苏大老爷忽而觉得对苏锦瑞歉疚了起来，他顺着她的口气道："也罢，你既然觉着心里过意不去，那就照你叶二哥的意思，先叫人把当日撞见宋金桂事发的那几个用人都喊来问问。"

苏锦瑞拿手帕印了印眼角道："爹，那几个女儿昨日便让阿秀姐问过了。"

"问过了？"苏大老爷诧异道，"问过了好啊，你来讲讲。"

"是，爹。"苏锦瑞正色道，"整件事开端于前日早上，我正起床梳洗打扮，二妹赶早出门，路过我房间时跟我闲聊了一会儿。我们姐妹正说着话，突然听见后面园子里传来吵嚷声，阿秀女下楼去看怎么回事，回来才告知我，宋金桂被人撞破了私情。

"我知道这件事后赶忙亲自过去，先让管家把围着看热闹的人都赶走，留下最初撞见宋金桂丑事的那三个。她们一个原就是后面园子里管洒扫的，一个是西楼那头的，因二太太嫌天冷烧炭盆有烟火气，命她去花房要两盆常青的盆栽摆屋里去味，还有一个是咱们东楼的，她进后园是受人之托，给老太爷小厨房里做帮厨的老乡送些乡下带来的东西。这三人赶巧在花房边上碰见，便停下来互打招呼，还没说上几句，便听见金桂房里传来异常的响动。这几个人以为是遭贼，忙喊金桂的名字，金桂没有应声，她们便撞门冲进去，一进去就见有个男人慌里慌张正要跳窗。她们想上前抓，却抓不住那个人，只得眼睁睁看他逃走。金桂披头散发，自始至终都缩在床上，人抖成一团，已经吓傻了。那几个人便嚷着她偷男人，引来了许多看热闹的，大家都说金桂这个样子一看便是做贼心虚，金桂却哭说没有，可惜人人都不信。

"这时有人讲，金桂若私会男人，那就不会是一日两日的事，定还有蛛丝马迹，要搜她住的那间屋子才好。众人都赞同，于是便一起动手，不一会儿便在她柜子里翻出了一个布包，抖开来发现里头有给男人纳的鞋袜内衣各一套。另外还有一个布包里私藏有外头铺子里买的花露水和香粉，还有一条崭新的褂裙，看料子的做工，都不是她能买得起的。家里的几位小姐都没有传衣物丢失，故大家都道，这是她那情郎送她的东西。”

她停了停，继续说：“最要紧的，是金桂藏在箱子底的一封信。那封信一被人搜出来，金桂就疯了。她扑过来咬了拿信的人，把信抢了回去，撕成碎片后塞进嘴里嚼碎吃了进去……”

苏大老爷惊奇地道：“居然还有这个？”

老宋却呆了呆，突然间回过神来喊：“不，不对，我家大妹不识字啊，她能看懂什么信？我要是能供得起孩子读书识字，哪还用得着送女儿进府做工？”

他生怕苏家人装聋作哑，又求助地看向叶棠：“叶少爷，您给说句公道话，上学堂学费书册费纸笔钱点心钱加起来可是笔不小的开销，我家就算要供也是供儿子，供女子念书做什么？怀仁巷从头到尾，供女子上学堂的人家，一只手都数得过来啊……”

叶棠看向苏锦瑞，淡淡地道：“你也觉得，那是情郎写给金桂的书信？”

苏锦瑞摇头：“那我便不知道了，我只知道那封信确属宋金桂所有，若与她无关，她又何苦宁愿撕碎嚼烂，也不愿让别人看？”

苏大老爷叹息：“世侄啊，你看，有道是人赃并获，令义妹被人撞见与男子私会男女互赠之物在先，被搜出私相授受的东西在后，还有书信为证，这还不够吗？罢了，再问下去也是徒增尴尬而已。这样，我们各退一步，人你带回去，我们府上也不追究她的事了，如何？”

叶棠轻笑一声，正要说话，却听苏锦瑞道："爹，不可。"

苏大老爷皱眉道："有何不可？整件事的来龙去脉你已经讲得够清楚，赶紧把人悄悄送走才是上策，难不成处理这种事还要到处敲锣打鼓宣扬？闹开了让别人笑话我们家？"

苏锦瑞委屈道："爹，女儿原先也是如您这般想，可自打我今早见过金桂后，却越想越不大对。您看，事发到现在乱得紧，家里好像个个都只盯着金桂，可那个据说与金桂私通的男人呢？他是谁呀？书信已经叫金桂毁了，凭什么认定那就是与她私通的男人写的？"

苏大老爷不耐道："是叫你管家，不是叫你做青天大老爷，丫鬟仆佣私下里如何，哪个管得了？只要与我们公馆无关就成，你这般当断不断的做什么？不过一点琐事便难成这样，你日后成家立业怎么做贤内助？"

"爹您说得是，可后园溜进去一个外头的男人也是事实，就像叶二哥讲的，没查清楚，不仅宋金桂不服，传出去我们家才真是要叫人耻笑的。"苏锦瑞委屈得掉泪，"女儿还不是为了家里着想。"

"得得，到底你要怎么做？"苏大老爷掏出怀表看了看，"快快讲，我等下还要去老铺有事呢。"

苏锦瑞等的就是她爹不耐烦，她擦了擦眼泪，迅速说道："我是想，不管金桂有没有私会男人，总得先有个男人让她私会才是，可那个男人呢？他来无踪去无影，撞门进去的三人只瞧见他爬窗逃跑，根本说不清那是谁。她们都是家里的老人了，又分别来自东楼西楼和后园，若这个男子是家贼，断不可能三人都认不出来。

"再则，从金桂箱笼里搜出的什么男子鞋袜内衣那些，人人都说是她偷偷为那个男人做的，可那也得有布头给她做吧？"

"废话什么？直说。"

"是。这里头有个缘故，爹您却是不知道的。金桂进府以来，因下人们欺生，她又老实，我怕她吃亏，所以一应吃穿用度都是走我的私账，没花公账上一个钱，我可不记得有给她支过布头，阿秀姐，你私下给过她吗？”

阿秀女踏前一步，瓮声瓮气道：“没，她天天猫在花房那块不动弹，我又跟她没来往，对她好做什么？没准儿人家是从家里带来的？”

老宋立即摆手道：“没有的事，家里孩子多，扯一匹蓝布都要算计着裁多少身衣裳，绝没有布头留给她糟蹋的道理。”

苏锦瑞颔首，又说：“那就怪了，这布头不是我这里支的，也不是家里带的，难道是那个奸夫给的？”

叶棠算是看出来了，这个娇滴滴的大小姐怕是胸有成竹，成心要帮宋金桂一把。虽然不明白她是为了什么，但叶棠也承了这个情，便顺着她的意思道：“听起来，这是唯一的可能了。”

“所以，讲来讲去又拐到这个男人身上。这男人赠金桂新褂裙，金桂回他亲手做的鞋袜等物，彼此之间还有个书信往来。虽然金桂不识字，可看起来真个郎情妾意啊，那事情就怪了，既然两人如此情深义重，金桂都不惜引那个男人进公馆私会了，怎么一被人撞破，一个慌不择路跳窗逃跑，另一个拼死否认，甚至要上吊自杀？顺水推舟认了多好，咱们家又不是没人情的人家，没准儿我为了面子好看，还得破费个百八十块给她送嫁呢。”

叶棠见她语带讥讽，伶牙俐齿的模样，首度觉得也不是那么嫌恶。听到苏锦瑞也晓得她好面子会甩钱时他甚至想笑，等察觉到时，嘴角已经上翘。

叶棠顿时心生尴尬，忙收了笑容，掩饰地咳嗽一声：“大小姐，照您这么说，金桂私会男人这件事处处是疑点了？”

“疑点不疑点的，我也说不好，我爹讲了，我又不是来审案，哪敢称疑点？”苏锦瑞道，“我就是奇了怪了，那男人家里做工的仆佣认不出，那就只能是外头的人了，可如果他是外头来的，这事就更说不通了。一个外男怎么就能避开西楼那边那么多人，从侧门处溜进来，又这么熟门熟路，一下就摸对地方，穿过西楼拐入堂屋，穿过夹巷跑到后园，还能找准花房边上的用人厢房。哎呀，神不知鬼不觉的，直比旧唐小说里的空空儿，爹。”苏锦瑞突然惊叫起来，“好在他没摸错地方，老太爷的小洋楼可离得没多远！”

苏大老爷被她吓了一跳，随即反应过来这个女儿是在装神弄鬼，没好气地冷哼一声道：“莫要扯闲篇，讲要紧之处。”

“是。”苏锦瑞敛容道，“女儿讲这么多，只不过想讲一句，这事太蹊跷。若咱们就这么被糊弄过去，金桂冤不冤是小事，衬得咱们姓苏的太好糊弄才是大事，传出去名声事小，日后个个以为公馆里没规矩，那才容易生祸端呢。”

苏大老爷瞧着这个女儿伶牙俐齿，侃侃而谈，一刹那仿佛从她身上看到了自己的父亲苏老太爷。他愣了愣神，就听得苏锦瑞换了口气软声道：“爹，再则说了，所谓致知在格物者，言欲致吾之知，在即物而穷其理也。您常说天下之物莫不有理，反过来讲，若明知事情荒唐怪诞、无理无据，咱们还听之任之，那才是有违圣贤之道，您说是不是？”

她歪曲朱子的话来堵亲爹的嘴，偏偏苏大老爷还不能反驳，不得不点了点头。

“世伯，恕我直言，那男人又不是贵府的帮佣，也不是自己撞进来的，那就只有一个可能了。”叶棠轻声道，“贵府里有他的内应。且这个内应还不是一般人，毕竟熟知路线是一回事，能避开众人耳目，悄无声息把人引到后院，那就是另一回事了。”

苏大老爷听到这里才恍然大悟，感情前面都是抛砖，这时才是引玉，他沉声问苏锦瑞：“说你知道的。”

“我什么也不知道啊爹，我就是气恼。早晨向来是咱们家各房各处仆佣们最忙碌的时候，洒扫庭院，伺候老爷太太、少爷小姐们起床梳洗，穿哪件衣裳吃什么东西，这些琐事忙下来，每个人都能脚不沾地。”苏锦瑞停了停，打量她爹的脸色轻声道，“撞破金桂那桩事的三个人，两个都在做事，只有咱们东楼那个老妈子反倒在最忙的时候瞎逛，去后园给同乡送什么东西，二姨太对下人们未免也管得太松了。”

苏大老爷不知想到什么，脸色一变，脑子阵阵发疼，他站起来，黑着脸道：“行了，不要再说，这事我大概清楚了。”

他朝叶棠道：“世侄，让你见笑了。都是我们公馆疏于防范，一时不察溜进来了贼人，那贼人大抵见到令义妹，一时色胆包天意图不轨，亏得令妹拼死抵抗，仆佣及时赶到，没有受害，只是受惊，实属万幸。这样吧，锦瑞，你把我的话传给他们，就说此乃事情真相，谁再乱嚼舌头，我苏家不用这样的人。另外，你替我结了宋金桂的工钱，再包个红包给老宋一家压惊，对她本人，你抚慰两句，多大点事就要寻死觅活，搅和得连我都跟着受累，让她先回家养着吧。”

苏锦瑞见好就收，忙应了声“是”。叶棠还待讲什么，却见苏锦瑞冲他眨眨眼，示意别再节外生枝。叶棠转念一想，这已经是宋金桂能得到的最好结果，他这趟帮忙，也算帮得仁至义尽，于是便点头客气了几句，带着老宋先告辞了。

这边阿秀女引了老宋去看宋金桂，苏锦瑞送叶棠到大门口，一路两人默然无语，临分别时，叶棠还是讲了句："今日的事，多谢你了。"

苏锦瑞叹了口气，摇了摇头。

"那封书信……"

"叶二少，已经被吞进肚子里的东西，就让它烂在肚子里吧。"苏锦瑞道，"您慢走，家里都替我带句好吧。"

叶棠捏了捏帽檐儿，算是回应。正要转身，却听一阵旋风式的急促脚步从里头冲了出来。他抬头一看，只见一个衣着入时的摩登少女怒气冲冲对苏锦瑞喊："苏锦瑞，你给我站住！"

苏锦瑞一回头，见是苏锦香，不动声色地挑眉道："二妹啊，外客跟前，你好歹有些礼仪。"

"哈，你这时候倒想起礼仪了？适才在父亲面前妄意揣测诋毁我二妈的时候，怎么不见你记得起还有礼仪二字？"

苏锦瑞正色问："你乱讲什么？父亲让我去给叶二少爷他们解惑，我便实话实说，如此而已，哪来你讲的什么揣测？什么诋毁？"

"你要是讲实话，刚刚爹怎会无端端把二妈叫去关了门发火？"苏锦香尖声道，"他分明就是听信了你的鬼话起了疑心，你敢说跟你没关系？"

"我都不知道爹发了火，我出来送人前他都还好好的。"苏锦瑞奇道，"二姨太惹他生气，你问都不问就把这笔账算我头上，你觉着合适？"

苏锦香气极反笑，点头道："对，说得对，我这么贸然跑出来责问你，是有失妥当，那我能不能借问你身边的男士说两句话？"

叶棠再对女人家的事无知觉，此时也看出了这位二小姐定然是"二妈"所生，与苏锦瑞这位原配子女之间怕是有年深日久的矛盾。而宋金桂，没准儿就是卷入双方矛盾中一件无辜的牺牲品。他一想到这，再度深觉嫌恶，勉强与苏锦香点头致意。

苏锦香抬起下颌冲叶棠似笑非笑道："叶家二少爷是吧？满公馆都

在传今日有贵客登门，专为替那个宋金桂讨公道而来。我们倒是不知道，原来随便一个养花的妹仔，都有您这样的世交公子撑腰，就是不知您跟着大小姐搅和完我们家这堆原该后院女人管的事后，现下可算满意？”

叶棠心忖这苏家小姐真是一个赛一个的牙尖嘴利，淡淡一笑道：“二小姐误会了，我义妹出了事，我自然要来府上多问两句，主要还是仰仗世伯主持公道，我做晚辈的只有恭敬感念，哪里敢狂妄称什么满意不满意。”

“哟，原来是义妹啊。”苏锦香故意拖长尾音道，“这么讲，今日这出戏原来是义兄救义妹，我还以为是英雄救美，呵呵。”

她收了笑，尖刻道：“叶二少爷赶了个大早来我们家行侠仗义，连同大小姐联袂演了好一出沉冤昭雪惩恶扬善的大戏，你要还不满意，那可就未免太贪。只是您大概没想过，当初我家大小姐为何那么纡尊降贵去宋家，非要把宋金桂弄进来吧？”

叶棠皱眉，他看向苏锦瑞，苏锦瑞已经沉下脸：“苏锦香你要丢尽全家的脸吗？再言行无状，我就去告诉爹罚你！”

“快去告，正好，爹等下要罚了二妈，顺带罚下我，我们娘儿俩还能做个伴。”苏锦香讥讽一笑，“这时候才想摆长姐的谱？晚了！你为个妹仔在外人面前胡说八道的时候，怎么不讲脸面？我跟你说，要丢人索性一次丢个够，你也别嫌我，我也别嫌你，这才叫亲姐妹嘛。”

她转头偏着斜觑叶棠，讥笑问：“这位叶二少爷，令义妹宋金桂长得是有几分姿色，可你觉不觉得，她那张美人脸有点眼熟，是不是跟你眼前这位苏大小姐有点像？”

叶棠还真是没看出来，一来宋金桂面目太模糊，二来苏锦瑞面目又太浓烈，两个人在他印象中是南辕北辙，从未想过有相似之处。

可被她这么一提点，叶棠突然意识到，两人没准儿是有些像。

“像吧？我第一次见到令义妹，可是吓了一跳呢。”苏锦香笑道，“我们阖府皆知，大小姐长得随她过世的亲娘，当年那可是个出了名的大美人。你出去外头打听打听，谁不知道我爹待发妻情深意重，这么多年来既不续弦也不纳妾。可谁晓得到老了老了，亲生女儿倒能亲自张罗给他纳一房长得像自己亲妈的姨太太。哈，怪不得宋金桂不做丫鬟，倒美其名曰什么养花顾问，这要说出去，可真是省城一大奇闻异事，说不定还能登明日的报纸……”

苏锦瑞喝道：“苏锦香！你住嘴！”

苏锦香下面的话没说也等于说了，她冷笑一声，转头狠狠瞪一眼苏锦瑞。两姐妹互相对视了一会儿，苏锦瑞方道：“苏锦香，你明日冷静了再想起刚刚说的话做的事，你会后悔的，太难看。”

苏锦香脸色煞白，深吸了一口气，傲然道：“是吗？若是我会后悔，你可也会？我不好看，你难道就好看？”

苏锦瑞紧抿了嘴唇。

苏锦香“哼”了一声，看也不看叶棠一眼，高昂着头走开了。

苏锦瑞转头对叶棠道：“对不住……”

“二小姐说的，都是真的？”

苏锦瑞心里一颤，咬唇不答话。

叶棠眼中神色复杂，气氛异常难堪，过了一会儿，叶棠眼神转冷，告辞话也不说，甩手转身就走，没走几步，却被突然涌上来的愤懑和失望支配着，忍不住回头低喝：“苏锦瑞！你想过没有，宋金桂是个人，不是拿张银圆券就能换的物件。她比你还小呢！就那么一个小姑娘，没招谁惹谁，没仗着自己长得好就轻浮放荡，反而因相貌吃尽苦头。她进你们家，不过想做工赚点钱帮补家里。你呢？你存的什么心把她招进来？你怎么能……”

他猛然意识到自己情绪外泄，再想说什么，却在看到苏锦瑞含泪的模样时，都化作一种无奈。他想，这原本与自己何干呢？苏锦瑞到底是旧式大家庭中养尊处优的大小姐，他们之间，本就隔着无法相互理解的鸿沟。

叶棠没有再多费口舌，而是压低帽檐儿，匆匆离去。

## 十一

# 寻死

就在叶棠拂袖而去的这天夜里，二姨太独自一人坐在床上，用手摩挲着一根绣花腰带。

这根腰带上面的绣样极精细，狭长一条带子上，竟密密麻麻绣着花开富贵图。一朵朵牡丹花舒展得富丽堂皇，颜色从酡红到绛紫，层层晕染开，花朵饱满到凸起，几乎以假乱真，娇艳欲滴，摸上去鼓鼓一层。绿叶枝蔓环绕四下，柳黄葱绿，郁郁芊芊。间或喜鹊三两只，翘首枝头，或引吭高歌，或低头弄羽，仔细看，雀眼浓黑到晶亮，那是用两三种线开丝而绣，俗称丝绒绣。整条腰带从描稿到绣下手，全是二姨太待字闺中时自己一针一针绣成，唯独雀眼花蕊，请的却是状元坊绣戏服出名的绣坊专门绣上手工的男师傅来点睛。

这是她自己给自己绣的一件嫁妆，二姨太还记得，光是绣这样一条腰带，就要耗时两三个月。

那一年正月里，隔壁铺头的掌柜请父亲过去喝酒，席间正遇见年轻气盛、好交友、好泛游的苏家大少爷。众人一撮合一起哄，她父亲喝高了酒，稀里糊涂就把她许给了苏大少爷做二房。

读书人家的女儿，照理说是不屑给人做妾的。可世道不同，旧脸面抵不过日日要过的柴米油盐，宁可饿死不可失节这种古训，经过几代人的磋磨，早已如檐下残幡，风一过固然会“呼啦啦”作响，可也仅仅是会响而已。她父亲大抵也觉得把她许出去做妾有些伤了颜面，于是找了诸多好话来贴补，一会儿夸苏家乃省城出名的仁善之家，一会儿又夸苏大少爷如何一表人才，书如何读得多。她原本是风吹过耳，一边进一边出的，有些凄惶，也有些认命。哪知过了几日，苏家聘礼上门，单单给她做四季衣裳的布料就堆了满屋，五颜六色的绫罗绸缎铺开了一床，如五彩的河流徜徉而过。她看得挪不开眼，小心翼翼拿手摸上去，俱是冰凉柔滑的质地，一抖，整匹绸水一样倾泻下去，抓也抓不住。二姨太将脸贴过去，犹如六月天掬了一捧井水，沁凉沁凉的，一直钻入心底里，让她禁不住一笑，笑完就晓得自己是愿意了。

她出生的时候没赶上家中的好光景，宅第进了大门右侧仍留了一块石碑，刻耕读传家四个字。可实际上他们家除了往前三代出过两任举子外，子孙可未见得少了偷鸡摸狗、游手好闲之辈。她的父亲倒是早早考中了秀才，然而这秀才一做二十几年，再不见仕途有往前走多半步的可能。几十岁的人了，仍旧月月伸手管祖母要零用花，家中女眷无论老小一应要埋头绣这做那贴补家用。到他这，却变成稍微做点事便嗟夫斯文扫地，娶妻纳妾倒是半点没见耽误。年节酬神祭祀的鸡鸭鱼肉，乡下亲戚送来的新鲜瓜果，早起赶集买到的活蹦乱跳的鱼虾，不管得了什么好东西，进了门，一家老小都得先顾着父亲那张嘴，等他酒喝好了，饭进得香了，嗟叹也嗟叹完了，才轮到老人孩子们解解馋。

三代以前置办下的亭台阁楼，到她那一辈只余下陋巷里一处两进的小宅第。宅第后头连着一片荷花池，荷花池乃对面太岁庙的产业。夏日傍晚，凉风习习，花香沁人，自家仅剩的那抹清新儒雅，全然是因占了庙产的便宜。对着荷花池有片晒场，保留了一小处窄窄的竹编六角亭，读书人家的风雅，只剩下这一声淡淡的回响。

她五岁起便要跟着母亲刺绣做活，小女孩十根手指头伸出去，没闲情捣凤仙花染指甲，倒让针尖戳破了好几处。家里养她到十八岁，见多了后院里的鸡飞狗跳，每每想起自己的终身，也没有什么大想头。待定下做妾了，心里反而松了口气，就如暗自绷紧的一根弦“当”的一声断了，余音袅袅，人反过来能从这余音中听出悠远怅然的意思。

她淡淡地想，若是不当姨太太，又能嫁个什么好的呢？往前往后、往左往右，尽是高不成低不就的人家。掰开来揉碎了，全是一眼就能望到头的琐细生活。

这么一想，还真是不如嫁到苏家做姨太太，最起码，针线往后不用拿来帮补家用，只需拿来做闲情逸致。

也算值了。

她要入苏家做妾的消息一传开，同在一个省城，苏家的境况无须打听，也有人特地来告诉。在这个时候她知道了苏大太太，都说她是出名的美人，身子单薄，性情温柔，与苏大少爷犹如戏文里唱的那般锦瑟和鸣，好得蜜里调油。二姨太听了有些艳羡，也有些怅然，她那会儿正当年华，难免要柔肠百转。想那苏大少爷夫妻俩既是琴瑟和鸣，又怎会酒桌上旁人三言两语一撺掇，便笑着点头同意纳自己做妾？自己进了门在那两个人之间，又该如何自处呢？

可她转念一想，又笑自己太痴，这世上泥腿子穷汉都想纳房妾，何况苏家这样的高门大户？就是她自己亲爹，除了做两首酸诗没别的本事能拿出手的，还时不时想买多个年轻女孩子红袖添香呢。

夫妻和美与纳不纳妾原本就不相干，男方若是不肯纳，自有无数的男人女人怂恿着撺掇着你纳，人人都道家中只有一房太太，怎么够人伺候你？没多两房妻妾，怎显得出男人家有本事？妾都不敢纳一个，难不成家中有母老虎镇着你？孩子都不敢多生几个，难不成你不想开枝散叶？说得多了，正房太太都怕了，每每亲自操办往丈夫的房里塞年轻会生养的女孩子以示贤达。旧时十三行的大行商，哪个不是妻妾成群？妻是妻妾是妾，规矩半点不差。拿迎新人进门一事来说，娶妻要慎重，要门当户对，要讲三媒六聘，郑重其事。可纳妾却轻易得多，酒桌上，谈笑间几句话的工夫，一个女子的一生便就此定下。

二姨太想得灰心，又于一片灰心中挣扎着振奋起来。她想，无论如何，做妾是板上钉钉了，可那妾不如这妾，妾与妾之间，也是有所不同。她总要有样东西拿得出手，这样东西，必须是正房太太无论如何也无法比拟的，必须是大少爷一见之下印象深刻的。她见多了家中妻妾争宠，深谙这里头的道道，女人若要一个男人记得住你，不在于投其所好，越是精明商贾人家出身的大少爷，越能一眼看穿这讨好下的卑微。她要的是出奇制胜，是大太太再温柔贤良貌美如花也替代不了的东西。

也是机缘巧合，苏大少爷曾下过一道荒唐的命令，不许人拿针线烦自己的妻子，理由是怕她绣花伤了眼，大太太要绣什么，只须描个花样，自有底下人找绣娘去操办。二姨太一听就明白了，那位正房太太的女红定然不好，大少爷这是为她打幌子呢。她又是庆幸又是酸楚，庆幸的是还真让自己找到彼之所短、己之所长的地方。没想到打小穿针引线，出嫁了这倒成了傍身的技艺。可酸楚的却是，女人家的所长所短，男人看来却未必是同一个长短，到了男人眼里，那个长短往往会反过来：只要他眼中有你，你越不擅长什么，他便越怜爱心疼。

她嫁得匆忙，正月定下亲，二月便下了聘，五月里顶着已经毒辣的日头，坐着一顶小轿晃晃悠悠便从苏家侧门抬了进去，从此开始了她做妾的生涯。

她穿的嫁衣都是现成的，银子拿出去，状元坊相熟的绣房自有成套绣衣给她。但那根腰带却是现做的，是她亲手描的花，亲手配的色，亲手裁了苏家送来的缎子，亲手穿针引线做的。她选的花样叫花开富贵，几朵娇艳的姚黄魏紫，两只神情各异的喜鹊画眉。这花样意头好，颜色更是配得足，鲜艳明媚得宛若要夺目一般，最后点睛那几针，更是央求了绣房中功底最好的男师傅亲自动手。一条腰带铺陈开去，牡丹永远停留在韶华最鼎盛的时候，鸟雀永远停留在羽毛色泽最丰美的瞬间。花开正好，富贵当头，寓意永远选择最熨贴人心的诠释。

年轻的二姨太一边绣配嫁衣的腰带，一边将心思藏在细密的针脚当中。牡丹花绣得娇美鲜嫩，花瓣一片一片，厚重得几乎可以掰下来托在手掌心。正宗的广绣针法，娴熟的技艺下藏着的，却是一个从小不得不靠绣品帮补生活的少女。

一晃二十几年就这么过去了，她抹再好的桂花油，鬓发也悄悄出现白丝，脸上隔三岔五寻新鲜羊乳煮好，用绢浸入，待冷了再敷到脸上，也挡不住眼尾嘴角出现的皱纹。二姨太看着菱花镜里的自己，当初也有明眸善睐，也有如水柔情，也曾与大少爷恩爱过一阵，也养育有自己的女儿，也熬到正房太太赶在自己前头先死，她的姨太太生涯比起许多同样的姨太太，不知逍遥多少倍。她总是在等，有耐性也有韧性，可二十年这么等下来，还是抵不过一个已死了多年的鬼影子。

她不甘心，却又没办法。

那个鬼影子一现了形就不得了。它成了花房里畏畏缩缩的养花丫鬟，低着头对谁都一副怯弱的模样，可二姨太只看一眼就浑身哆嗦。她明白大太太又回来了，那个活着时有神仙水喝便快活如喜鹊，断了她的药水便暴戾如疯魔的大太太又回来了。哪怕三魂七魄只回来了一半，哪怕她这回只能屈就在那么个娇娇怯怯的小丫头身体里，可二姨太就是知道，只要这个丫头让苏大老爷撞见，她在苏家经营了二十几年的一切，就有可能玩完。

因为她很清楚，苏大老爷根本抵抗不了再去重造一个苏大太太的欲望，那种将单纯无垢的女子带在身边，亲自一点点雕琢，一点点打磨，将一个低贱无知的丫头雕琢成那个没发病前人人称颂的苏大太太，那个传说中安静娴雅的美人。这种事的吸引力，苏大老爷根本抵抗不了。

二姨太入苏家这么多年，是第一次感到如临大敌，在跟苏大老爷相处了二十年后，她远比苏大老爷本人还了解他对已故大太太那种秘而不宣的心态。它夹杂着爱恨，夹杂着嫌恶和追思、懊悔和冷酷等复杂情绪，经过反复搓揉，早已不能一言以蔽之。苏大老爷是不续弦，不纳妾，不养外室，连他自己大概都要以为他对亡妻情根深种，念念不忘。可二姨太却看得明白，大老爷与其说忘不了的是苏大太太，不如说忘不了的是他臆想中的如花美眷、镜花水月。十几年前，她曾亲眼目睹苏大老爷在妻子病重癫狂时落荒而逃，听任发妻将阿片酊大口大口灌进嘴里。她这头一咽气，那头苏大老爷就悲伤过度躲到一旁，连丧事，女儿都不顾。在那时二姨太就懂了，这压根儿不是什么情到深处情转薄，这不过是一个男人娇妻美妾的幻梦被强行打碎后的不知所措而已。

说到底，苏大老爷与自己那个窝囊废父亲，真是半斤八两。

可她明知道如此，却也只能全心全意伺候这个男人，不为自己也得为了苏锦香，不为苏锦香也得为了这栋东楼二姨太的身份。一件事做了十几二十年，就渗入到日常的每一处细节之中，再以此做底，重新编织出她的全部日子。在她蓦然回首时才发现，苏大老爷的衣食起居，早就成了她每天诸种事务中的头等大事。什么节令穿什么，什么气节进补什么，苏大老爷但凡有点头疼脑热，那几日二姨太就必然精神抖擞。因为她莫名地从伺候这个男人中得到某种对方依赖自己的错觉，仿佛自己真的无可取代，仿佛便是苏大太太还活着，也断断做得不如自己细心妥帖。就连坐在苏大老爷病榻旁，与他闲话中偶尔讲到过世的大太太，她也分外宽和平静，带着不与死人不与病人计较的心态，像看着两个孩童，一个死了，一个还活着，死了的那个曾哭喊过活的那个不懂她，而活着的这个，时至今日还在埋怨死了的那个不该那样死。

实际上，不管死活那都只是两个孩童而已。

可惜这些都是她的痴人说梦。宋金桂一来，苏大老爷无例外地对她另眼相待，二姨太骤然意识到，孩童才是最翻脸无情的狗东西，哪怕掏心掏肺去待他们好，他们也是会转头管另一个给奶吃的人喊娘。

她现下却已韶华不再，身边拖着个没嫁人的苏锦香顾虑重重，比不得宋金桂如花美眷，有长长的数不尽的似水流年在前头等着她挥霍。

怎么办?

只能下手把这张纸先撕了。

她也是怒火攻心，带着惶恐和对大太太、对苏锦瑞的恨意，一出手便是最直截了当的老法子。她一辈子活在后院，深知后院女子最在乎贞洁二字，没了这个前提什么都免谈，哪怕时局再变，世道再不同，对女人的道理却总是一致得出奇。似苏大老爷这样的男人，头上再抹发油戴高帽，身上再穿马甲西服三件套，手上再拄文明棍，他也是经历过前清活到民国的男人，他骨子里就不会要一个不干净或可能不干净的女子，哪怕那个女子长得再像他过世的太太。

果不其然，她只是安排了一个外男去爬窗，再安排自己人事先把私通的证据塞进宋金桂的柜子里，然后让人看准时机，带了别的仆佣去撞门，把事情嚷嚷开了，让苏锦瑞想做什么都措手不及。二姨太考虑得周到，明白苏锦瑞这种娇小姐手段再厉害也有限，有些事根本就在她们的认知范畴之外，比如男女私通一类。

她想这样就能轻而易举把宋金桂除掉，她唯一没料到的，只是宋金桂那么窝囊的性子，却能转头就去上吊。

消息传来时，二姨太甚至笑都没笑一下，她茫然盯着窗外，心想这女人的命真贱，多少年，多少代，一旦事关贞洁，都只有一条路走，都是一样的贱。

叶棠带着老宋一登门，二姨太就晓得事情要糟糕了。她一直以为宋金桂最大的靠山不过是苏锦瑞，她与苏锦瑞斗了多年，彼此都有些知根知底。苏锦瑞若替宋金桂出头，她这里便有一大堆让没出嫁的娇小姐望而生畏的流言等着回敬。可没想到，宋金桂背后，竟然牵扯出来一个叶二少爷。倒不是这位叶二少爷有多厉害，而是二姨太太了解苏大老爷，事情若关在自家大门内，管你闹到天翻地覆，只要不影响他一日三餐，不连累他被老太爷训斥，那他都乐得睁一只眼闭一只眼，家和万事兴。

可事情要是关不住了，削了大老爷在外头的颜面，那就另当别论。

像今天这样，让一个世交晚辈寻上门来，自己女儿还配合人家唱双簧，二姨太怎么想，都觉得大老爷要暴跳如雷。

尤其是这么好的机会，换成她，绝对要给苏锦瑞上眼药的，换成苏锦瑞也一样。

果不其然，客人前脚一走，后脚苏大老爷一脚将她的房门踢开了。她从床上爬起来，刚刚来得及问一句：“老爷您这是怎么了？”脸上就挨了重重一巴掌。

她半边脸火辣辣疼，捂着脸，照说这时候眼泪就该下来了，既是求饶也是为了给彼此一个台阶下。可二姨太不知怎么了，她呆愣愣地看着对面这个男人，忽然觉得他无比陌生，喘着气因怒火扭曲的脸无比丑陋。他虽然是施暴一方，可他却像个被逼无奈才动手的受害者一样极为悲愤地控诉起来。内容无非他如何纵容你，如何给了姨太太天大的恩宠，可是没承想养成了仇人，背着他竟然如此蛇蝎心肠，不顾体面，为了自己那点见不得人的私欲，把阖府的面子都踩到脚下。

二姨太听得迷迷瞪瞪，她的反应令大老爷更加暴怒，很快她另一边脸又挨了巴掌，“啪”的一声脆响，令她从恍惚中惊醒。她看着眼前因为丢脸而暴跳如雷的男人，多少年前也是英俊逼人，洞房花烛夜解开她的嫁衣，手摸上那条精心绣成的腰带时，也曾“咦”了一声表示赞叹。恩爱之时她也有过那种姐姐是你心爱之人，我不敢求同等看待，只求你偶然眷顾的傻心思。二十几年来，她忍过让过，也争过抢过，这回终于头一遭下手真正去害一个人，都是为了什么？

为了这个男人吗？

苏大老爷又来了一巴掌，直接把她扇到地上，打完后嫌手疼一样甩了甩，又不解恨地连踹几脚。嘴里骂的什么她也没听清，只抓住一句：“娶你做姨太太，还不如去城南随便买个头上插草的乡下妹仔，蛇蝎心肠的毒妇，丢人丢到家了！”

二姨太本来还想争辩两句，反正事情死无对证，苏锦瑞有她的张良计，她自然也有她的过墙梯。可在这一瞬间，二姨太突然感到心力交瘁，什么辩解也不想说。她扭头问苏大老爷：“这么多年，我就不如个养花丫鬟？”

这话不该问，因为道理不是这样讲，二姨太精明了一辈子，可到这一刻，她突然前所未有地执拗起来。她头一回不揣摩人的心思，不讨好谁作践谁，不算计不夹枪带棒，她就想问这个男人一句。这么多年，老话讲没有功劳也有苦劳，她是不算贤良，害宋金桂这个事是做得不地道。她没本事，没法像过身的大太太那般发完疯还能留下一个美丽温婉的传说，她总是一不小心就用力过猛，忙活半天一句“姨太太”就能将她打回原形。她也晓得自己从来不是大老爷心中的朱砂痣，人道是“寒温腻语，终成冰炭”，那说的也不是她，她充其量不过是不知高低深浅，执意要空寻断梦的罢了。

可她扪心自问，对这个男人，自己没有一丁半点对不住的地方。

大老爷嫌恶地道：“你也晓得那是一个养花丫鬟，连个养花丫鬟你都不放过，可见龌龊狠毒到何种地步？我这些年真是瞎了眼信你……”

二姨太后头的话已不想听了，再踢打她咒骂她，她也毫无反应。再后来，她听见苏锦香在门外拍门板，连声喊父亲。大老爷终究还是没脸在女儿面前打骂姨太太，于是开门拂袖而去，走之前下令将她关起来，不准苏锦香进来看她，也不准用人来帮她收拾。

苏锦香在门外叫，二姨太回过神来，隔着门板软言安慰几句，嘱咐她早些去歇息。然后她颤巍巍从地上爬起，走到玻璃穿衣镜前。常年用心呵护的一面镜面擦拭得透亮无垢，镜子中一个半老徐娘披头散发，鼻青脸肿，唯独目光晶亮，闪着凶狠的光。

二姨太面无表情地绾好头发，拿梳篦别在脑后，拿起妆镜台上匣子里的胭脂水粉，手一顿，暗笑自己这会儿涂脂擦粉也挡不住一脸的伤痕。她放下那些瓶瓶罐罐，取出钥匙打开箱笼，从里头掏出一个专门装小物件的木匣子，把木匣子举高往床上一倒一扣，里头的东西顿时散了一床。

在这许多零碎中，她寻到了当初那根绣花腰带。

二姨太将腰带摩挲了一会儿，上头的花鸟几乎都要挣破绸缎破空而出，她无意识地笑了一下。随后，她搬来凳子，爬上去将腰带甩到横梁上，打上一个死结，毫不犹豫地将脖子套入其中。

她一边套一边想，进苏家二十年，她想过自己许多种结局，唯独没想过自己会上吊死。

二姨太投缳的同一时刻，苏锦瑞正在后园小洋房陪老太爷说话。

说陪老太爷说话不过是一厢情愿，实际上是苏锦瑞单方面听老太爷冷嘲热讽。

苏锦瑞垂首低头，听着祖父一句句挖心挖肺，嘲讽得她恨不得从地上找条缝钻进去。可她不能还嘴，只能低头受着，听得久了，她居然有些无师自通，领悟出老太爷真正的意思往往夹在这样没完没了的讥讽中。对这个祖父她已经看得明白，此人眼光太毒，嘴巴太狠，什么做派落他眼里都骗不了他，还可能会讨他骂，还不如老老实实什么也不说，低头听训便是。

苏老太爷亲历得多，从前清到民国，从王朝跨入到共和。他童年时目睹过十三行大行商最后一点辉煌的余光，青壮年时挑起苏家南北行的重担，在国难当头的乱世纷争中，与走马观花一般轮流换着的提督总督、军阀省长打交道；他与粤商团一道迎来送往了粤海关大楼内好几任洋人总税务司，也冷眼旁观过西堤长堤大马路上多少高楼拔地而起，又有多少显赫的姓氏湮灭于人们的记忆中。他刚毅独断，冷心冷肺，这点与好同乡情谊、人情练达的粤商们不同。他待人待己皆到苛刻的地步，一丝一毫的疏漏都要不得。苏家南北行的掌柜伙计们至今流传着这位老东家某些轶事，据说他早两年还会亲自去巡铺子，进去后第一件事不是看账本，而是看账房的台面，若见到摆放的东西不是左起文房四宝，右起算盘货单，则那个铺子从上到下，每个人都要被骂个狗血淋头。

然而也正是因为他这种刻薄寡恩、一丝不苟的性子，才令整个苏家在他手里扛住了大清覆灭前后的兵祸动荡，扛住了这么多年来革故鼎新的重重风险。如今苏老太爷早已不亲自应对大小事务，然家中仍然个个对他敬畏有加，亲近不足。他对儿子一辈严厉过了头，便是他们早已成家立业，外头也被人尊称某某老爷，可到了他这里，要哪件事办得不合他心意，苏老太爷照样能当老婆孩子的面损得他下不来台。对子孙辈他稍微宽和了些，可那个宽和不是真宽和，而是带了懒得与黄毛小儿一般见识的蔑视，多少带了点与他无关的冷漠。西楼的太太们当初也不是没想过抱孩子来讨祖父欢喜，可惜人还没能进小洋楼，老太爷便使用人出来问一句，几时苏家后园子成了杂耍卖艺的地方？要是那位太太还没醒过神，对方又紧跟着问一句，卖艺的还能抱孩子头顶灯，太太抱着孩子能吗？要做不到还是别来这讨赏钱了。臊得对方满脸通红，铁青着脸转头就走，孩子见大人脸色不对，吓得号啕大哭，苏老太爷在楼里犹自歪在贵妃沙发上听留声机，自得其乐。

这么多年来，也就苏锦瑞能让苏老太爷稍假颜色。可这却不代表苏老太爷有心对她多疼爱，只不过当初为了埋汰二姨太没规矩，才随手把这个孙女拉到跟前多瞧了两眼而已。这两眼瞧下来，久而久之变成了另眼相待，苏锦瑞固然得到进出小洋楼的资格，可她也多了几分被苏老太爷训斥的风险。那训斥的内容五花八门，今儿个嘲笑她赶时髦非要在外套内加件领子浆硬的白衬衫，像倒插两片白刃，上戏台可唱个扮相新奇的小鬼；明儿个嘲笑她脚上的硬头皮鞋，不知道的还以为脚上绑着两根木棍，边走边“哐哐哐”敲打，生怕一里外的人听不见。有次老太爷心血来潮甚至考她英文，一听她拐弯抹角的英式社交腔，立即冷笑骂白花钱尽学些花里胡哨没用的东西，讲不得价，骂不得人，简直白费钱。

苏锦瑞被骂得多了，其实也慢慢得了些好处。比如祖父沙发边的小圆桌上，珐琅八宝瓷盒偶尔也会朝她打开，恩准她吃特制的蜜饯。再比如手摇电话机，几年前整个省城装电话的就只有政商界屈指可数的几户人家，打个电话的费用抵得上一个用人半个月的薪水，阖府上下没要紧事，谁也不敢轻易去小洋楼摇那个电话机。可老太爷不在时，她也能在其默许下给自己的小姐妹们打电话，甚至有次还能带小姐妹们偷溜进小洋房参观参观，这样的待遇整个苏家人中绝无仅有。随着苏锦瑞渐渐长大，她慢慢懂得了，几房对自己疏远却不至于落井下石，二姨太与她一个年轻丧母的未嫁女居然斗成了势均力敌的局面，这里头隐隐都有老太爷的威仪在起作用。

老太爷的看顾隐晦曲折，但那仍然是不折不扣的看顾，是回忆起来不失温暖的部分。在苏家的全体男性成员中，唯有苏老太爷会这样对待她，就连她自己的亲生父亲，明知她日子过得不好，却仍然只求表面安宁，不问是非曲直，遇上她受委屈，顶多便是塞点钱了事。可只有这位极不好相处的祖父，会动动嘴皮讥讽得二姨太下不来台，从而令她的日子好过些；会不动声色地收拾邵姨妈顺道给她谋来实惠的好处；会通过说难听话高屋建瓴地指点她的困境；会在她遇上事时，第一个想求助。

也会如现在这般，心知肚明她干了什么好事，却没有拿虚头巴脑的仁义礼信来压她，反而一边喝着茶，一边讥讽她将“明修栈道，暗度陈仓”这招玩得漏洞百出。也就是运气好，遇上个二姨太急功近利，遇上个苏大老爷最好面子才让她走到这一步，换个别的脑子稍微能用的对手，她就得玩完。

“你这里头唯一不那么蠢的招数，就是找来了叶家二少爷唱双簧。”苏老太爷歪在沙发上道，“这一步打得你爹措手不及，照他死都要脸的德性，这法子确实能逼他表态。”

苏锦瑞低头坦白道："叶二少爷不是我找的。"

苏老太爷微微皱眉："怎么回事？来得这般巧，竟不是跟你事先约好？"

"不是，叶二少爷正巧与宋金桂同住在怀仁巷，老宋晓得他家与我们家有世交之情，想是去求他来出头。"

"哈，竟然有这种事。"苏老太爷冷笑一声，"那让我怎么说？这整件事真是想夸你一句都没地方能夸得起。"

苏锦瑞哑声道："您说得是。"

苏老太爷听了挑眉："这是说反话跟我示威哪？"

"不，是我真的这么想。"苏锦瑞坦然道，"祖父，如您不嫌烦，孙女想斗胆说几句真心话。"

苏老太爷瞥了她一眼，淡淡地道："我说过，别拿我当街面上那些替儿孙辈排忧解难的阿爷。"

"我没有那样想，但我晓得，祖父无论如何还是希望我好的。"

苏老太爷冷笑道："你好不好凭的是你自己的本事，看的是你的命格，与我何干？管仔管女我已尽了责，还管孙辈做什么？"

"但您终归不希望我蠢笨愚钝，不希望我一叶障目，您明知这件事我由头到尾都做得不地道，可您训斥归训斥，却没讲过锦瑞一句品行不端，没对锦瑞避而不见，还愿意亲自训导一番。就凭我能站在这里，我知道，您还是希望我好的，您是这个家里，唯一真想我好的人。"

她因为讲了这句感性的话而瞬间有些不自然，低下头过了会儿才道："祖父，不怕告诉您，这次的事，从我将宋金桂带进我们家那天算起，我就没觉得我做得对，做得好。诚然事情是进展得很顺利，父亲如我所愿注意到宋金桂那张脸，二姨太的地位受胁，忍不住出手害人，我利用叶二少爷上门的时机给了她重重一击，这下她要翻身都难，一切都没有超出我的预料。可是祖父，我还是没觉得有多高兴。您骂我骂得一点没错，这件事确实是蠢透了。”

“那可真是不容易啊。”苏老太爷嘲笑道，“难得你还能想明白这是蠢事，来说说，到底蠢在哪儿？”

“母亲去世得早，老实讲我并不大记得她什么样，人人都道她临终托孤，表姨妈又喜欢我，我终有一天总会嫁入他们家，我也一直这么以为。等到我发现事情原来可以变卦，我跟邵表哥原来并无实质婚姻，二妈原来竟敢把手伸到我亲事头上。我气急了，我气得不知如何是好，那一刻真的，只要能解气，让我做什么，我都可以去做。”苏锦瑞微微颤抖，定了定神继续道，“可等我真的做了，我却一点都没解恨，我不是后悔，不是惭愧，我是，我是不甘心。”

“你有什么不甘心？你不是斗赢你二妈了？照你爹的性子，往后几年只怕一想起这个女人都会膈应，这便意味着，至少有几年工夫，你那个二妈便是想难为你，也心有余而力不足。如果你运气够好，这段时间足够你带着你的嫁妆嫁个体面人，回来就是苏家的大姑奶奶。你的二妈，你的妹妹再也无法从你手里抢东西，这不是得偿所愿吗？还是说，你觉得这样还不够？”苏老太爷带着笑，冷酷地道，“你还想斩草除根？”

“不，不是的，老太爷，”苏锦瑞抬起头，急道，“我没有想要害死人，不管是金桂还是二妈，我没想过要她们死。”

“哦，没想过啊。”苏老太爷不知是遗憾还是欣慰，“那你所说的不甘心，是哪里的不甘心？”

“我是觉着，我原本不该做这件事……”

“不该？”苏老太爷冷笑，“原来我们家还出了个打不还手骂不还口的良善娇小姐，你这叫什么？幡然悔悟？良心发现？”

“话不是这么讲。”苏锦瑞抬起头，坦然正视她的祖父，“我说的原本不该做这件事，是指这件事从缘由上讲便不值得我筹谋。我忘了我是苏家大小姐，我们家比邵家没有什么比不过的。我上有父辈，下有一众亲戚，我又不是孤儿，何来母亲临终托孤一说？这么一想，邵家表姨妈不过承了母亲的姐妹情，她与我一无义务，二无血缘亲情，有什么责任一定要对得住我？邵表哥与我是青梅竹马没错，可我们一没私情，二没定亲，这个时代他要娶谁，本就是他的自由，我又有什么好生气？我是苏家人，本该有苏家人的傲气，有做苏家人的硬骨头，我不该为一门一厢情愿的所谓亲事迷了眼昏了头。我是连苏锦香都不如，她都看得明白，我却还在计较二妈抢了表姨妈给我的请柬，妄图将手伸到邵表哥头上，终究跟二妈撕破脸，闹到今天这个地步。

“然而，且不说邵表哥从来就不是我的，退一万步，就算他真与我定了亲，君既无心我便休，我苏家大小姐，岂能为这等事而耿耿于怀？”

苏老太爷微微眯了眼，看着她道：“讲的比唱的还好听，可你爹那个姨太太确实是没规矩，你出手教训她懂点道理，做就做了，有什么该不该？”

“是，可我仍然觉得不值。”苏锦瑞低头，“二妈贪心，原本有另外的惩戒，我不该利用已故的母亲。”

苏老太爷轻笑道：“到底讲的还是孩子话，你那个母亲活着未见得对你好，死了能让你用一用又有什么要紧？你别怨我话讲得难听，做苏家人，除了要有硬骨头，还要能随机应变。不然，你以为先祖如何从担茶叶的一步步发家？我又如何从前清一大堆贪官污吏中独善其身，没跟叶家老兄那样充军伊犁？”

“祖父……”苏锦瑞张开嘴，却发觉一股热流自心里涌了上来，哽咽得说不出话来。自宋金桂投缳，她恐惧又自责，家里四面楚歌，连外人叶棠都骂她不将妹仔当人看。没想到唯一的安慰，竟然来自这个严苛到不近人情的祖父。

“行了，这事讲你办得蠢，乃它从一开始便不是后院之事，而是邵家与我苏家之事。你只盯着与你父亲姨太太那点针尖大的矛盾，自以为有冤报冤有仇报仇，殊不知自己如井底之蛙，目光短浅，又如提线木偶，做这么多只不过入了别人的套。”苏老太爷闭上眼，微微叹息，“我等着看你怎么办，越看越失望，好在今日能跟我讲出这番话，总算还是我苏某人的孙女。”

“生逢乱世，多有身不由己的时候。可这个时代也有这个时代的便利，女子不缠足，可剪发，能上学堂，能学各种新鲜玩意儿，无须拘于家务琐细，提起箱子也能如男子般遨游列国，将来恐怕参政经商，入各行各业也不在话下。锦瑞。”苏老太爷忽然唤了她的名字，“你是我苏家头一个进洋学堂的女子，你要跟她们不同。”

“是。”苏锦瑞低下头，眼泪流了下来。

“那行吧，赶紧走。”苏老太爷闭上眼摆手道，“别在我跟前碍眼，都说到这份儿上了，该做什么要还脑子不清楚，也不用来见我了。”

“我知道了。”苏锦瑞擦了擦眼泪说道。

就在此时，门上传来谨慎的敲击声，苏老太爷睁眼看过去，却见他的管家站在门外道：“老太爷，前头东楼出了点事。”

苏锦瑞诧异地转头看过去，那管家有点为难地看她一眼，继续道：“东楼里的二姨太太上吊了。”

苏锦瑞大惊，苏老太爷却无动于衷，淡淡地问：“人死了？”

“没，救下来了，但喉咙伤得厉害，人说不出话来。”

“没死，那就能置之死地而后生。”苏老太爷颇有兴致地笑了，对苏锦瑞道，“你看，这就是我任你在后院扑腾的原因，因为我从来不小瞧女子，若论敢豁得出去，你这个二妈可比你爹强多了。”

# 十二

# 姐妹

当苏锦瑞破天荒地靠近二姨太的房门前时，一盆水“哗”的一声冲她兜头兜脑泼了过去，顿时把她淋了个落汤鸡。

十二月天，水是冰凉的水，也不知之前拿去做什么用了，铜盆里装的不是洗脸便是擦身，但凡细想一下都令人作呕。水珠顺着她的头发滴下，浸湿了身上的棉袄，顿时又冷又重。苏锦瑞打了个冷战，挺着脊梁骨直直看着苏锦香。越是狼狈的境况越要表现得镇静自若，这是她长年累月积攒下来的习惯，固然算某种虚张声势，却也是另类的虚怀若谷。像这样不怒不吵，平静得出奇，仅仅是站着的姿势，便胜过苏锦香的气势汹汹。下午与祖父一番攀谈后，似乎真的点拨了苏锦瑞脑子里一根从未响过的弦，令她心境平和，脑子清醒，甚至在看到这般气急败坏的苏锦香时，从心底涌上一种说不清道不明的悲悯。她们同在东楼，同一道木楼梯上下，走的是同一条狭长的过道，抬头看的是同一片四角天井裁出来的天空。明明是血缘最近的两姐妹，却从未有走近对方哪怕一分半寸的可能性。哪怕她再对苏锦香无动于衷，苏锦香又再对她袖手旁观，可走着走着，总有一些人和事要推着她们俩走到对方的对立面上，针锋相对继而互相仇视。

可同根生的两个人走到这一步，到底有什么意思？

苏锦瑞一时之间没有话讲，反倒是跟在她后头掌灯的阿秀女冲上去将她挡在身后，一手持着洋油灯，一手掏出腋下系着的手帕替苏锦瑞擦脸，带着火气道："二小姐，大小姐好心好意来探二姨太，你这是做什么？"

苏锦香手持铜盆，目光凶狠，往日精心梳理的卷发乱蓬蓬散落着，一缕垂到了额前她也不管，冷笑道："她会好心好意？她是来看我二妈死了没有吧？苏锦瑞，可真要叫让你失望了，我二妈活着呢，活得好好的，有我看着她，定能活到百八十岁，没准儿你死了她还没死呢！"

阿秀女怒道："二小姐，你满嘴死呀活的乱讲什么？二姨太还躺在床上呢，你一点都不忌讳啊？"

"害人的人下手没忌讳，你倒有脸问我忌讳不忌讳？"苏锦香脸色一沉，骂，"这里还轮不到你个自梳的死老姑婆来教训我！"

说罢，她将整个铜盆朝阿秀女使劲扔过去，阿秀女忙侧身避开，"哐当"一声巨响掉落木板上。

这时苏锦瑞动了，她走过去，轻轻将那个铜盆捡起，递给苏锦香："脾气耍完了没有？没完你继续砸，往我儿这砸，只要你不怕落个泼妇的坏名声，尽管来。"

她的态度太平静，反衬得苏锦香无理取闹。苏锦香气得发抖，颤声道："你别以为我不敢。"

"我当然晓得你敢。"苏锦瑞道，"你向来比我敢作敢当，也比我运气好，生你的女人照顾你平平安安长到这么大，可我却没这个福分。你怨我害二妈累她寻短见，可我与她之间是个什么情形，旁人不清楚，你还不清楚？若你我易地而处，只怕你未见得也只做挨打不还手的那个。是，我是没安好心，可二妈对我难道手下留情过？我们俩不过半斤八两，谁也未见得比谁好，谁也未见得比谁坏。你冷眼旁观了这么久，想必也未必真觉着哪个无辜，哪个又不无辜。这次的事，就算我做了十五，难不成二妈没做初一？现在你硬要将她上吊的事全怪我头上，我能说什么？说什么你也不信吧，更何况，我跟你说得着吗？"

"是啊。"苏锦香冷笑，"我算什么？我哪够格跟大小姐您说话啊，您在这楼里都要称王称霸了，今日逼庶母投缳，明日是不是要逼庶妹跳楼啊？真是好厉害好手段……"

"别扯这些没用的。"苏锦瑞打断她，步步逼问，"苏锦香，你自己摸良心讲一句，你二妈想不开，这事真能怨我？谁都晓得我跟二妈不对路，怨我当然最便利，可你怎么不多问一句，我与她不对路是一天两天吗？怎的她从来都好好的，这次却要闹到寻死这么大件事呢？还有你，你可是她亲生的，是她怀胎十月硬要生出来气我娘的好闺女，你又做了什么呢？别告诉我你劝过她宽慰过她，但凡你少花点心思去交际，多花点时间陪伴她，她至于走到今日这一步？

"现在好了，亲娘一上吊，你忙不迭地就找我做替死鬼，说得过去吗？她上吊蹬的那张凳子，她自己没份爬上去啊？你没份推一把啊？倒好意思全赖我头上……"

"巧舌如簧，颠倒是非，滚！给我滚！"苏锦香一把抢过铜盆，恼羞成怒道，"这里不欢迎你，赶紧滚开！不然信不信我拿盆砸你……"

"别吵了，二小姐，让大小姐进来。"屋里突然传来二姨太虚弱的声音。

苏锦香愣住了，随即着急地喊："二妈，你要她进去干吗？这种人徒惹你生气罢了……"

“请她进来。”二姨太喘着气，“别在外头吵，白让人看了笑话。”

苏锦瑞掏出手帕擦了擦头发，对苏锦香微微一笑：“起开吧你。”

苏锦香大怒，举起铜盆就要砸她，终究没敢真的下手，僵持几秒，最终狠狠地把铜盆往地上一摔，负气走了。

苏锦瑞看着她“咚咚咚”跑上楼，这才重新擦了擦脸，大踏步走进二姨太的房间。

二姨太斜歪在床榻上，长发披散下来，遮住了半边脸，脆弱得苏锦瑞险些认不出她。原本总是不分场合掌握不好分寸的那股冲劲从她身上卸掉了，消亡了，令她整个人如同被抽空了一般干瘪下来，顿时颓败如山倾，从肩膀到四肢，全剩下一个空架子，藏在过于宽敞的无领襟袍里，越发显得伶仃可怜。她看人的眼神是从下往上的，直愣愣转着眼球，像总在翻白眼儿，又像总在透过头顶看穿某处不可预知的未来。眼睛之下，她年轻时樱唇如点的嘴巴，此刻抿成两道薄而利的唇线，让看惯了她总要点好胭脂才出门的人骤然吃了一惊，意识到原来这个女人的唇色淡到近乎灰白，印象中的红唇轻笑近乎成了错觉。

她就这样直勾勾盯着苏锦瑞，苏锦瑞也站立着，任由她从上至下地打量。当她看清苏锦瑞的狼狈模样后，二姨太虚弱一笑，竟有些欢愉道：“二小姐还是厚道，那水是刚倒的清水，要换我就用木桶，泼你一身洗脚水。”

苏锦瑞颔首表示同意：“要换我呢，洗脚水是没有的，但在门口倒点菜油之类是免不了的，总要宾至如归，皆大欢喜才是。”

二姨太笑容一顿，沙哑着喉咙道：“我就是最嫌恶你这点，小小年纪别的没学会，苏家人的虚伪刻薄、睚眦必报，倒学了十足十。”

“彼此彼此。”苏锦瑞淡然道，“要没有二妈你悉心教导，锦瑞也不会有所长进。”

“所以你是来耀武扬威？看我落得这个下场，你心里很高兴吧？”二姨太笑得比哭还难看，“如你所愿，不用那么麻烦等新姨太太进门了，你父亲现下就对我心生厌弃，我还不思悔改，以死相挟。他最恨女人不安分守己，不贤良淑德，这回我算全犯了，三五年内，他怕是连我的脸都不想瞧上一瞧……”

“那你后悔吗？”苏锦瑞问。

二姨太反问：“后悔？”

“后悔上吊寻死。你那么了解父亲，肯定知道就算你打杀了宋金桂，对他而言也不过是一个卑贱的丫鬟而已，不值得为此大动干戈。他生气并非因你对宋金桂做了什么，而是因为你害他在外人跟前丢了脸面。然而以他的性情，待他气消了，自然又会回心转意，讲他那套导之以德，齐之以礼。”苏锦瑞平静地问，“可你一投缳，那便无异于火上浇油，令事态愈发不可收拾，你明明是精明人却非要行蠢事，难道不后悔吗？”

二姨太呆呆出神，似乎在认真思索后不后悔这一问题。

“二妈，你到底为什么要自尽？别说被我气的啊，你我都知道咱们之间到不了这份儿上。”

“是啊，为什么呢？”二姨太自嘲一笑，“怎么想都是贴上性命做亏本营生，可为什么呢？”

苏锦瑞轻声道：“或者换个人，此举不说破釜沉舟，也可称为另辟蹊径。可我却知道你，你不是这种人，其实你是真个想死，对吗？”

二姨太微微一颤，闭眼道：“关你什么事？”

苏锦瑞叹息道：“我都被二小姐兜口兜面泼水了，还不关我事？可你知道，我再怎么样，也从未想过要你死。”

二姨太睁开眼，认真地端详着她说：“很久以前，太太刚过身那会儿，我也没想过要待你不好。我还琢磨过，你再如何也要出嫁，有天也会成为外姓人，而我才是到死都是苏家的人，我为什么要吃力不讨好，去难为一个有朝一日一定会离家的外嫁女？我讲这些话，你又信不信呢？”

苏锦瑞沉默一会儿，低声道：“说起来我也记得，小时候你给我的小珠花小首饰，有些连苏锦香都没有。”

二姨太脸上浮上一丝自嘲：“何止是穿戴首饰？选什么人照料你，多大岁数，什么出身，我哪样没想过呢？要不然阿秀女是我招进来做工的，可她为何只需伺候你？还不是我生怕让府里的人讲多句闲话？”

苏锦瑞淡淡道：“如今讲这些可有什么用？形势比人强，到今时今日，不该你想的事你也想了，不该你做的你也做了，冰冻三尺非一日之寒，都到这一步了，还来论当年，又有什么意思？”

二姨太从喉咙里发出一声古怪的笑：“是啊，说来说去都是个人的命，挣不脱，改不了的命。命中注定你叫我一声二妈，我叫你一声大小姐，一声称谓，命就是天渊之别。但我跟你讲，就算命中注定我今日要落得这般田地，可你若想来看我惭愧懊悔，那你是做梦！我做过的事我不悔，无论哪一件，我都不后悔！”

苏锦瑞看着她，点头道：“包括投缳这种事，你也不悔？”

“不悔！”

“也是，要会后悔也不是你了。”苏锦瑞轻掸衣袖，漫不经心地道，“行了，看到二妈你好好的，我也算放了心。从此往后咱们仍旧照老规矩，各走各路，能各不相干固然最好，做不到就各凭本事吧。我跟你之间从来也没那么多话好讲，时候不早，我就不打扰你歇息……”

二姨太却正眼看她，沉默了一会儿才沙哑着嗓音道："刚刚，你与二小姐争吵讲那些，我都听见了。"

苏锦瑞没想到她也有直来直去说话的一天，顿时以为她要兴师问罪，略微不耐道："苏锦香不敬长姐，没点规矩，我难道还不能讲她两句？"

"你的话虽然不好听，可话里的意思却对。"二姨太不惯与苏锦瑞讲这些，到嘴的谢意又咽下，她尴尬地笑了笑，"我以往总想着她还小，又托生在我肚子里委屈了她，所以凡事只要能替她做到的，都忍不住替她再多做一些，没想到把她纵成了现在这样的脾气……"

苏锦瑞淡淡地道："也就是你才觉得她还小，其实苏锦香心里头，没准儿比你我都明白呢。"

"是吗？"二姨太高兴起来，言不由衷地谦虚道，"大小姐才是真明白人，我是我，她是她，大小姐就从未混淆过。"

苏锦瑞不愿跟她继续聊下去，冷声道："你想多了，我不过依着家里规矩讲了她两句而已。"

"随你吧。"二姨太叹了口气，"你是循例训诫两句，那我顺嘴与你说些实话，听不听在你。"

"嗯？"

"我只是个姨太太，所思所想，也不过这东楼四壁，三折楼梯，老爷的衣食起居，二小姐的终身大事，如此而已。想不到投了一次绳子，反倒让我想明白了许多，也罢，有件事，我也是最近才听说，原本是想留着耻笑你，可我现下却觉着，再不拿出来讲，没准儿有朝一日被耻笑的就不只是你了。"

"你说。"

二姨太道："我听人讲，邵家那位大少爷最近每到下午三点钟多数会去沙面的域多利西餐厅吃咖啡，你们表兄妹有大半年没见了吧？"

苏锦瑞心跳加速，面上却丝毫不动："与你无关。"

二姨太轻轻一笑："啧啧，以前一放假回来，把我们家门槛都快踏烂了，现在倒好，静悄悄从香港回来也没见登个门。男人就是这点好，他这头放开手潇潇洒洒自顾自快活，做女人的那头纵有千般委屈也不好上门堵人去。可若在外头刚好偶遇呢？省城也就这么大，是吧？"

"我的事就不劳你费心了。"

二姨太挥了挥手，不再搭理她，疲倦地垂下眼睑。

苏锦瑞见她没话讲，便转身欲走，转头却瞥见二姨太微微闭着眼，伸出手颤抖着摸到枕边一条长长的绣花腰带。她仔细用指尖感受上头的绣花针脚，犹如慢慢回味自己迄今为止的人生。她的脸上浮上来一个恍惚而不确定的微笑，宛若污浊的水面泛起斑斓的油光，浑浊却又美丽，她喃喃地，宛若自言自语那般低语道："你说怪不怪？我都几十岁的人了，可我现下闭上眼，却还好似昨日才坐轿嫁到苏家。我阿娘怕我坐轿子不舒服，特地给轿夫塞了喜钱。可那会儿家里穷，喜钱又有几个铜板？轿夫们嫌钱少，故意走颠簸路，一路颠得我险些摔出来，到轿子一停，脚软得都抬不起来。不怕你笑话，我不太记得老爷昨日骂我什么了，可几十年前的事我却能记得清清楚楚，就像打了个盹儿，一晃眼的工夫，头发白了，人也老了，就这么闭眼睁眼，半世人倏忽就过去了，可我明明还觉着自己二八年华，穿针引线绣嫁妆的时候也没过去多久……"

苏锦瑞没法再听下去，她逃也似的匆匆离开，在踏出房门的一瞬间，她似乎还听见二姨太在那又哭又笑，低声诉说无人听的往事。空气中弥散着一种浓到化不开的辛酸，带着长年累月积累下来的独属于女人的失望和孤独，沉重得令她几乎无法呼吸。在一刹那，二姨太的身影，仿佛与记忆中那个穿着宽大白绸褂，在光尘中嘻嘻哈哈舞动着的发了疯的母亲重叠，霎时就令苏锦瑞想痛哭出声。她捂住嘴低着头，险些撞到一个人身上，抬头才发现那是苏锦香。

二小姐伫立在门口，已没有了之前泼苏锦瑞一身水。敢找她算账的凶狠。姐妹俩四目相对，苏锦瑞只看到她眼中尽是满满的惶恐和不安。苏锦瑞忽然意识到，自己这个异母妹妹就算平日里再会打自己的小算盘，再会无师自通只管独善其身，她此时也不过是个十六岁的女孩，对着一个寻死觅活又濒临疯狂的生母，她本能地只剩下慌乱与想要逃避的期望。

“苏锦香。”

苏锦香像乍然惊醒一般，迅速瞪了她一眼。

苏锦瑞叹了口气，问：“吃不吃宵夜啊？我让阿秀姐煮两碗清汤面。”

“跟你？你不会在面里头下毒吧。”

“是啊，特地给你备下了丹顶鹤断肠散呢，敢吃吗？”

“怕你啊。”苏锦香扬起头，猛吸了下鼻子道，“吃！”

两碗清汤面，一盏洋油灯，姐妹俩对坐一桌。

苏锦瑞重新梳洗过，头发松松地拿手绢绑在脑后，裹着样式古旧的家常宽袖棉袄，穿得暖暖和和。相比之下，苏锦香穿得有些单薄，鼻尖红红的，头发也不像样，似卷非卷，蓬蓬松松顶在脑袋上。她往常临睡前必定要拿发卷夹着橡皮筋，将头发细细卷了，这样第二日起来，才有俏皮时髦的卷发贴着耳际。此刻，她也顾不上那些琐细玩意儿，苏锦瑞也不耍她的洋学生派头，两姐妹长这么大，生平头一遭只为了果腹而坐在同一张方桌前。

面是常见的银丝面，碗是随便的青瓷海碗，碟头的小菜有两碟，一个是老卤点的凤爪，一个是晶莹剔透酸甜辣兼备的咸酸红白萝卜。这两样东西东楼小厨房内厨娘常做，主家却多数不吃，是留给用人们佐饭用的小菜。阿秀女也是仓促之际巧妇难为，捞了两碟当添头一样送了上来。

姐妹俩却都没嫌弃，苏锦香夹了一块含进嘴里，突然就被辣得红了眼，她睫毛再一眨，眼泪就这么流了下来。

苏锦瑞像没看见一般，把凤爪碟往她前头一推，苏锦香捞起一个狠狠咬下，眼泪却流得更厉害。

她们一个潸然泪下又低头猛吃，一个视而不见细嚼慢咽，就如此安安静静地吃完了碗里的面条，连汤水都拿调羹舀了喝。两个人心里都明白，下一回再如此相安无事地吃顿饭，都不知要何年何月了。

她们就如长在隔岸遥遥相对的两棵植物，哪怕从同一个源头生长出来，却注定无法亲密无间，偶尔还要针锋相对，搞不好还得你争我抢。可就在这种遥远对望的安全距离内，两人反而能生出一种平和的错觉，仿佛各不相干，却又相互关照，看到对方倒霉固然会喜闻乐见，可等对方真个在自己面前落魄狼狈了，却又会生出怜悯来。

苏锦香不像苏锦瑞私下吃饭还要端着仪态，她端起海碗“咕噜咕噜”喝汤，喝完后把碗往桌面上重重一放，掏出手绢胡乱拭一把泪，随后瞪着苏锦瑞道：“别以为一碗面咱们就冰释前嫌了。”

“我跟你有什么前嫌冰释？”苏锦瑞头也不抬，慢条斯理地转动调羹，“我只是留你吃碗面而已，不要想多了。”

“那就好。”苏锦香道，“我亲妈还在床榻上躺着呢，她要没个好，咱们俩这辈子都没完。”

苏锦瑞将调羹往碗里轻轻一松，发出“哐当”一声瓷器相击的脆响。

苏锦香怒道：“怎么？你又想拿出你那套巧言令色的说辞来？”

苏锦瑞掏出手绢斯斯文文擦了嘴，抬起眼来瞥了苏锦香一眼，没好气道：“刚请你吃了面，吃完就不认人了？行了，别瞎担心，你二妈她不会疯的。”

苏锦香刚刚拭去泪水的眼眶瞬间又湿润了，她瓮声瓮气道："你怎么知道？你又不是医生，不，你又不是她，你怎么晓得她心里头多难熬……"

"谁不难熬？你容易还是我容易？这楼里，这公馆，又有哪一个过得顺畅无忧？"苏锦瑞见苏锦香又要流泪，不觉软了口气，"好了，我虽然不是她，可我知道她是谁，她可是这东楼里威风了十几年，跟我作对了十几年的二姨太。"

"可她今天都上吊了啊，她都不想活了，一点也不顾念我。"苏锦香再也忍不住，一下哭出声，"还说什么盼着我嫁得风风光光，让她也跟着长脸，什么以后要享我的福，全都是骗人的，讲的话都不作数，为点小事转头就能抛下我。那腰带要不是太脆受不住力，她就能真吊死……"

她说不下去，偏过头拿手捂住了嘴。

苏锦瑞叹了口气："别哭了，你再哭我也不会心疼你，这个时辰没外人来，我可没什么耐心宽慰你，跟你演姐妹情深。"

苏锦香抽抽搭搭道："谁，谁要跟你姐，姐妹情深啊，我哭我的，关你什么事？！"

苏锦瑞好笑道："喂，我可是会笑话你的。"

"我怕你笑话啊？你笑话我还少？"苏锦香边哭边骂，"上回……上回谁带同学来家，当着外人的面奚落我……"

苏锦瑞没法了："你再哭，我就喊阿秀姐进来看了。"

"你们俩本就是一丘之貉，她不看，你等下也会跟她讲。"

苏锦瑞只好掀开门帘喊："阿秀，阿秀。"

阿秀女应声而来，苏锦香吓了一跳，到底还是讲颜面的年纪，忙不迭地拿手绢擦眼睛。

"打盆水来，"苏锦瑞瞥了苏锦香一眼，"要热水。"

阿秀女转头去打水，不一会儿果真捧进来一盆热水，上头搭了白毛巾。她目不斜视，放下东西就走，对这屋里两姐妹之间的事皆视而不见。

苏锦瑞亲自站起来试了试水温，拿毛巾浸了水，绞干了递给苏锦香。苏锦香接过敷到脸上，哑声道了谢。

这倒稀奇了，苏锦瑞坐下来挑了挑灯芯，室内光线愈发明亮。她盯着灯，过了会儿开口道："你也别以为我要宽慰你，我就讲几句实话，省得你在我这白哭了一场。你听好了，二妈又不是我娘亲那样的女人，谁都会疯，她不会。"

苏锦香拉下毛巾，静悄悄看着她。

"世上的女人千万种，有生来是情痴，有生来是薄凉，有生来万事不过心，也有生来就会打自家的小算盘。二妈是哪一种我不好说，但我晓得，她投缳那一刻，或许是真魔障了不想活了，可她既然没死成，那本性中的东西便早晚要回来。她十多年来在这东楼里风风火火的，顶得上大半个太太，为老爷两巴掌骂几句就偃旗息鼓了？你觉着她乐意？

"至于我亲娘，过世的大太太，人人都以为我记不得她了，毕竟她走的时候我还小，可我其实对她是有印象的。我记得她穿一身白衣裳，鬼一样在房内手舞足蹈，又笑又叫，追着天窗上照下来的太阳光，连我都认不出来。她伸手抓我，手劲很大，疼得我号啕大哭都不放，所以她活着时我挺怕她，怕她没药水喝时摔东西发脾气，也怕她喝了药水疯疯癫癫又笑又闹……"

苏锦香略有所动，哑声问："干吗跟我说这个？你不怕我日后拿来当作把柄？"

"你会吗？"

苏锦香垂下头，咬着唇道："那要看我高兴不高兴。"

苏锦瑞无所谓道："随你，反正我讲这么多，其实就一句，你二妈没疯。你知道吗？刚刚我去看她，她还不忘跟我提起你，我随便夸你一句，她高兴得眼睛里都多了神采。所以说，只要有你在，她怎么舍得发疯？她清醒着呢。”

苏锦香肩膀耷拉了下来，似乎整个人松了口气，她把毛巾往桌上一甩，起身道：“很晚了，我们也没到可以秉烛夜谈的情分，就这样，我走了。”

苏锦瑞点点头说：“小心点，让阿秀女拿灯照你过去。”

“不用，这楼里都走了八百回，我不会摔。”苏锦香走到门前，掀开门帘，却忽而转了头，“喂，我也有句实话跟你讲。”

“嗯？”

“我是抢你的请柬去陈公馆，但我从来不是为了跟你抢邵表哥。”苏锦香咬着下唇，“我可没习惯捡你手指缝里漏下的玩意儿。”

苏锦瑞呆了呆，没料到她会如此直白，一时半会儿倒让这直白到粗陋的坦率噎得说不出话来。她难得的呆愣令苏锦香目露愉悦，她轻哼了一声，甩开门帘，摇摇摆摆走了出去。

十三

# 遇劫

沙面在省城犹如一座独立的王国，静谧优雅，隔绝于世，俨然另一处好天地。那里四面环水，绿树成荫，石板路间隔着柏油路，路面干干净净，便是遇上落叶的时节，也有专门侍候马路的工人起早贪黑，将这里拾掇得近乎一尘不染。这里欧式建筑林立，每隔数米便有黄铜精钢浇筑的路灯柱子，柱子顶端皆是镶嵌了四面玻璃的方形灯罩。早在省城的电力公司叫电灯公司的时候，这些路灯便有了，或者更早些，在电灯公司尚未出现于省城之前，这里的路灯便每日有人负责手持细长火棍，夜幕降临时一盏一盏点过去，天明时分再一盏一盏熄灭。每天夜里，这座孤岛望过去总是一片明珠璀璨，更衬得一江之隔的河南城郊乌漆麻黑。若挑选个天气好的时日来此地散步，不留神会以为时空错置，误入了哪座欧洲小镇，可当你再仔细端详，便会发觉哪座欧洲小镇也没这里的整齐划一、井然有序。一栋栋红墙白柱、拱形廊柱、石膏石花岗岩砌成的外墙台阶，整洁得过了头，仿佛不是为了让人群居，而是为了注解欧美文明而存在。

留过洋的人倘若愿意，还能分辨这一栋是英吉利样式，那一栋是法兰西以南的大陆风格。那一扇一扇弧形的落地玻璃窗内鬓影衣香，衣冠楚楚，往来的大多是绅士与淑女。一般笔挺的西服，一样考究的领带结，一样锃亮的发膏和皮鞋，一样“叽里呱啦”的番鬼话，你便是从中看到华人，却也会有些恍惚，仿佛那些人不是黄皮肤黑眼睛，而是被番鬼们附了体的，不晓得该归入哪一类合适。空气中弥漫着树木散发的清香，偶尔夹杂某间敞开的门户里飘来的咖啡香味，倘或与女士们擦肩而过，还能闻到浓浓的香水味。眼前跑过来一辆黄包车，拉车的车夫瘦精精的躯干，黝黑的手臂与上头坐着的，穿着及踝旗袍、露着肥白胳膊的太太形成鲜明对比。直到此时你才恍然大悟，原来这里是沙面，从前清咸丰年间开始，这里便被英法两个强国给占了，大半边被划成英租界，小半归了法国人，成为法租界。为了彰显此处的独立与特殊，当年还特地用人工开凿了一条环岛河涌。如今河涌内流水潺潺，与珠江连着的那片水面岸边长满高大榕树，绿荫成片，凉风习习。冲着这一处阴凉，水上停满密密麻麻的篷船，住着珠江水域里常见的以船为家的贫民。可只是拐个弯，却是广厦巨构、欧陆风情，一水之临，却是泾渭分明的两处世界。

从英领事馆再往前，绕过几棵高大的凤凰木，便是犹太人居住的地方。早在前清时期，便有精明的犹太商人横渡重洋，把生意做到省城来。待久了，他们粤语官话都说得，做的生意林林总总，有钟表、珠宝、布匹、食品等。圣诞新年，那些市面上备受青睐的奶酪甜酒、奶粉罐头，多从犹太人开的商铺而来，东西正宗、价格适中，又迎合省城娇惯的太太小姐们的脾胃。一到应景年节，东西供不应求，便是邵表姨妈这样四下吃得开的太太，要想买也得提前来打招呼才能订得到。

和邵表姨妈打惯交道的犹太商人名叫雅各，姓却有好几重，一口气念下去像要把半部家谱都交代出来似的。跟他打交道的华人，没一个记得住那些冗长的姓氏，于是雅各渐渐入乡随俗，把雅当成了姓氏，生人客气唤一句“雅先生”，熟人则干脆叫他“老雅”。雅又与粤语“哑”同音，于是他又多了个绰号，人称“哑佬”，他开的店顺理成章便被人叫作“哑记”。雅先生说一口流利的广东话，几乎媲美他的母语荷兰语，尤其擅长讲中西合璧的洋粤语，深受一帮贵妇的喜爱。他早年混迹过英法，也到过上海，做的生意五花八门，成功的却没几桩。后来机缘巧合来到省城，反倒与汇丰银行的华人买办圈有了交集，这才渐渐安顿下来，做开了贸易，闲暇之余在沙面英领事馆后头开了一间叫“玫瑰”的西餐馆。这西餐馆门脸小、地段又在沙面，注定顾不上普通老百姓的喜好。雅先生便索性把客户做窄，专盯着沙面上来来往往的时髦男女。虽说是西餐馆，可雅先生不在吃的东西上下功夫，他聘的大厨不过是个从商船上退下来的水手，手艺自然与爱群、美丽权那些大酒店里的中西名厨相去甚远，与大三元、岭南酒楼的新式西菜相比也逊色得很。然而这厨子却有一处别家没有的手艺，他煮得一手好咖啡，从选豆到磨料，从温度到器皿，花样繁复得堪比闽籍商客点功夫茶。这厨子烹煮的咖啡还名目众多，要浓缩有浓缩，要勾兑有勾兑，个个皆有来头，新鲜还讲究。渐渐地竟也以此项出名，令雅先生的“玫瑰”西餐馆渐次变成有身份讲脸面的绅士淑女们常来常往，吃咖啡聊事情的雅致之处。

苏锦瑞如今已能确定，邵鸿恺这些时日，每到下午三点钟前后，多半会在此消遣。

帮苏锦瑞打听这种事的自然是她的密友，而当初来她家做客的五个小姐妹中，有一位姓冯的小姐，恰好是帮她做这件事的不二人选。冯小姐名媛洁，也是西关大户出身，家中祖父母父母俱在，是比苏家还讲规矩的人家，迄今晚辈还要给长辈晨昏定省，犯了错还要去跪祖宗牌位。

她父母照足旧例，早早替她寻好了夫婿，只等着她一从女中毕业，便可与夫家商议着把婚事办了。她是苏锦瑞的小姐妹圈中最无忧无虑的一个，生得珠圆玉润，老天赏了一张不笑都带了三分笑意的脸。这种相貌有说法，人称喜相，五行八字一排盘，没有不好的。冯家虽然规矩大，可冯媛洁却自有好命，她从小乖顺乐天，父母长辈皆多疼爱，没过门的夫家也是门当户对，拿她八字命格一看，也是分外满意，再一瞧本人，果然是宜家宜室的模样，于是更加喜欢。唯一的问题是未来夫婿人在国外求学，与冯媛洁素未谋面，未免有些盲婚哑嫁的嫌疑。然双方家长早早商议，一完婚便让冯媛洁出国陪读，不必伺候公婆，又能长见闻，又没夫家约束，实在没有比这更新式更熨帖的亲事了。

冯媛洁没什么主意，家里人个个都讲她有福气，她听多了，也便稀里糊涂觉着所谓有福气便是自己这样了。趁着离结婚还有段时日，冯太太生怕她嫁到摩登家庭要丢人，天天拖着她出来买东西学交际多见人。因她婚后要出国，沙面这等洋人聚居的租界自然要多来，为了早日适应那些社交礼仪，也为了吃习惯洋玩意儿，雅先生的“玫瑰”西餐馆几乎成了她的练习场。冯媛洁生来有些迟钝，又备嫁备得神经兮兮，明明在此处撞见了邵鸿恺好几回，却一心只顾着忧愁餐桌上的刀叉程序，没分神去探究那个窗边固定留座的青年到底是谁。

直到苏锦瑞来同她旁敲侧引，冯媛洁才反应过来那原来就是邵鸿恺。她大惊道：“难怪那么眼熟，与他一起总有位顶顶时髦的小姐，我记得还同母亲讲过的，反倒被母亲骂我吃东西东张西望很失礼……”

她骤然发现自己话里隐含的意思，吓得捂住了嘴，结结巴巴道：“黛西，我，我也不是瞧得很真切，兴许不是邵大少爷，就算，就算是他，那个社交场合陪女士用饭也是礼仪嘛，母亲教过我的……”

苏锦瑞一听便明白了，冯太太多半是早就认出了邵鸿恺，只是秉着多一事不如少一事，故隐而不发，连带着也不准女儿多嘴。看来邵鸿恺与她们苏家的蹊跷，外头的人已开始瞧出端倪，连带苏锦香这段时日频繁出入陈公馆，只怕什么风言风语都有了，没准儿已成了下午茶佐点心的一道谈资，偏她一个当事人被蒙在鼓里。

苏锦瑞只觉一种耻辱感瞬间袭来，她深吸一口气，强笑道："那到底是他不是？"

冯媛洁干巴巴地道："我也不能确定，要不然我问一下母亲……"

"阿洁，你同我讲实话。"苏锦瑞微微颤抖着，"不要连你都来瞒着我，等着看我的笑话……"

她语带哽咽，冯媛洁吓到了，忙道："你别多心，我说，我说还不成吗？那个，我瞧着八成，八成是他了。"

大抵是苏锦瑞的脸色不好看，冯媛洁有些担忧，小心翼翼道："黛西，你莫不是生我的气？我不是有意的，实在是我自己忙得昏沉沉的，顾前不顾后，没注意那个就是邵少爷。我没想起是他还有个缘故，离圣诞假期分明还有几日，可瞧他在玫瑰西餐馆那却有了固定座位，似乎已回来挺久了，我没想到他回来省城你却不知道。那个，他一次都没来找过你？"

苏锦瑞想了想，最终还是不想撒谎，直白地摇了摇头。

冯媛洁反倒比苏锦瑞还要不知所措，她呆呆地问："怎么会这样？之前不是好好的吗？"

苏锦瑞与邵鸿恺的事，小姐妹们都是知道的。豆蔻年华，便是学校有专门的修女嬷嬷督查，严格管理她们，然而女孩们该有的罗曼蒂克想象一样不缺。她们小圈子中明确定了亲的有两个：一个是冯媛洁，她本就万事听父母做主，婚姻自然不例外，故对父母之命全然不反感，然要说多期待兴奋也不尽然；另一个唤作黎宝珺。黎小姐与冯媛洁截然不同，她自来有主意，家中堂兄弟又多，打小跟着男孩们看林纾翻译的西洋小说，认定自由之爱方为婚姻缔结之前提，故对包办婚姻反感至极。可黎小姐与冯媛洁一样，生在一个万般不由己的旧式大家庭中，亲事完全做不得主。她只要一想到有朝一日要嫁与一个素昧平生的男人就觉得痛苦不堪。其余的三个小姐妹情窦未开，不足为论，相比之下，几个人中便数苏锦瑞最好。邵鸿恺与她青梅竹马，两家本就是亲戚，算是知根知底。邵鸿恺又是青年才俊，苏锦瑞只看脸也算个美人，生母与邵表姨妈又有老情分可讲，即便有朝一日嫁过去，看在这个老情分上，邵表姨妈也端不起恶婆婆的架势。小姐妹们每每聊起这个话题，总要为赋新词强说愁地叹口气，然后讲一句“黛西最好命了”。确实，在她们看来，苏锦瑞简直就如西洋小说中的女主角，既能享用到两小无猜的浪漫爱情，又不用承担小说中的波折和磨难，天底下简直再没有比这桩姻缘更加美满的了。

可现在偏偏就是大家最看好的姻缘出了岔子，旁人或许会看笑话，可冯媛洁却深感焦虑而慌乱。她是习惯听话的性子，在家听长辈父母的，出嫁就听公婆丈夫的，在嫁与未嫁之间，自然是听比自己有主意的朋友的。苏锦瑞长得好又聪明，待她们几个朋友也真诚，在她心里是隐隐有些崇拜的。她平日里也喜欢与苏锦瑞做比较，可那比较却不是竞争，而是拿她当成一种标准来关照自己，颇有些一荣俱荣、一损俱损的义气在里头。邵鸿恺的事令她骤然间不知如何是好，她思忖，苏锦瑞比她聪明美丽，家世也好，懂的又多，待人接物天生就晓得如何游刃有余，嫁妆听闻生母已在临终前便替她备下，存在汇丰银行里这么多年，早就是一笔不小的款子。苏锦瑞样样都这么好，邵鸿恺还要生二心，那自己呢？她即将步入的婚姻还能好吗？

冯媛洁连日来备嫁的压力骤然膨胀，逼得她喘不过气来。她头一低，眼眶就红了，眼泪禁不住往下掉，她对自己缥缈不定的未来莫名忧心忡忡了起来。异国他乡，压根儿不熟悉的丈夫，连蒙带猜还半懂不懂的洋文，举目无亲的境地，届时她只怕连公寓门都不够胆迈出去，还谈什么过日子？她又想，她出国说是去陪读，可照着中国人的观念，读书就没她什么事，她的主要功用，多半还是要照料丈夫的衣食起居，还要如这边花枝招展的女人们那样，出入沙龙派对，为丈夫的事业打太太交际这张牌。

可自己练了这么久，连什么勺配什么餐盘都会弄混，她怎么可能去照料他人，谁又来照料她呢？

她这才开始意识到结婚是多么可怕的一件事，结婚不仅意味着告别故国家人，还意味着她要告别自己以往的生活，连自己的姓名都要被渐次隐没，换成某某太太了。

冯媛洁哭得越发伤心，小半是为苏锦瑞，大半却是为自己，真情实意得过于厚重，反倒亟待苏锦瑞来安慰她。两人宾主倒了过来，苏锦瑞想劝她莫要哭了，又深知冯媛洁一哭起来不尽兴不罢休，她有些无奈地掏出手绢递过去：“我这个当事人都没哭，你倒比我还伤心，不知道的还以为你才是被邵鸿恺瞒着骗着的那个。”

冯媛洁接过去，抽抽搭搭回她：“就，就因为你不哭，我才要替你哭，连你那份一起哭……”

“你倒有理了你，好好好，你多哭两声啊。”苏锦瑞只好哄她，“再把我的眼泪给引出来，咱们俩就可以凑一对乌眼鸡了，只是那样你不就白哭了吗？”

冯媛洁一想也是，勉力止住了眼泪，一边打嗝儿，一边问：“你，你有什么打算？”

“能有什么打算呢？耳听为虚，左右还是得眼见为实啊。”苏锦瑞漫不经心道，“等见了他的人再说吧。”

冯媛洁诧异地睁大眼，忽然坚决摇头："我不同意，要是他当面让你难堪呢？不行的，那里人虽多，讲话声音却低，要是你们吵起来，你也丢死人了，要不，要不你不要管他了吧。"

她猛然想到这个可能性，眼睛骤然一亮："对，你不要管他了，黛西，你就跟我一起出国吧。你跟我走，买张船票而已，我有钱，我来出好了，我偷偷存了好几百块呢。有你跟我做伴，去哪儿我都不怕了，到了国外你想念书也罢，想观光散心也罢，横竖都跟我一起，我们就跟以前读书时那样不分开，多好……"

苏锦瑞被她孩子气的一番话说得想笑，嘴唇一翘，眼眶却热了，她问："那到时你的夫婿不同意可怎么办？"

冯媛洁哑了，她没想过这个可能性怎么应对，她悄声道："那，那我要坚持，他也不是不讲理的人，好歹留洋的……"

"只怕人家要讲，不讲理的是你和我。"苏锦瑞叹了口气，"哪有人新婚带着朋友一起？不说碍不碍事，首先就不是好意头，你母亲，你夫婿，你夫婿家都不会同意，你一个刚过门的小媳妇，要为了我跟他们作对吗？"

冯媛洁咬了下唇，豁出去一样讲："真要那样，我就不结婚了，我看他娶哪个。"

她的神态娇憨中带了无知无畏的底气，硬是将一件虚无缥缈的事讲得确信十足，反倒令苏锦瑞感动了起来。她心想，到底在这么难堪的节骨眼儿上，有人能担忧自己，替自己想解决的办法，哪怕想得天马行空不切实际，可到底心是真的。

苏锦瑞压着泪笑道："行了，要是你真结不了婚成了没人要的老姑婆，我才不想天天见你呢。难道跟你一起自梳吗？"

冯媛洁也知道自己说得太幼稚，她微微红了脸，不服气道："那又怎样？你敢嫌弃我吗？"

“怎么不敢？”

“黛西！”

苏锦瑞笑了，温柔地看着她：“所以你别让我嫌弃，你要高高兴兴去结婚，随夫婿去国外见世面，回来做个顶顶美丽时髦的太太，大伙都学着你的穿衣打扮，争相要结识你。到时候你打扮得漂漂亮亮的，领我们逛戏院逛游乐园，让我们也脸上有光，你再在自家花园里办茶话会，比今天陈公馆办得还出名还雅致……”

冯媛洁憋着哭腔问：“所以，你不能跟我走吗？”

“不能，就如你不能跟我去玫瑰西餐馆一样。”苏锦瑞道，“有些事是注定要一个人去做的，你要去嫁人，我要去做我该做的事，戏文里管这个叫什么？对了，叫单刀赴会。”

苏锦瑞打发了冯媛洁，第二日果真一个人叫了黄包车上沙面。冯媛洁之前特地交代了，去那里最好穿洋裙戴洋帽，还得配双高跟鞋，进门最好讲英文，点餐最好不看餐牌。林林总总，几乎将她母亲对她循循善诱那些教导都复述了一遍。

苏锦瑞却没怎么听。

她想的是，到底要不要真的去见邵鸿恺呢？

她心里晓得要做些什么，才能把局面拼搏成赢面，说起来你不仁我不义，谁也怪不了谁。可真的想要付诸行动了，她却分外犹豫。有些办法可以拿来对付二姨太，对付叶棠这些外人，却不能那么对付邵鸿恺，因为事情一旦做下了，就再也回不了头。

邵鸿恺和她之间，分明累积了十余年青梅竹马的情谊。

苏家人都有些一脉相承的冷心冷肺，他们耳闻目睹，或多或少对恋慕这回事都心存警惕，认为不是恰当之举。当初苏大老爷要娶大太太，不顾门第，不顾将来，颇有些色令智昏的成分在，然而不多久，他便从这股热潮中撤了出来。纳二姨太进门，不图色不图利，甚至他本人也未必有多喜欢，可他仍然要纳，仿佛多了个女人，自己房里头才算四平八稳。他是这样，其余的苏家人对恋慕这回事更是走一步退三步，审时度势，权衡利弊。二爷三爷都有少年荒唐的时候，可人心里头哪怕有再多的情感，被这么一番加减乘除下来，热度都要减退许多，从未有谁因恋慕闹出什么事来。

苏锦瑞对邵鸿恺也是一样，与其说是恋慕，不如说除了恋慕，大家找不到更精确表达他们之前情感羁绊的形容词。青梅竹马，男才女貌，还有不成文的婚约，从小玩到大的情分，一见面嘀嘀咕咕，不见面三天两头有信件往来。这样的关系不是恋慕，又能是什么？就如小姐妹们常常感叹的那样——“黛西你最好命了”。她们说得多，苏锦瑞自己也莫名其妙觉得事情就是如此，就算人人都说错了，多少年下来也只能将错就错。

然而比起恋慕，苏锦瑞更能确定，她对邵鸿恺怀的是另一种感情，一种介于兄弟姐妹与亲密同伴之间的信赖。她能与邵鸿恺毫无保留地谈论自己与二姨太之间的矛盾，正如邵鸿恺能跟她埋怨自己父亲窝囊不顶用一样。有时，苏锦瑞甚至会跟他谈论自己对父亲的失望，怀疑父亲为了母亲不再续弦纳妾，不过是他冷漠的一种托词；而邵鸿恺也对她直言不讳邵表姨妈目光短浅，远不及他在香港的其他同学家的母亲。他们都在对方面前表示过，如果不生在彼此这样糟糕的家庭，或者两人会过得更好也未可知。

对两个早熟又精明的年轻人来说，这等大逆不道的话语，只有在最信得过的人面前才可能和盘托出。很长一段时间以来，他们俩交换的仿佛不是对长辈的不满，不是对彼此所在的旧式家庭的厌倦，而是在袒露自己性格中的尖酸刻薄，缺乏包容。他们对自己那些恶劣都心知肚明，可从小就学会了用种种宽和大度、装腔作势来掩饰，唯有在对方面前，因为了解那个人也跟我一样相似，才能做到坦诚，才能达成亲密。她与他都清楚，这种亲密是恰逢其时的，再长大一些，再世故一点，他们将再也无法对任何人产生同样的信赖。而幸好他们有青梅竹马、两小无猜做底，这种信赖，才愈加显得弥足珍贵。

可惜时至今日，就连这种笃信的珍贵，都渐渐丧失了它的价值。

苏锦瑞左思右想，还是坐黄包车去了沙面。那天她穿得很朴素，长及踝的灰色厚棉袍鼓鼓囊囊的，系着黑毛线编的长围巾，把头脸虚虚包着，脚上是白袜黑绒面布鞋，脸上素面朝天。她神情肃穆，像去祭奠什么一样，手里紧紧抱着一个布包，里头裹的是邵鸿恺给她写过的二三十封信。她昨晚看这些信看到深夜，每一封都仔仔细细折好放回信封，整整齐齐的一摞，收在包袱里竟然也有些分量。可这点分量仔细琢磨又太轻，两小无猜的欢愉，经年的相互依赖，秘而不宣又心知肚明的亲密，以及对两人在一起的未来或多或少怀有的期待。这些感情仿佛被挤干水分，又放到大太阳下曝晒，最终压扁，合拢起来也不过就是一摞纸的重量。这一摞纸，原本还以为能收拢在匣子里，收到若干年后，等诸事已定，还能拿出来与邵鸿恺说笑，可转眼之间却无处着落，被苏锦瑞抱在怀里，极像上坟要焚烧的纸钱。

苏锦瑞罕有地自怜自艾起来，她觉得自己就如读过的西洋小说中那样毅然决然离开家，奔向不可知前方的女主角。这天天气阴沉，像要下雨，又像只厚积着云无所作为，寒风吹在脸上，江面上水波荡漾，处处增添了悲壮气氛，令她觉得这样的奔赴，已不必有一个相濡以沫的大结局了。是的，那些小说中的西洋奇女子，最后也多半落得个孤苦伶仃的下场，她又凭什么奢望邵鸿恺能瞧在这一摞纸的分上幡然悔悟，再续前缘？不，苏锦瑞深深觉得，最好邵鸿恺能当众翻脸，当面羞辱她不知廉耻，或者干脆把她推到地上，那样她才能肝肠寸断地与他割袍断义。或许到时再将信扔到他脸上去，扔过去时，还含泪问一句你的心呢？不行，这句话太无气势，根本不是她擅长的弱不胜衣。那么，最好还是含泪骂一句狼心狗肺？对，还要骂狠点，可骂的时候，哭却是必不可少的。

那扔信的角度是照脸扔好呢，还是打耳光好？

苏锦瑞正胡思乱想，突然车子一阵颠簸，险些把她从车上颠下来。她回过神，却见黄包车已不知何时跑到临近江面的十字路头，前头骑楼那闹哄哄跑来一堆人。当前两个衣衫褴褛、颧骨高耸，面相穷凶极恶的人正飞奔过来，后面跟着好几个黑衣巡警操着警棍猛追，边追边喊："抓逃犯啦！"又有一个巡警停下急吹哨子，顿时左右两条岔路跑过来好几个人，有巡警，有宪兵，还有好事的市民。两个被追的男人见势不妙，分两路逃窜，后面跟的人顿时分开两拨紧追不舍。其中有个显然更有逃跑的经验，只见他曲线跑动，一路故意拉下沿途摊档杂物无数，制造后面人追赶的障碍。他急速跑来，正朝着苏锦瑞坐的黄包车，车夫想拉着车头避开，哪知他避左边，那人便故意逼近左边，他避右边，那人又趋近右边。车夫不过老实本分卖力气的，哪里避得开这样的人？转眼间被那人飞起一脚，狠踹在胸肋上，惨叫一声扑倒到一旁，那车也顺势被他带翻。车上的苏锦瑞尖叫一声，身不由己摔了下去，手里的包袱掉到地上，"砰"的一声闷响，额头就磕到了车柄上。

还没等她惊魂稍定，却觉头发一疼，整个人被那歹徒揪着发辫拽了起来，拖着往后退了几步。挟持她的人身上传来一股恶臭，熏得她几欲作呕，更听得那人低声怪笑着抽出一柄匕首抵在她脖子上，咧嘴道："哎哟，居然是个细皮嫩肉的娇小姐，我奉劝你别动，刀可不长眼睛，划破你细嫩嫩的皮肤可就不好了。”

那人语气中带着的淫邪意味令苏锦瑞备感屈辱，她一个养尊处优的大小姐，什么时候试过被个逃犯胁迫，还被拿刀子抵脖颈直接威胁到性命？她又惊又怒，眼瞅着追赶的巡警纷纷围了上来，顿时不管不顾大叫着：“救命啊，救命啊，救……”

她哪知这种亡命之徒的厉害，这一举动直接激怒了对方，话还没喊完，只觉头皮剧痛，原来那人狠命揪住她的头发，紧接着脖子一疼，不用看也知道匕首已割破肌肤。她这才从屈辱中惊觉过来，意识到原来身后这个人逼急了真的会捅死自己。一阵恐惧涌了上来，苏锦瑞怕得发抖，她咬住嘴唇不敢再喊，眼眶中的泪水却再也忍不住滴落下来。她平生第一次束手无策，莫名其妙地想起自己今日出门，妆镜台上的首饰匣子可没关牢，要是死在这里，那里头的东西可就便宜了苏锦香。

还有邵鸿恺，她要死了，那个男人也不知会不会看在多年情分上哭两声？她脑子里突然涌起邵鸿恺压着悲痛红着眼睛的模样，涌起的不是悲戚，反倒是愤怒。苏锦瑞霎时间明白了，若她死了，邵鸿恺不管出于真心还是假意，定会这边一副悲痛欲绝的模样，那边娶妻纳妾什么都不耽误。理由很简单，因为他就是这样的人，而这样的人苏锦瑞原本熟悉得就如熟悉自己一样。同样的事情若轮到她头上，她也会这么做，他们都是面子里子都要，名声实惠都想抓。对他们而言，这两者根本没有截然分离，本就是一体两面，面子上潦倒困苦，里子再富丽堂皇也不痛快；反过来名声人人称颂，好处一样没捞着，他们不会吃这种哑巴亏。他们俩才是西关大行商的嫡系后代，骨子里的算计，行事上的世故，表现上的谦让，必要时的寸土必争，逆境中会隐忍蛰伏，顺境时会张牙舞爪。

他们这样的人，谈什么山盟虽在锦书难托，不是惺惺作态又是什么？

苏锦瑞顿时觉得，自己今日揣着信来佯装与邵鸿恺乍然重逢，简直蠢到极点。

在这一刻，冒死逃出看守所、穷凶极恶的逃犯拿匕首挟持住她，围捕的巡警宪兵多以观望为上，想是不好从她这身灰扑扑的棉袍上判断她是不是真的有身份，要不要卖力救她，大家心里都有些没底。在这样前所未有的恶劣境地中，苏锦瑞理当又怕又急，可她偏偏神游起来，莫名其妙地将与邵鸿恺有关的事情一桩桩一件件都想得清楚，莫名其妙地懊悔今日莽撞出门，幸亏被人半路劫持，反倒避免了一件事后想起定然要羞愧万分的蠢事。

她将视线转移到适才车翻倒时掉在地上的包袱，原本裹着那叠信件的包袱布已散开，一封封信散落出来。不巧的是，昨天晚上刚刚下过雨，地上泥泞不堪，这会儿那些信已经沾上污垢，有几封还落入一旁的污水坑中。她还记得，每一封信收到时她都很高兴，很珍惜地看，顺着原来的折痕轻轻折好，每个信封拆得都极有耐性，开封的口子用小剪子小心剪开，平整得仿佛还未被人拆开过一样。

可原来保存得这么精心的东西，想要丢入臭水沟，也不过是一瞬间的事。

苏锦瑞眨眨眼，突然有些感慨，这回她想的不是邵鸿恺，也不是自己，而是一种源自体内的遗憾。这种遗憾根深蒂固，生来有之，仿佛继承自她的生母，那位在稀薄的线状光线中翩跹着装疯卖傻的女子。她想，原以为自己一点不像那么无用的母亲，原来绕了一大圈，女人的遗憾都是差不多的。

不同的只是她接下来有很多事要做，可她的生母选择了什么都不做而已。

那自己怎么能死在这么一个浑身发臭，头上插草都卖不到几块钱的逃犯之手？

苏锦瑞被拖着一边后退，一边道："你跑不了的。"

"你懂个屁，给老子闭嘴！"

"你本就筋疲力尽，匕首都拿不稳，上次吃饭是什么时候？有多久没吃过东西了？就你虚成这样还想拖着我跑，不要痴心妄想。"

她头皮又一疼，那男人揪住她的头发迫使她仰面对着自己，随即冲她露出一个狰狞的笑："我跑不了？告诉你，要真跑不了，老子就宰了你垫背也不冤，你以为老子是谁？老子坐监可是手上犯了人命的，杀一个不亏，杀两个回本！再给老子屁啰唆，宰了你这种小娘们儿不过顺手的事！"

"然后呢？"苏锦瑞咬牙压下颤音，努力平和道，"宰了我，你能跑得了？我还有大把的事要做，我才不要陪你死。喂，我看你跑到这里也算有勇有谋，咱们做个交易如何？"

那男人微微一愣，他大概从未见过这样的娇小姐，明明吓得直哭，眼泪没擦干呢，就敢跟他谈交易。此时巡警又慢慢收紧包围圈，而他自今早逃狱以来，一路东躲西藏，从仓边路一路跑到黄沙，其间只抢到路边小儿一块红薯吃，腹中早已饥渴难耐，他想着跑过桥到对面租界，华人巡捕自然不能大张旗鼓抓人了。可眼见沙面就隔着不宽的水面，要过去却千难万难，就算挟持住一个女人，难不成这样过了对岸，英法租界的驻兵不管？那些番鬼兵可是荷枪实弹，一开枪就能要命的。

他不禁犹豫了起来。

"你跑到这，是想躲进租界对不对？"苏锦瑞冷笑，"可麻烦你多想一下，像你这样手持匕首威胁一个弱女子，华人巡捕有所忌惮，桥那头守着的番鬼兵见到绝对会开枪，你要不信，只管拉着我上桥试试。"

那男人把匕首又贴近一分，咬牙道：“臭娘们儿别耍小聪明，惹急了老子，大不了跟你白刀子进红刀子出，说，你脑瓜里打的什么鬼主意？”

“很简单，我帮你进租界，还给你五十块，你到了沙面就立即放了我，有了钱，你尽可偷渡跑去澳门……”

“五十块，哈，讲大话不要太满，看你穿成这样，你能随随便便拿出那么多钱？”

苏锦瑞急道：“五十块在我眼里不过当零花钱，有什么拿不出的？”

那男人只当她说大话，苏锦瑞眼睛一转，立即扬声冲围上来的警探尖叫：“别过来，他手里有刀，你们要害我被他伤了，我爹定会找何蔚何厅长替我讨回公道！”

何蔚时任省城高检厅厅长，与寻常百姓离得太远，多数人并不晓得。然在场警探中不乏自看守所追捕过来的人，何厅长乃他们顶头上司的上司的上司，兼管省城一应警备要务，那是绝对不会没听说过的大人物。此番看守所跑了逃犯，便是所长都要被何厅长发落，若被逃犯逃亡途中劫持了有脸面人家的大小姐，那此事必定成省城丑闻，明日一见报，长官一震怒，在场众人个个都脱不开干系。苏锦瑞话音刚落，当场众警探便交头接耳，一个个传了过去，再看向她时，个个眼神已有所不同。

那劫犯也醒过神来，明白这回劫持的小娘们儿大抵是有些来历。他一把揪紧苏锦瑞的头发，喝道：“听见没？再他妈追来，老子先拿这娇滴滴的小姐开刀！”

他说完又低声问：“怎么走？钱呢？”

语气已带了笃信，苏锦瑞微微眯眼，佯怒道：“我衣袋里自然有钱，你快快带我向桥那边撤去，过了桥我再给你，你届时推开我跑就是……”

“放屁，你当老子是蠢货？退到桥那边正撞番鬼兵的枪口，还跑？跑个屁，就算真让我们过了桥，你一反悔，老子岂不白白上了你的当？”

苏锦瑞咬牙道：“枉你是个男的都不如我有胆子，怕前怕后你逃狱干什么，还当街劫持我干什么？我告诉你，钱我有，但要过了桥再给，谁知道你会不会拿了钱先一刀捅了我再跑？”

那男人一边拖着她慢慢往通向租界的桥挪动，见到离桥仅有十几米，暴躁道：“小娘们儿少啰唆，你信不过我我也信不过你，钱藏哪儿啦？快给我，听见没你个小贱货……”

他的手直接往苏锦瑞衣襟摸进去，苏锦瑞伺机尖叫起来，奋不顾身拿手肘冲他胸口撞过去。那男人冷不丁被撞退一步，手上的刀一松，苏锦瑞立即伸脚踹去，踹完立即要跑。哪知她到底步履小，没跑两步便被那男人追上拽住发辫，将她拉转个个儿，随即想也不想一巴掌抽了过去，打得她眼冒金星。他又拽起她的前襟，正要光天化日之下拉开她的棉袍找钱，此时后来的警探、看热闹的人已再度围上。当前一男人扑了上来，一脚狠踢，用了十分力道，顿时将那男人踢得横飞三四步远，“嘭”的一声重重跌到地上。警探们抓紧时机一拥而上，不一会儿已将人逮住，捆了个结结实实。

苏锦瑞浑身颤抖，脑子里半天都是空白的，疼痛和耻辱重新汹涌而来，令她就像骤然间被扒光了衣裳丢入人群一样，后怕得不知所措，羞耻得恨不得地上有条缝能让她钻进去。就在此时，她头顶罩上一片阴影，那个刚刚踢飞劫犯的男子走了过来。苏锦瑞惊跳起来，一只手抓紧前襟，另一只手胡乱从地上摸到一块碎砖就砸了过去。那男人偏头避过，砖头“哐”的一声砸到地上，苏锦瑞还待再四下乱摸，想找趁手的东西跟他拼命，却听那人近乎小心地道：“苏大小姐，是我，你看看，是我啊，我叫叶棠，还记得吗？我是你们家的故交，叶棠，你要叫我叶二哥的，虽然你一直不肯叫……”

苏锦瑞眯着眼，迷迷糊糊看清了来者，她慢慢认出了对方的轮廓，还是那样不讨喜的长相，还是一身下等人的短打装扮。就冲你跟我结下的梁子，你也好意思让我叫一声叶二哥？呸，她愤愤地想。可突然之间她意识到，自己又一次在最狼狈的时候，让一个外男撞个正着，似乎冥冥之中注定了一般，只要她蓬头垢面、遭人欺辱，这个叫叶棠的男子就肯定会随即出现，将她全部的耻辱看个清清楚楚，明明白白。

怎么又是这样呢？

无论她费心尽力了多久做了多少，总是有些人有些事，能一下将她打回原形，令所有努力付诸东流，令她就如跳梁小丑，虽然使劲往上蹦跶，可落在明眼人眼里，不过徒劳而已。

苏锦瑞顿时涌上一股巨大的委屈，她“哇”的一声哭了出来，以前所未有的粗鲁姿态哭个撕心裂肺、肝肠寸断。全然不顾这是在大街上，这里人来人往，兴许有人会认出她，兴许第二天就会有人幸灾乐祸跑到她父亲面前去告状。那又如何？她顾自己的脸面顾了十来年，从没一刻这么被人当众揭开摔落，碎了个彻彻底底。为什么这种事会轮到她头上呢？为什么就该她倒霉？她从来没真正做过一件恶事，从没真正害过哪个人，她不过是想尽一切努力，殚精竭思、深谋远虑，为自己的生活做一些可能完全没有作用的努力。她也想什么也不做，什么也不想，就如她的小姐妹冯媛洁那样，哭也好笑也罢，全是为芝麻绿豆的小事，横竖事事有人替她做主，去哪儿都有人帮她拿主意。或者像她同父异母的妹妹苏锦香，连第二日出门戴什么穿什么都有二姨太替她打点，看似万事不管，自顾自己头上两片瓦的人，可亲娘一有事，她也能豁出来拿盆水朝长姐头上泼。

然而她苏锦瑞有什么？那汇丰里头存的两万块？那一匣子锁入保险柜里从未见过的首饰？她从未真正从母亲遗留下的财产中获益，反倒为此如履薄冰，一路走来战战兢兢，靠的全是自己，也只有自己。就连女孩儿家来月事，也是她耳闻目睹，先从小姐妹们那事先打听清楚了，自己先替自己准备齐全东西，就怕事到临头出丑丢人。别人家的小姐努力一分，到她这就不得不努力五分十分。只因她不出错就罢了，一有错，人人都能叹口气来一句“到底是没娘教的”。那些真真假假的怜悯，客客气气的可怜，实质上句句都能割人心不见血，句句都能杀人于无形。这么多年来，她样样拔尖，事事要强，以为给自己挣了个好名声，以为给自己攒了一个青梅竹马、知冷知热的好伴侣，结果呢？形势比人强，一到紧要关头，原来她努力了那么多年的东西全然没有意义。

就连光天化日之下遭人劫持，生死关头走了一遭，这等惊心动魄、恐惧羞耻等诸般感受，也无人可倾诉，只能靠自己一个人硬扛过去。

等终于安全了，苏锦瑞却像给自己发丧一样号啕大哭起来。

也不知哭了多久，她眼前伸过来一方干干净净的手绢。她勉强睁开哭肿的眼，发现又是叶棠。原来他一直蹲在她身边没走，看她擦眼泪把袖子都擦脏了，忍不住把自己的手绢递给她。苏锦瑞接过手绢，狠狠擦了两下，抬起头才发现，不知何时他们俩已挪到骑楼之下，蹲在一间凉茶铺前。叶棠跟她一起蹲着，目视前方道：“你哭得也太多了。”

他纯粹在陈述一个事实。

“一时没忍住。”苏锦瑞用鼻音回答，“让你见笑了。”

“我不是说你不能哭，只是哭得有点多。”叶棠想了想，又解释了一句，“刚刚的情况换成我妹妹，哭都不用，直接吓晕。相比之下，你已经算好的，就是哭太多了。”

苏锦瑞没想到他竟然肯说这样的宽慰话，有些讶然，却又羞愧起来，哑声道：“耽误你事了，你刚刚就该先走的。”

“我要是真走了，你反而会哭不出来。”叶棠道，“不用介意这种事，我小时候头一回在雪地里遇见狼时吓得要死，回来后也是大哭一场。”

他不说还好，一说苏锦瑞反而更觉得羞愧难当。

叶棠大概也知道自己安慰人的水平实在太次，只好站了起来。苏锦瑞一慌，不由得问：“喂，你去哪儿？”

“我不走。”他走向凉茶铺，同铺子里的老板娘不知要了什么，掏了钱，老板娘遂高高提起铜壶，往一个粗瓷碗里倒了一碗凉茶。

叶棠转身，将这碗黑乎乎的凉茶递给苏锦瑞。

苏锦瑞吓一跳，摇头道：“我不喝这种的。”

“喝吧，竹蔗茅根，不苦。”叶棠把碗往她跟前递了递。

眼见那凉茶就要洒了，苏锦瑞没办法只好接过，小心避开碗沿儿，轻轻啜了一口，果然是甜的。其实夏日府上也经常会熬凉茶，只是像这样蹲在路边，拿一个也不知道涮干净没有的粗碗喝凉茶，对苏锦瑞而言是不可想象的。

但今天多荒唐的事都经历了，这点小事又算什么？

于是她豁出去一般双手捧碗，真个“咕噜咕噜”喝完了。

一喝完，问题来了，要不要道谢，要不要还钱，她突然不知所措了起来。

“一下流那么多眼泪，补充点水是应该的。”叶棠接过碗，还给老板娘，又对她开口解释。

苏锦瑞发觉他今天解释的次数有点多，正要说一句你不用那么费心，我没事了，可话还没说出口，就听见他说：“看，有渡船过来了。”

他们所在之处的斜对面是豪华的大酒店，玻璃旋转门还能见摩登男女进出，再看过去是一片水光湛湛的江面，有蒸汽轮船带着小船逶迤而过。街道上又恢复车水马龙，装了手持喇叭的汽车，新式的自行车，穿梭其间的黄包车，步履匆匆的行人，一切如某个看不见的巨大车轮，早已运转起来。仿佛适才发生在她身上的一幕从未有过，又或者确实发生过了，可那件对她攸关性命的大事，对旁人，对省城的繁华，对无尽江水，对大小船只却都毫无意义。哪怕她不幸命丧歹徒之手，想必也不过第二日在日报上的一小块位置，写上某某小姐被逃犯劫持，香消玉殒而已。

谁会在乎呢？

苏锦瑞呆呆地抱着屈起的膝盖远眺，叶棠也跟她差不多姿势，两人就如初次进城尚未找到落脚点的乡下人一样席地而坐，全无形象可言。而路过他们的行人何止万千，可就算有人回头看两眼，也真的只是两眼而已。事实上，谁会有闲心去管一个蓬头垢脸的乡下丫头为什么哭？谁又会理会她身旁的年轻男子算她什么人？

苏锦瑞忽然意识到省城原来这么大，大到无边无际，大到人与人之间素不相识居多，大到个人何其渺小，一不小心就会被吞噬。

“金桂，你还记得吧。”叶棠突然问道。

苏锦瑞点头：“她怎样了？”

“她回家后，流言蜚语传得甚为厉害，哪怕老宋竭力澄清，还请我出面都无用。怀仁巷的邻里个个都不是坏人，可在她的事上，愿信她的人极少。怀仁巷如此，出了怀仁巷也如此，这个世道对女子总多苛责与恶意揣测，明明金桂什么也没做。”

苏锦瑞垂头道：“是我害了她，该我去澄清……”

“不，你听我讲完。”叶棠道，“事到如今，金桂若不寻死，便只余下嫁人一条路。老宋家仓促之际能找到什么好人家？多是歪瓜裂枣，金桂也抵死不从。结果消息传开，却有一个后生愿娶她，人也住怀仁巷，原本有些家底，也读过书，然被父辈抽大烟败干净了，如今家徒四壁，人却很上进。他一登门，金桂就讲非君不嫁了。原来那封被她吞了的书信，就是这个后生写的。金桂不识字，后生就教她，信里头便是让她学的笔画描摹，金桂对这书信珍视无比，宁可吞了，也不肯授予他人。”

苏锦瑞诧异地问：“那，老宋肯将女儿嫁给他吗？”

“若以前是肯定不行，但现下却由不得他了。”叶棠看向她，“你看，原以为她入了绝境，结果却有情人终成眷属，人生际遇，莫衷一是。当初若她真个死了，也就没法经历后面的峰回路转、柳暗花明，你说对吗？”

他不肯再说，苏锦瑞却明白这言下的勉励之意。她点了点头，低声道：“谢谢。”

一个报童奔跑着过来，举着报纸喊：“新鲜出炉的晚报，新鲜出炉的晚报，蒋介石任大元帅府参谋长，兼军校筹备委员会委员长……”

叶棠猛地站起来，叫住那孩子掏钱买了一份，匆匆看过后沉吟不语。

苏锦瑞问：“怎么了？”

“军校要在这筹办，太好了。”叶棠目光炯亮，带着难耐的兴奋，“时候不早了，你该回去了。”

苏锦瑞站起拍了拍身上，瞥了眼叶棠，咬了下唇，问：“哎，你不会把今天的事告诉别人吧？”

叶棠淡淡一笑，也不回答，只是招手叫了一辆黄包车，把苏公馆的地址告诉了车夫。

苏锦瑞提着棉袍上车，临了回头看着他，小声说：“你，你如果要说便说去，我也不怕。”

叶棠有些无奈地说：“我告诉谁去？”

“我是说。”苏大小姐低下头，难为情地说，“我的意思是你帮我这么大忙，就算你告诉别个也是应当。当然，不说最好了。”

“好了，上车吧。”

“我不是忘恩负义。”苏锦瑞突然抬头，“报答之事，容我慢慢想……”

“再扔给我一百块钱？”

苏锦瑞涨红了脸。

叶棠想笑还是忍住了，温言道：“放心，我不会挟恩图报，也不会四下宣扬，今日之事换成任何人，我都不会袖手旁观，不用觉得欠了我。”

“我不是……”苏锦瑞着急地想说明，可不知为何，素来伶牙俐齿的她，此刻却在喉咙里哽着，一句明白话也说不出来。

“走了。”叶棠把她扶上去，“下回出门身边记得带人。”

苏锦瑞点点头坐好，黄包车夫拉起车就走，没走几步，苏锦瑞又急急叫停。叶棠还没走开，诧异地抬眼，只见苏锦瑞回头，用周围许多人都能听见的嗓音，正儿八经道：“叶二哥，谢谢你！”

叶棠一愣，随即不太自然地点点头，挥了挥手。

## 十四

# 这一夜

在苏锦瑞当街痛哭流涕的时候，邵鸿恺其实就站在离她不远的马路斜对面。

那是一个冬日的午后，没有阳光，靠近码头的地方，迎着江面上吹来的风越发刺骨阴冷。他裹着灰色围巾、黑色粗呢长大衣顺着桥从沙面走回市内。若是平时，他是不耐烦走这段路的。这段路人多车杂，川流不息，岸边停满篷船，人声鼎沸，臭气与水气扑面而至，绝非散步的好去处。可邵家统共只有一辆汽车，今日表姨夫要去听戏，明日太太要去打牌，后日下面的弟妹们又要去公园，个个都要用到车，个个都需要那辆福特牌小轿车来充门面。邵鸿恺是长子又是长兄，不好跟父母争，自然也不好跟弟妹抢，三五天里能有一天轮到他用就不错了。好在他现下结识了南洋橡胶大王家的千金小姐王欣瑶，王小姐对他曲意温柔，两人几乎日日相见，王家的小汽车几乎成了邵公子的专用车，既有佳人相伴，又顾全了他的面子，纵使是邵鸿恺，也颇有点何乐而不为的感觉。

可巧当日雅先生的西餐馆东主有喜，早早关门。而他人到了玫瑰西餐馆后，才接到王欣瑶差人送来的纸条，言道家中临时有事，无法赴约，万望见谅云云。邵鸿恺没办法，只好先行回去，可整个沙面租界一入午后静谧过夜半，沿途莫说空置的黄包车，连路人都少。邵鸿恺不得已步行了事，心忖先过了桥出了租界，自然就能叫到车。

他没想到难得的一次步行，就让他碰见了苏锦瑞。

还是这么狼狈的、撒泼式的苏锦瑞。

一开始他还自欺欺人道是认错了，可旁人他有可能认错，苏锦瑞与他一同长大，如何错得了？

邵鸿恺在刹那间尴尬得脑子一片空白。

照理说他该上前，去把青梅竹马的女友扶起来送回家，兴许还要安抚她，宽慰她，陪伴她，就如以往的青葱年月里，他们互相陪伴过的无数片段那般。他的教养，他的义务，他与苏锦瑞确凿无疑的情谊都使他明白，这会儿就应该上前去。可那脚步只朝前挪动半步，就如有千万只手拽着拉着，不准他再往前走，仿佛这一踏上前，就是深渊鸿沟，就是万劫不复。

后来，他无法抑制地无数次回忆起这一幕：光天化日之下，苏氏南北行的大小姐苏锦瑞蹲在地上，双手交叉抱着肩膀，身上是一件前所未见的臃肿廉价的灰棉袍，上头沾染了尘土污渍，她的发辫早就散乱，没把脸藏起来就这么哭得面目扭曲。往日里的端庄自矜、鲜妍明媚荡然无存，脸上不知是冻的还是被打的，浮起红斑伤痕，显得蠢而可怜，卑贱而丑陋。

关键是她的哭声，邵鸿恺从没听过哪个女人哭起来这样难听，就好像有一只看不见的野兽驻扎进苏锦瑞的身体内，令她号哭，发狂，如同要将全部力气挥霍一空那样去挤压去控诉。在他以往的认知中，女人的哭，不管是梨花带雨还是欲说还休，都是给她们加分的，不是令她们的示弱显得可怜可爱，便是要令她们的委屈显得意味深长。无论如何，通通不是苏锦瑞这种哭法，这种哭法太丑也太真，太袒露也太沉重，没一个男人愿意去直面，也没一个男人愿意去承担。它就像他们之间的敌人，势必要撕裂那层影影绰绰、温情脉脉的轻纱，让那些美好的，用回忆氤氲着滋养着的两小无猜的情谊，那些经年累月心照不宣的理解，全部都在刹那间变得轻浮，变得狗屎不如。

隐约间，邵鸿恺听见人群中有人窃窃私语，人们在讨论这姑娘号啕大哭的原因，大多数人表示了同情。他们讲她适才被逃犯劫持，死里逃生一类，又听得有人感慨可怜噢，好好一个姑娘这可算青天白日受了折辱。可那又怎么样呢？苏锦瑞为什么事当街大哭有什么紧要？原因就如无根之萍，飘在水汽中，飘在寒风中一样眨眼而过，在太过浓烈的情绪中反而变得无足轻重。不管因为什么，结果便是苏锦瑞在大庭广众之下哭得这般难听难看，哭得令邵鸿恺止步不前，甚至后退了一步，这一本能的举动令他下定了决心抽身离去。

邵鸿恺给自己这一行为找了很多理由，比如他这段时间故意不与苏锦瑞往来，可谓用心良苦，若此时去扶她一把则功亏一篑；比如苏锦瑞蹲的地方离沙面太近，他若贸然上前，很容易被喜欢在这一带出没的粤商熟人看见，于人于己都不利；比如苏锦瑞身边已有一名男士照料，瞧那人模样，虽一身短打却器宇轩昂，应当也是与苏家相识的，他纵使离开也足可放心；甚至于，他还想到自己当时一身正装，不便也不应当上前做出陪苏锦瑞蹲着的不雅行为。

找的理由多了，邵鸿恺便渐渐理解了自己，体恤了自己。他自暴自弃地想，我有什么办法？我自己都身不由己，我花了多大功夫，费了多少周折才走到这一步，开弓岂有回头箭？苏家邵家，好比一艘破船行驶海面，船舱底部已漏水，外头又狂风大作，沉船在即，怎能拖着苏锦瑞一块去死？还不如趁早放手，各有各路，没准儿还有各自的出头之日。

可这一幕却从此盘桓在他脑子里，总也挥之不去。

他一遍遍重温苏锦瑞号哭的狼狈模样，就一遍遍看到自己转身离开的决然。

哪怕他再体恤自己，再宽宥自己，他也没法回避这样一个问题：那就是为什么在那一刻，他就是不能上前呢？

明明他是心悦苏锦瑞的，哪怕有王欣瑶，哪怕他已决心离开，可是那是苏锦瑞啊。即便是他也清楚，日后哪怕真个能位高权重，直上青云，再找个如苏锦瑞这样两小无猜的姑娘，也是绝无可能。

他以为自己对苏锦瑞注定是要心存愧疚，尚且年轻的心里也还存过有朝一日定会好好补偿她的想法。可他完全没想过，只是因为她当街号啕大哭，如干裂土块一般分崩离析，自己的反应竟然是毫不犹豫转身就走。

而且他还越走越快，生怕但凡慢一点，身后的苏锦瑞就会认出他，就会化身厉鬼追上来将他撕咬吞噬，将他再度拖回那艘已陷落泥沼的破烂沉船之中。

他到后面简直小跑起来，完全不记得要找一辆空置黄包车的初衷，靠着一双腿，他穿着皮鞋穿过好几条街，跑过整个青梅竹马的记忆，跑过整片整片青葱年少时的慰藉与温柔。等他回过神时，他已经站在自家门口，双脚疼得发麻，他游魂一样穿过庭院，一屁股坐在罗马柱下的花岗岩石阶上。

然后他摸了一把脸，脸上满是汗水，寒风一吹冰凉刺骨。

有用人跑来问：“大少爷，晚饭您在哪儿用？”

他这才察觉天色已晚，不知不觉间已是华灯初上，远处传来哪家请人来唱“咿咿呀呀”的粤曲小调。不管何时，黄昏将至总是有各式吃酒会、听歌会、摸牌会在这一代的富户中此起彼落。

没人知道，几个小时前，有个叫苏锦瑞的大家小姐因被劫匪劫持了一道，当街哭得嘶哑难听，有个叫邵鸿恺的大家少爷一见之下转身就走，似乎生怕被对方认出丢了面子。

可不是这样的，邵鸿恺茫然地想，事情不只是这样的。

二楼的电话铃尖锐地响起，一个用人跑出来道：“大少爷，您的电话，陆公子的。”

邵鸿恺起身，大踏步走进去，拿起听筒，只听得话筒那边的老同学陆鼎兴压低着嗓音道：“阿恺，快来我家，有好事。”

“什么好事？”

“我父亲叔伯他们正与商团几个大佬商议办省城工商界祝贺军校筹备的事，你快来。”

“什么军校？”

“黄埔军校，就在省城边上！你今天做什么去了，都不看报纸吗？蒋介石做筹备委员会委员长！”

邵鸿恺瞬间来了精神：“我还真不知道，多谢提点，我马上来。”

就在邵鸿恺匆忙出门，期盼着能在省城商界政界露一露脸的时候，苏锦瑞的爷爷苏老太爷正在后园里勃然大怒。

他多年修身养性，已把年轻时候的刚烈性情修得平和许多，里里外外，国事家事，大部分秉承着与己无关冷眼旁观的态度，小部分若撞到他眼里，那也是嘲讽讥笑居多，伤肝动肺甚少。到了被人尊称老太爷的年纪，他甚至多数时候不需要对事情发表看法，只需冷觑一眼，冷笑一声，平平淡淡说两句，自然能将人奚落得无地自容。

可这回，他却压不住脾气，不仅大怒，还顺手将案台上一方端砚砸了过去，正中西楼三老爷的额角，顿时把这个老儿子当场砸得头破血流，昏迷不醒。

整个苏家炸开了锅，三太太忙着领孩子们号丧，二太太忙着支使仆人忙得团团转，一会儿又要请西洋大夫，一会儿又要请坐堂国手，一会儿又要差人开库房寻人参。大老爷和二老爷被迫留在小洋楼承受老太爷的余怒，一个后悔不迭今日为何没溜出门躲开这场麻烦事，另一个则在胆战心惊生怕父亲一个迁怒，又把什么东西顺手砸过来。砸了儿子老太爷也不心疼，怕只怕小洋楼里的东西太精贵，砸坏了日后想起来还是要找人算账。

也真亏得老太爷发了这通火，苏锦瑞一身狼狈进家门，竟没人留意到。家里头能看热闹的都跑去看了，不能看热闹的，也一边做活，一边叽叽喳喳忙着议论这件事。阖府上下，连阿秀女都不晓得被谁支使了去干活，苏锦瑞得以神不知鬼不觉偷溜进东楼自己房里，一照镜子才看清自己脸上肿得老高，脱下棉袍仔细瞧了胳膊上被抓出的印痕，腰际隐约生疼，撩起衣襟一看，才看到上面碗大一块青。

她该哭也哭过，现下反而异常冷静，自己舀了冷水，拿毛巾浸湿敷在脸上。又开了灯，开箱寻了膏药，也来不及在火上烘软了，直接揭了贴在腰上。她换过一身衣裳后，拿梳篦仔细梳拢头发，又仔细贴近镜子照了照，摸了摸自己被劫匪打过的脸，突然扬起手，朝自己另一边脸也狠狠来了一下。

“啪”的一声脆响，苏锦瑞眼神动都不动，仿佛打的不是自己。她举起手想再来一下，突然间听见门帘的响动，苏锦香的声音传来：“喂，你可回来了，我跟你说噢，今日家里可闹了大动静，祖父唤人叫你过去呢……”

她的声音戛然而止，因为瞧见苏锦瑞转过来时带伤的脸，又瞧见她扬起手的动作，诧异地笑道：“哎哟，我瞧见什么了我，你回来没事对着镜子扇自己嘴巴玩啊？要不要我退出去让你继续？”

苏锦瑞放下手，转头看她道：“你进来一没敲门，二没得我允许，本来就是退出去才是正经。”

“啧，你说让我走就走啊，我偏不，我可是好心来做信使的。”苏锦香不管她，走上前看见她的脸，不由得一愣，“这，你真打啊？打也别打脸上啊，不嫌丢人……”

苏锦瑞把脸转过去不叫她看。

苏锦香哪里肯依，立即兜到另一边看她，待真个看清了，原本要说的两句难听话就说不出口了。她有些被吓住了，定了定神问：“怎么肿成这样？你还真下得了手噢……”

苏锦瑞道：“你看也看了，要想取笑尽管笑去，赶紧笑完赶紧走人，可以吧？”

“不对，这不像是女人打的。”苏锦香脸色一变，“男的打的？你今日一整天不在，去哪儿叫人打了回来了？”

苏锦瑞头疼道：“别问了，反正都这样了……”

“什么啊，当然要问，哪个衰人这么贱敢对女士动手？一点都不把我们苏家放眼里。”她眼珠子一转，忽而问，“喂，不会是姓邵的打的吧？”

苏锦瑞不耐烦道：“怎么会？你想哪儿去了。”

“也是，邵表哥比你还惯会做戏，他不会亲自动手的，可你在外头跟人结怨也有限，啊，难不成是那个王小姐王欣瑶使唤底下人跟你动手？”

苏锦瑞还没来得及说话，苏锦香已经柳眉倒竖，骂道：“我就说嘛，南洋那种山旮旯地方能教养出什么好人来？！还千金小姐呢，我呸！把脸给我看看，你别躲啊，我可不是要为你讨公道，这打的不是你，这打的是我们姓苏的面子。我最看不惯这种人了，有本事三面六目讲清楚，支使用人动手，呸，谁家里还没几个使唤的人啊……”

苏锦瑞心头涌上一阵酸涩，她经历了有生以来最糟糕也是最惊险的一天，却从未想过在这种丢人现眼的当口，陪在她身旁的尽都是她平素看不惯的人，叶棠是，苏锦香也是。她拉住苏锦香的手，张开嘴，突然间千言万语涌上来，却找不到对庶出妹妹畅所欲言的习惯。

她哑声道：“别乱猜，是我今日不好彩，撞上一帮从看守所逃狱的监犯，其中一个抓了我做人质，我挣扎，他就动了手，我也没吃亏，踢了他好几脚呢……”

苏锦香惊诧地瞪圆了眼。

“巡警队很快就把人抓了，他没怎么难为我。”她瞥了苏锦香一眼，不由得叫道，“哎哟苏锦香，我没受多大苦，你别用拜山拜先人的眼神看我好不好？”

苏锦香翻白眼，没好气问：“你一个人啊？”

“是啊。”苏锦瑞尽量用毫不在意的口气说，“我出门也没什么要紧事，就没带阿秀姐。”

“活该。”

苏锦香啐了一口，可伸手碰她的脸却带了小心翼翼。苏锦瑞吃痛倒抽了一口凉气，她立即把手缩回，沉默了一会儿道：“算了，我替你上个妆吧。”

“大晚上的……”

“老太爷叫你呢，你忘了？”苏锦香不由分说捻亮了灯，打开她的妆镜匣，拿出香粉等物，“你打算就顶着这个脸去小洋楼？”

苏锦瑞哑然，她半仰着头，感受到苏锦香的手轻快地迅速把粉扑到自己脸上，小心避开伤处怕弄疼她。姐妹俩从未离得这般近，也从未自对方那得过哪怕稍微一点援助，却没想到在经历过一场羞辱和惊险后，能在冬夜昏黄的煤油灯下，意外有个温情的馈赠在等着。

苏锦瑞忽而眼眶有些发热，她听得苏锦香埋怨一般道："还得施点胭脂，不然遮不住，夭寿咯，下手这么重，你晚上得敷药，不然明日没法见人了。"

苏锦瑞含糊地"嗯"了一声。

"刚刚你还打自己，是嫌一边肿不对称，要给另一边也来一下？"

"不。"苏锦瑞缓缓道，"是提醒我自己，从此往后再不要把脸送出去给人打。"

苏锦香手上一顿，又忙活开了，嘴上却半点不饶她："你也未免太小看自己。就你这样恶口恶面，站出去整个黑脸神凶得要死，哪个不长眼的还敢招惹你。"

"我可是你长姐，没规矩啊。"

"嗐，又没外人，别拿那套虚头巴脑的出来，吓唬谁呢？别动。"苏锦香快手快脚把打散在手心的胭脂给她抹到脸颊，又左右端详了一番才道，"好了，照镜子看看，还中看不？"

苏锦瑞坐正，镜子里俨然一个鲜妍明媚的美人，妆上得极为巧，看着帖服又自然，且气色红润，令人很容易忽略一边脸的微肿。

"口红，还缺这个，我怎么没看你有口红呢？"苏锦香"扑哧"一笑，"不会吧？成天标榜自己是洋学堂出来的女学生，居然连个口红都没有。"

"全家最时髦的那个分明是你。"苏锦瑞摸了摸自己的发辫，"好了，我去了。"

她站起来，看着苏锦香正要道谢，苏锦香挥手不耐道："快走吧你，可别谢我，我又不是帮你，咱们爹在老太爷那呢，我不过怕你丢了他的脸，回来他又不知道要冲谁发脾气。"

苏锦瑞看着她，脸上带了自己都没察觉的笑意，随后点点头，抽身出门往小洋楼去了。

小洋楼灯火通明，难得电灯煤气灯一块燃，在往常，这是唯有正月里才有的待遇。然而一路走来却静悄悄的，帮她拿灯的用人，迎她进门的老管家，给她打竹帘的丫鬟，全都一脸肃穆，一个个恨不得踮着脚走路，憋着气不说话，交流全用眼神。神奇的是，苏锦瑞一进到这个氛围，立即对他们的眼神所表达的意思心领神会。比如丫鬟低头，瞥了她一眼在说“别问我，我什么也不知道”；老管家看到她明显松了口气，眼神温和又带了点怜悯，那意思是“这大小姐可来了，来了就好，来了其他人就不挨骂了，可难讲老太爷会不会专骂她一个人”；等到她进了里间，到老太爷日常坐卧听曲的地方，就看到她爹一个劲儿给她使眼色，分明在说：“快，把老太爷哄高兴了，大家早点歇息。”

只有苏老太爷微闭着眼，一直没瞧她，听见她进来请安的声音了，也仿佛入定一般，半天没动静。

苏锦瑞抬眼去询问自己的亲爹和亲叔父，照理说这会儿就该大人禀报说孩子来了，有的没的把这孩子来的事说两句，全当热场，气氛炒热乎了，下面什么话都好说。可苏大老爷在自己父亲跟前从来跟个避猫鼠似的，装尿装傻了一晚上，早就累得不行，这会儿哪里顾得上苏锦瑞？再说了，就算他想说废话，老太爷也不会听。二老爷就更不用提了，他整个人都蔫了，一晚上在那想，三老爷几十岁的人了，老太爷脾气一上来仍旧能砸他个头破血流，二老爷还没三老爷得脸呢。他像是突然从“二老爷”的幻梦中惊醒过来，意识到原来不管多大，只要来到这小洋楼，来到老太爷跟前，他就仍旧是多少年前那个在父亲跟前背书背不好被当众扒裤子抽戒尺的小男孩。

他们兄弟俩殊途同归地保持沉默，苏锦瑞又等了等，老太爷还是没理会她。她悄悄退了几步，退回房间门口，见老管家尽忠职守守在那，便低声吩咐了他两句。

老管家会意，点头离开，老太爷倒睁开眼了，冷声道："规矩呢？还站不到一刻钟就站不住了？"

"哪能啊。"苏锦瑞笑道，"原来老太爷叫我来是罚站啊，那我领罚，可您罚的是我，不是您自己，眼看这都是吃晚饭的时候了，我让管家把饭摆了，您和父亲、二叔坐着吃，孙女再接着站，您看怎么样？"

"不怎么样。"老太爷冷笑，"把我气够呛了，还想在我这蹭饭，想得美。来吃饭，行，等会折成钱，哦，还得给我加场地费，我这地方岂是一般酒楼饭馆可比，比不上东亚大饭店，总比得上陶陶居莲香楼吧，该多少加多少，一个钱不能少。"

大老爷与二老爷面面相觑，又听老太爷刻薄地道："还有老三，害我砸了上好端砚一块，前清时的东西，放哪个铺子都得标几十块钱。回头你们去给我要，他要敢说没钱，就让他去偷去当，三太太头上一根赤金簪可不轻，就当那个，好歹抵得上我一块端砚。"

这是连三婶一块嫌恶上了。苏锦瑞暗自叹了口气，笑道："行，您说怎么办就怎么办，那待会儿您边吃边把账给算了，您以前做那么大买卖呢，算这点东西不过小意思，您算好了，我爹跟二叔三叔他们还敢赖账不成？"

她一路说，一路示意老管家引着丫鬟提食盒进来，把饭摆在高几上。老太爷冷冷往那一坐，两个儿子都不敢朝前凑，还是苏锦瑞笑眯眯一口一个让菜凉了不好，才让两人坐好了。老太爷举箸正要吃，忽而一瞥苏锦瑞问："你吃过了？"

苏锦瑞一愣，正要思索到底答吃了还是没吃好，老太爷已经"啪"的一声把筷子放下，淡淡道："连吃没吃都要想？"

"没吃呢。"苏锦瑞条件反射道。

"坐下吧。"老太爷低头动了下筷子，"给她添一副碗筷。"

这可是任何孙辈都没有过的待遇，不仅苏锦瑞呆了，连苏大老爷都瞪圆了眼，开口道：“父亲，这，她又是女眷又是小辈，不妥吧？”

“这种屁大的小事你倒懂得妥不妥了？老三在铺子里阳奉阴违干的那些事，你反而觉得妥？这些年还号称闭门读书，那书呢？都读哪儿去了？喂了狗了？”

苏大老爷臊得满脸通红，一旁的二老爷顾不上幸灾乐祸，只要别把火撒自己头上就好。苏锦瑞也不敢再多说什么，讪讪地坐下，一旁的老管家飞快地替她添上碗筷，苏锦瑞刚想道谢，就看到那老管家一脸如释重负的表情。

敢情都盼着她陪老太爷久点，周围的人少遭殃。

苏锦瑞只得低头吃饭，苏家小洋楼几十年如一日的规矩，除非节庆宴客，否则厨子烧的都是寻常的应时菜。这时节正值隆冬，故饭桌上只一道黄鳝公鸡煲略微讲究外，其余皆是青菜豆芽一类的东西。苏锦瑞吃得没滋没味，偷眼看自己爹与二叔，两人表情上不显什么，可用得极少，可见吃得也不怎么乐意。老太爷倒旁若无人，只是他讲究养生，八分饱足矣，年轻时走码头跑生意落下的习惯，用饭速度快。苏锦瑞这还只吃了半碗，老太爷已吃完，他一停，众人也跟着停了。

老太爷接过老管家递上来的热手帕，简要道：“都吃完，谁要浪费，往后就天天来陪我吃饭。”

三人忙又低头扒饭，连苏大老爷在内，全把饭碗扒得干干净净，一粒米也没有剩下，吃完都有些顶胃。老管家善解人意，已一一将温热的茶碗递上去，揭开碗盖，里头却不是茶水，而是颜色碧绿的清汤。苏锦瑞喝了一口，清香回甘，只依稀尝出肉味，却不知是什么肉加了什么佐料。

她也不敢问，只想快点喝完。却听苏老太爷在一旁突然吩咐道：“老大，明日你亲自去西瓜园那边，直接进去商团公所里头，把咱们铺头从商团理事那摘出来，就说我苏氏广成行连年经营不善，规模缩水，再忝列为理事一员成何体统，我们有自知之明，还是自己先退了……”

苏大老爷一口汤险些呛出，憋红了脸，半日才道：“父亲，这会儿哪里能说退就退，省城里有头有脸做买卖的，哪家不挤着想做商团理事？这，这要是真退了，那就要得罪不知多少人……”

苏老太爷冷觑了他一眼，忽而笑了笑问：“怎么？你也跟老三一样，借了陈大官的钱，欠了陈大官天大的人情，还都还不掉，着急着要拿我苏家三代人攒下来的家底去讨他欢喜？”

苏大老爷立即道：“没有，父亲，我怎么会……”

“你呢，老二，你怎么说？”

二老爷唯唯诺诺道：“我听父亲的，只是陈大官风头火势，这会儿要公然不做理事，确实会惹他不高兴，他那个人心胸狭隘，我担心……”

“有什么好怕？你难道也欠他姓陈的？”老太爷提高嗓音问，“有的话最好现在就讲，不要等我发现了，那就不是砸一块端砚那么简单了！”

二老爷白了脸道：“我自然没有的……”

“真没有？”

二老爷果断摇头。

“前怕狼后怕虎，这么个世道，你们怎么守成？”苏老太爷叹了口气，试图有些耐心跟儿子们讲道理，“一个个都几十岁的人，出去到处也被尊一句苏老爷、苏先生，却不知还记不记得，没有苏字打头，后面那句老爷先生便没点重量，值不了两个钱。没有这个姓，你们就什么也不是，连你们的妻妾子孙都一样，懂不懂？”

苏老太爷又道：“我们再来讲商团团长，什么叫团长？光绪三十三年省城才有的粤商自治会，民国元年才改名叫商团，最早一任团长叫岑伯著，后来换成黄鹭塘，再后来有罗雪甫。这几个人，有卖药油发家的，有做银行发家的，虽被大伙尊称一声团长，可没人奉他们做祖宗，事事唯他们马首是瞻。为什么呢？盖因不论自治会也好，商团也好，都是为谁有困难，守望相助而已。

“可自换了这位陈大官做团长，你们算算，单单为商团建设募捐这回事，每家商户就拿出去多少？他拿这些钱又做了什么？

“从省城到佛山，从顺德到九江、乐江、江门，他全都设有商团分部，分部与分部之间个个安了电话，处处配了枪支。陈大官这哪儿还像是在做商团，倒像是效仿孙总统早年办同盟会干革命吧？铺这么大一摊买卖，光花费就是个无底洞，谁出？还不是羊毛出在羊身上。更何况他背地里扩大枪队规模，买枪支弹药。这是想干吗？我活了这么大岁数，就没见过哪个朝廷、哪间衙门，哪个政府能容得下商团自己有军队。孙大总统大概前几年是没工夫理会他，现下在省城立下据点，又是筹办军校，又是跟苏俄合作，正是要大展拳脚的时候，能容陈大官在眼皮底下搞事？你们倒好，鼠目寸光地跟着这样的商团团长做理事，这是嫌好日子过久了？”

苏大老爷听父亲的话成了习惯，这会儿倒若有所思，二老爷垂头嘟囔了一句。老太爷一见就火了，喝道：“有话就说！又没人堵着你的嘴。”

二老爷抬起头，豁出去道：“父亲，要我讲话可得先说好，等会儿说的您要是不乐意听，可不许发火。”

“讲！”

“前清时咱们外出做买卖还能雇个镖局，世道再乱，可一群有功夫的人跟着，心里多少是踏实。可现如今功夫再好有什么用？一身本事还能硬得过子弹？再说了，就算我们想雇镖局，南海佛山多少武馆，可那些人您敢用吗？您讲商团养枪队要引起政府的忌惮，可这么些年来，好在有枪队，咱们避开了多少祸事，得了多少便利，您都忘记了吗？

“流匪兵祸就不提了，单单讲这几年，粤军跟桂军、滇军就打了多少回？一会儿陈大帅班师回省城拥戴孙总统，一会儿又反水攻打总统府，把孙总统逼到中山舰去。没过多久，桂军又杀回马枪把陈大帅赶到厦门，政府重开张，孙总统又回来坐镇。这来来回回的，唱戏都没这么热闹，要不是我们商团自己有枪队把持着，洋人又给陈大官面子肯出兵镇一镇，西关这些世交家族，哪家能幸免于祸？”

二老爷见老太爷没有打断他，底气更足，渐渐拿出精气神儿侃侃而谈：“我晓得您说得有道理，但凡事不能只看一面。您算一下，从民国元年龙济光任广东都督开始算起，这十年间，省城换了多少任政府？一会儿姓龙，一会儿姓莫，一会儿姓孙，一会儿姓陈，谁晓得明日会如何？可这流水的政府，铁打的商团，陈家在省港澳工商界根深蒂固，无论咱们做什么，只要打开门做生意，那都迟早得跟人家打招呼，这会儿为了怕这届不知气数的政府，反而去得罪陈大官他们，我觉得得不偿失……”

他下面的话没说完，已经被苏大老爷的拼命咳嗽打断。二老爷诧异地抬起头，这才发现老太爷黑着一张脸定定地盯着他，目光狠辣而深沉，仿佛盯着的不是自己儿子，反倒是要毁祖宗家业的宿敌。二老爷吓了一大跳，瞬间畏惧起来，他这才从自己刚刚慷慨陈词的诉说快感中清醒过来，意识到自己犯了极大的错误，忘记了自己的父亲有多冷面冷心。他几乎跳了起来，立即道：“父……父亲，您说了不生气的……”

可惜晚了，苏老太爷冷笑着打断他：“我怎么会生气？苏二老爷好口才，连我都几乎要被你说服。铁打的商团流水的政府，说得多在理，小时候你读书最笨，一篇《劝学篇》背了十来遍还记不住，现在倒历练成才了啊，真是叫我这个做父亲的老怀欣慰。可惜千好万好，只有一点不好，忘了自己姓苏，忘了自己的根本！”

老太爷猛然一拍桌子，骂道：“你不说我还不知道，原来这些年咱们广成行没被匪兵抢过砸过，铺子货物安然无恙，都他妈托了陈大官的福，靠的是他手上那支杂牌商团军的保护。哈，原来你父亲偌大年纪还亲力亲为，你兄长上下打点，下头每个铺子里的掌柜伙计日夜操劳，防兵胜过防火，在你眼里全他妈成了陈大官的功劳，你是不是还很遗憾自己为什么不是姓陈，而是姓苏？为什么不托生在陈家，还能跟陈廉伯混个兄弟做做？”

“不是，我不是这个意思父亲……”二老爷急了，结结巴巴道，“我只是讲咱们不能在这会儿得罪陈家，大哥，大哥刚刚也是这个意思啊，对吧大哥？”

他求助地看向大老爷，大老爷此刻是看出老太爷震怒在即，正唯恐避之不及，哪儿会接他的茬儿？闻言立即道：“二弟言之差矣，我是和气生财，可不是怕了陈家。这些年陈大官做保险公司，做造币厂，哪样不是空手套白狼，赚的都是造孽的钱。现在带着商团玩这么大，还能玩出什么好果子来？父亲，您放心，我明日就亲自上商会公所，坚决把咱们广利行从商团那团烂泥中扒出来。”

二老爷心里暗骂大老爷临阵倒戈，却也不得不道：“是，我自然是听父亲与大哥的。”

“你心里不服？觉得我老头子一意孤行？”苏老太爷冷觑了他一眼，突然指着一旁默不作声的苏锦瑞道，“你侄女也在，你听听，她是不是也如你那么蠢！”

苏锦瑞心里简直想号哭一阵，这时候让她说话，还必须是“不能如你二叔那么蠢”的话，那不是要得罪死二老爷。可被祖父指名道姓了，哪敢讲废话，惹毛了老太爷，她往后在苏家就别想有长辈庇护。她念及此处，只得上前一步，低头道：“二叔，侄女不懂规矩，要有冒犯之处，您念在我娘死得早没人教我的分儿上，多少担待着点。”

二老爷难道还能说你个小丫头片子懂个屁？大家都是被逼到这份儿

上，也只能说：“你讲吧，没关系。”

苏锦瑞行了个礼才道：“您适才说的句句有理，侄女见识浅薄，实在没什么地方好反驳。就是有点疑惑，若陈家真这么厉害，那陈公馆何必常常开宴会，千方百计把陈公馆的名气炒开，以便请得动军政要人们来赴宴呢？我妹妹苏锦香跟我描述过陈公馆有多好玩，听说里头连龙济光、伍廷芳、魏邦平、陈炳焜这些人用过的东西、吃过的菜、拍过的照片都时不时被主家拿出来宣扬。我什么都不懂，所以不明白，既然是铁打的商团，流水的政府，那为何这铁打的商团反倒要将流水的政府那点点滴滴留下来，用来提高自家名声？

“此为其一，其二，侄女没见识过商团，也不晓得什么是商团的枪队，二叔的意思，似乎是他们起到的作用很大。那么二叔，若有天哪路军阀想打入省城，陈大官能统领那支军队出城迎敌吗？”

“浑说什么，它怎能与正式军队交战……”

“那不就是了，它顶多是兵匪祸乱时抵挡一阵，不叫他们抢了铺子的银子，可商团枪队就这么多人，商团成员却有好多家，真要有事了，它是护着陈家好呢，还是护着苏家好？”

苏老太爷“扑哧”一声笑了，嫌恶地说道：“十来岁小女孩都能看明白的事，到你这却偏偏稀里糊涂，我看你近来商行那也不必去了，回屋闭门读书吧。商团的事就照我说的办，懒得听你们啰唆。不早了，都回去歇着吧，还留着吃消夜呢？”

大老爷与二老爷耷拉着脑袋忙告辞退出，临出门时大老爷才想起自己女儿，问：“那我家大妹……”

“阿瑞等多一会儿，我还有话问。”

大老爷不再多话，带着二弟赶忙离开。苏锦瑞惴惴不安地看向自己祖父，却见老太爷也不看她，只低头端起茶盖碗，揭开盖子，一拨一吹，慢悠悠地道："我出生的时候，咱们苏家生意已经做得不小，可父母却从不娇惯，我一样十几岁要进铺子做活，从最底层做起，跟着帮伙计一道吃一道睡。十七岁头回出门做买卖，竟要跋山涉水去山西，十九岁下南洋，从没坐过那么远的船，其间还遇上风浪，吃什么吐什么，一靠岸整整躺床上病了七天，差点就交待在那边。二十二岁，我头回跟洋人打交道，话也听不懂，忙活大半年，却让中间人糊弄去了大笔钱，差点就血本无归。我下定决心自己学洋文，那时候学也不敢叫人知道，市面上一会儿急需翻译，一会儿又杀洋人，烧洋货，将会洋文的人抓来当汉奸打杀。我在这种环境下自己学，把听到的音猜到的意思记下，记了足足有一大本。你看，我也一样没人教要怎么做，可那又如何？关键是你自己肯不肯学而已。"

苏锦瑞心下震动，明白刚刚那句"我从小没有娘，没有人教"是说者无意，老太爷却听者有心，以他的性情，肯这样勉励孙辈已是极限。

"至于别的，下回脸上的粉就不要扑那么厚了。"苏老太爷慢条斯理地道，"有那工夫欲盖弥彰，不如想想怎么避免再出现这种状况，或者干脆是怎么打回去。你说呢？"

苏锦瑞脸上一热，低头道："是，我知道了。"

十五

# 陈公馆

在与苏家大屋同处一区，隔了三五个街口，便是名动省城的陈公馆。

陈公馆占地甚广，主楼高五层，省城里有头有脸的人家所盖的洋楼，必备有罗马柱、雕花拱门楼、开阔的花岗岩台基、石米外墙、精致的半圆形边楼、绿树成荫的大庭院、休憩凉亭等，这些东西陈公馆都应有尽有。可它的妙处却不在这上面，而是要你亲自踏入那座花园，推开那两扇雕花大门，穿过走廊两边剔透晶莹的水晶玻璃壁灯，才能一窥内里最令人赞叹的部位：眼前赫然是一道精心设计的旋转楼梯，宽得紧，可供四五个人同时上下，台阶面也不像西关大屋那般一律由木板铺就，而是采用抛光过的大理石面，锃亮光洁，由宽及窄，曲折蜿蜒了一个又一个优雅的弧度。那楼梯扶手也与众不同，全用轻巧灵秀的钩花铁枝构成，明明是坚硬的材质，却偏生做成桂枝形状，弯曲出贝壳的螺纹盘旋而上，精巧而绵延，以令人仰望折断脖子的弧度直通五楼。你以为它会一达到底，可它偏偏不是平铺直叙，而是每转一弯，每到一层便连着一处弧形露台。露台精巧而细致，仅供观赏不供使用，宛若最灵巧的舞娘，长裙极旋之下甩出漂亮的半圆形，瞥见若隐若现的玉腿，将起承转合的韵律玩到极致。

这楼梯便是时人戏称的“五重天”，拾阶而上，仿佛要过五重山水，一重有胜过一重的典雅，一重有强过一重的境界。与此同时，主家从瑞典购置、用挪威轮船运来的偌大水晶灯却贯穿始终，它从三楼高的天花板上逶迤而下，浑身挂满晶莹剔透的流苏，一串串如冰凌般折射出五彩斑斓的光。在这水晶灯的辉映下，总有数不尽的繁华，享不完的富贵。哪怕此时此刻城外黄埔码头兵船林立，四牌楼下抓壮丁络绎不绝，石牌桥的学生游行反北洋政府闹得轰轰烈烈，没拆完的旧城墙下常有人拿箩筐装面黄肌瘦的孩童如贩卖家畜一般寻买家，可只要陈公馆还在，这水晶灯下的世界便百年如一日岿然不倒。它仿佛独立于这纷乱的时事之外，自闭门户，管他外头如何风雨飘摇，它只过自己的逍遥日子。可这只是它的一面，它的另一面却又是门户大开的，招揽四方来宾，还越过万水千山，与纽约的时尚步步紧随，与巴黎的讲究处处一致。它是这座城市政商要员时常相聚的俱乐部，也是这座城市最时髦最讲究吃穿的男女青睐之所。

这栋洋房的秉性与它的主人一脉相承，海纳百川，却又冷漠自矜。它的主人出身丝制业大佬陈家，却从办实业转金融投资，左手长袖善舞，右手翻脸无情，被他玩得是炉火纯青。他很是巴结过袁世凯亲自委任的广东都督龙济光，却也奉承过倒袁一派的桂系督军莫荣新；他时常集结粤商自治会的华商们商谈如何联团共进退，但并不妨碍他与欺压华商多年的德国鲁麟洋行、英国汇丰洋行的洋人称兄道弟；他与不懂英文的人交谈，一句话中必蹦出好几个英文单词，以显示自己的西化优越感；可当他对上不识中文的港商，又会言必称圣人所言，生怕别人不晓得他对孔孟旧学如何推崇。

这位左右逢源、石头缝里都能敲出商机的主人，便是省城政商各界无人不知无人不晓的陈廉伯先生。

此时的陈廉伯先生不过三十七八岁，却已稳坐广州商团团长的宝座，正处在他人生中的巅峰时期。他意气风发，又好大宴宾客，陈公馆隔三岔五便歌舞升平，衣香鬓影。

这里的宴会可不比苏家的，苏家宴客走的是老派粤商人家的路子，不显山露水，自有它一整套关起门来的规矩。那是用传了数代人的待客之道，从迎客到入座，从品茗到试羹，再到冷盘热菜，老汤甜品，次序一点不能乱，笑脸谈资一点都不能越矩。可陈公馆却是大不同，它是大开中庭的热闹，要的是川流不息的排场，求的是放大了的浮世繁华。哪怕再有见地的政要商贾，来陈公馆总能被难住一两样，或是叫不上某个意大利出场的奶酪名称，或是辨不清某个波尔多酒庄葡萄酒的年份，或是只闻其名不见其物的君士坦丁堡镶嵌了宝石的鼻烟壶，或是百代公司才灌制完毕的新唱片。或者更直接的，比如陈家三姨太刚刚自伦敦购置的新帽子，在巴黎订做的新礼服……总而言之，陈公馆内总有数不尽的惊喜在等着考验你的眼力，难倒你的见识。可正是这考验和为难，却让时髦与富贵被诠释得淋漓尽致，搭配得天衣无缝，令无数名流男女既无从模仿，又无法抗拒。

一时之间，时人皆以能弄到陈公馆的请柬为体面风雅之标准。

这几年，喜好洋玩意儿的陈大官，每年圣诞节都在公馆内办圣诞派对。这派对不是真正意义上的派对，而是中西合璧，不中不洋。大厅内固然有留声机放着圆舞曲，可花园对着荔枝涌的水边凉亭那里，竟然也请了弦乐班，高胡扬琴伴着伶人尖声慢唱粤曲小调，咿咿呀呀。往来客人就更有意思了，既有头上斜戴羽毛身上穿着褶皱洋裙露着雪白胳膊绕着长珍珠项链的摩登女郎，也有梳了后髻插了珠翠着袄褂长裙衣襟绣满花草的旧式女子；既有长衫马褂拱手作揖的生意人，也有头上涂了厚厚发蜡穿着三件套西服手持文明棍的绅士。

这一天还是陈公馆一年到头最后一次大型宴客，自然是要将十分的热闹撑满十二分去。过了今天，陈公馆就会大门紧闭，主家须忙旧历过年的种种事务，或要回南海祭祖拜神，又要返省城筹开年烧香。陈公馆再度打开中庭广宴宾客，则得等到明年开春。也因此，圣诞派对不仅是陈公馆的年底封箱表演，也是众位想攀附陈家这棵大树，见识陈公馆盛况的时髦男女这一年中的最后一次机会。顺理成章，圣诞派对的请柬变得格外难得，也格外难弄。邵表姨妈费了老关系，也只弄来一张，上头明白写了邵先生邵太太的名讳，那便是不包括邵大少爷在内的。邵表姨妈想寻人改去，陈家与她交好的姨太太竟然表示为难，言道这回陈家主事那几位老爷太太管得严盯得紧，她这头擅自改了，回头宾客签名对不上，管家照样要报给老爷太太听，她可得吃不了兜着走。邵表姨妈再三说好话，姨太太都不为所动。她看得明白着呢，陈廉伯先生虽说是怜香惜玉，可那都是一时一时的，男人有钱又有野心，对女子的怜爱就是一道一道的相对论，姨太太对此再清楚不过，恃宠而骄一类也得分场合。

邵表姨妈见劝说不下有点着急，她千辛万苦可不是为了把自己那个窝囊废先生带出来露脸，而是为了给自己的长子铺路。回家后，她越想越窝火，忍不住对着邵表姨夫开始抱怨。一会儿骂陈公馆算什么东西架子端这么高，不过是个派对，门槛就定得这么不通融，不晓得的还以为要登大元帅府呢。又是限制来宾，又是要对签名簿与请柬单，搞那么隆重，要不要把宾客祖上三代都查一遍啊？她骂了一会儿后，又开始例牌骂邵表姨夫没鬼用，人家做汇丰买办，他也做汇丰买办，人家生意做得风生水起，日进斗金，他却是好高骛远，坐吃山空。若他稍微争气点，有面子拿得出手，儿子只不过要进一介商户的花园子，还需要什么劳什子请柬？

邵表姨夫近年来是干了不少要太太收拾手尾的蠢事，在她面前也没了底气，索性佯装什么也没听见，拿了报纸默然走开，做出一副不与妇人一般见识的模样。

邵表姨妈没了出气的对象，只好开了瓶威士忌，一口气灌下一杯，勉强压下心头火，可随机又涌上一阵凄凉。她觉着自己机关算尽却仍旧逃不了命，再要强又有什么用？弱质芊芊要扛起这邵家的体面和富贵，那可怎么扛得起？眼瞅着又要过年，每年一到这个时候就是现形的时候，家里又得拆东墙补西墙，又要打肿脸充胖子，这日子可什么时候才算个头。

她这厢还没开始哭，那边二少爷三少爷却蹦蹦跳跳进来跟她要钱。两个半大小子都就读于省城大名鼎鼎的男校，正处在最好出风头的年纪，周围往来又多是富家子弟，难保不样样攀比。他们就读的中学又参照美国名校的建制，成天要学网球要学骑马，学一样就得花一样的费用，数额不算多，比起邵表姨夫在外头抽大烟包戏子，那是万万不及。可两兄弟来要钱的当口不对，撞正了邵表姨妈委屈的时候。她正觉着全家人都对不住她，老的辜负她的情意，少的辜负她的苦心，两兄弟来要的这点钱就像蚂蚁噬肉，不算疼可令人不舒服。

邵表姨妈登时就发作了，上回做的网球服还没穿两次，又要做骑马装，这是讹钱来的吧。二少爷秉承了乃父之风，一听这话就笑眯眯道那母亲不用为难，最多儿子穿蓝布袍子上骑术课，想来也没什么大不了。

怎么会没什么大不了？传出去的话，邵表姨妈还要不要在省城各类派对宴会上走动了？邵表姨妈被二儿子一句话噎得半死，小儿子还不过瘾，在一旁无忧无虑道，除此之外，还希望母亲能给他们加笔交际费。这么点小玩意儿要什么交际费？邵表姨妈大怒，可小儿子振振有词，原来那中学还真是不遗余力地试图给这帮小东西营造精英化群体氛围，时不时真有各种午餐会草地餐会晚餐会，同学之间请客往来也稀松平常。邵家的少爷们总不能一直蹭别人家孩子的东西，自己却一毛不拔，传出去谁面子不好看？还不是邵表姨妈。

邵表姨妈这回是真个欲哭无泪，思来想去，这天一系列不愉快的根子竟然还得落在陈公馆的请柬上。谁让邵家已成日落西山呢？家里的千万种寄望全在邵鸿恺一个人身上，宁可自己不去都不能落下长子的名头。邵表姨妈正要想往哪儿再设法，就听见邵鸿恺轻轻松松进门的脚步声。她一见到长子就如见到主心骨，霎时间泪如雨下，多少委屈都翻滚上来，哽咽着说："阿恺，阿妈没用，没能帮你搞到请柬……"

邵鸿恺莫名其妙地问："什么请柬？"

"陈公馆的圣诞派对啊！"

"哦，那个啊。"邵鸿恺脸色有些阴暗，"我早有了，王小姐那边早就邀了我做舞伴。"

邵表姨妈一下心情微妙，她正一筹莫展的事，到别人手里却不过轻而易举，尤其这个别人还是对儿子频频示好，爱慕之情溢于言表的年轻小姐。邵表姨妈心下有些酸意，可到底是欢喜多些，她破涕为笑道："那太好了，王小姐真是体贴周到。我早该想到你有她帮衬，还要我费什么劲……"

"可我还在考虑中，不一定去。"

"为什么？"

邵鸿恺有些难堪道："苏家表妹也受邀了。"

这下邵表姨妈是真惊诧了，失声问："苏锦香？可凭什么？我们家统共才得了一张。"

"她怎么得的我不知道，但不仅她有，我听说这回连阿瑞也得了一张。”

“阿瑞也得了？怎么回事？陈家给两位苏小姐分别下请柬？”

邵鸿恺点了点头：“苏家本就是商团的理事之一，几位表舅跟陈大官又一直有生意往来，阿瑞只要跟大表舅开个口，跟陈家要张请柬是应当应分的事。”

邵表姨妈皱眉道：“阿瑞自上回被苏锦香抢了请柬后没有什么动静，跟我们也像断了往来，我还以为她想悄无声息把跟你的事揭过去，没想到她终究还是要闹出点动静……”

邵鸿恺叹了口气：“她性子从来要强，问题不在于她会做什么，而是届时派对上人多嘴杂，她无论做什么，都是徒增尴尬而已。一场交情，何必弄得大家都没面子，我还是不去为好。”

邵表姨妈一听就火了，骂道：“你怎么能不去？啊？蒙仔，这是多好的机会，冲着陈大官的面子，当晚省城工商各界哪个有头有脸的不来？来宾中没准儿还有大元帅府里头的大人物，你不是想从政吗？到时候这个引荐一把，那个攀下世交校友的关系，人脉就先搭上了，往后你要想做点什么事，全凭你能结交什么人了，你竟然要为那点芝麻绿豆的小事不去？你知道你阿妈我为了弄不到给你的请柬，火急火燎了多久吗？”

邵鸿恺哑然，可他想到那日在苏锦瑞的狼狈前仓皇离去的自己还是无法面对，于是道：“你别管，我自有打算。”

“闭嘴！你会打算个鬼，一遇上阿瑞的事，你就心慈手软得不像我生的，倒十足像你那个没用的爹。”邵表姨妈换了口气，哀声道，“我当然晓得，你心里头中意阿瑞多点，我也是啊，从小到大我多心疼她，生怕她落姨太太手里受苦，我不是三天两头顶着苏家人的白眼上门照料她？她十五做大姑娘，还不是我这个表姨妈念着想着亲手给她做红褂做首饰？我哪里不想她好？我也盼着她嫁得好过得好，可亲疏有别，我再心疼她，也不能叫她拖累你！”

她眼睛一眨，眼泪便掉了下来：“要是你胸无大志得过且过，要是我们家的环境跟从前一样，便是你不想娶她，阿妈也要请媒人三媒六聘上门把阿瑞接咱们家，因为她亲娘临终时与我有约定，为了我那苦命的妹妹，我也要照料阿瑞一辈子。可现下我是有心无力啊，邵家什么情况你也知道，进项没多少，花钱却跟流水一样，入不敷出了都。这还罢了，你若是有情饮水饱，一心一意只求端碗安稳饭，那我就算卖首饰也帮你娶阿瑞，反正她亲妈在汇丰给她留了嫁妆，你们俩成亲，再不济过日子的钱总是有的。可你扪心自问，你是那样的人吗？儿子。”

邵鸿恺沉着脸嘴唇紧抿。

“你不是，所以你跟阿瑞的事，就注定了要对不住她。既然已经要对不住了，那就干脆点，早点解决早了，别拖泥带水，别优柔寡断。儿子，这是没办法的事，省城就这么大，你要娶王小姐，要走青云路，或迟或早，总有一天要跟阿瑞对上。”邵表姨妈顿了顿，道，“现下这个时机虽不大合适，却也天时地利，阿瑞与苏锦香素来不合，她们俩得的请柬，定然是分头拿的，搞不好姐妹俩还藏着掖着隐瞒对方。苏家那个二姨太心大得很，把个十六岁的庶女迫不及待推进社交圈，她打什么主意谁都知道。而这个，就是咱们该用起来的地方。”

邵鸿恺抬起头，目光深邃，却没说同意，也没说不同意。

圣诞派对那日，邵表姨妈以为势同水火的苏家两姐妹，却互相帮着对方收拾打扮了一番。虽然这一过程仍旧互相看不顺眼，苏锦瑞鄙夷苏锦香一味流俗，苏锦香嘲笑苏锦瑞保守得像个修女。可两人却到底磕磕巴巴、不甚熟练地首次收起自己身上的刺，试图与对方交流穿衣打扮的心得。别人家的姐妹们或许已做过这样的事情无数次，可对苏家东楼里的两位小姐来说，这都是前所未有的经历。就好像有生以来第一次意识到自己身边有个同龄女孩，即便观念南辕北辙，即便对各种问题的看法迥异到不可调和，可她们终于开始慢慢正视了对方的存在。而这个存在，一旦摈弃两人关系中身不由己被对立起来的矛盾，其实远不需要到有你没我的地步。

在打扮这回事上，苏锦香是一个劲儿往妩媚里走。照说十六岁的年纪扮出二十六岁的风情是有些不伦不类，可苏锦香仿佛天生就是个高明的画家，擅长在自己这副身体上涂抹色彩，浓烈中带了稚气，令那浓烈不至于太过成了媚俗，令那妩媚天然带了可爱的单纯。两相辉映，矛盾而浑然一体。相较之下，苏锦瑞的装扮要内敛得多，如果说苏锦香的打扮挥舞长戟咄咄逼人，苏锦瑞则是扣好战袍适时而动。她到底不能接受与苏锦香一样绞短头发，蓬蓬松松卷成波浪状，再巧妙地拿镶了水钻的簪子左勾右别固定在脑袋上。她一头直长而黑漆漆的乌发，一张谨遵笑不露齿原则的美人脸，站出来就规划好了与其相配的衣裙鞋袜，天生无法与飘逸轻佻的时兴长裙融为一体，她必须配正儿八经的天鹅绒及踝长裙，蹬上正儿八经的半高黑色鹿皮鞋。然培道女中出身的女孩早学会如何在一模一样的校服裙外彰显与众不同，仔细看，苏锦瑞的额发是熨烫过的，一弯一弯如涟漪般荡漾开，绕过耳际梳向脑后，与白皙的耳廓相映成趣。她的洋裙颜色也是千挑万选，天鹅绒的质地，乍眼看是冰绿色，随着走动裙摆飘开，却是一层一层难以名状的墨绿、蓝绿，前襟一直往下到裙摆，缀满了青铜色小珠子，衣襟上的绿松石胸针，手腕上的绿松石手镯，皆是成套的好东西，放到几十年前苏大太太的首饰盒里，也是称得上精品的小玩意儿。

两姐妹站在一处，一般高矮打扮却各有千秋，苏锦香是浓墨重彩，苏锦瑞是优雅清新。可再端详，两人给人的感觉却要反过来，苏锦瑞分明才是五官鲜明，端丽鲜亮的那个；而苏锦香反而是模样精细，娇憨柔美的另一个。她们俩人，长得眉眼浓烈的偏要走端庄自矜的路子，长得眉眼淡然的反而执意爱铺陈张扬。两人一同出门，你看着我我看着你，虚中有实，实中有虚，真个是真作假时假亦真。苏锦香先就忍不住"扑哧"一笑，绕着自己的发卷，半是戏谑半是讥讽道："万想不到啊，有一日竟然要跟你一同出门，一道去赶赴一个派对。你说过什么来着，我妹妹可是大门不出二门不迈的，连学堂都没进过，怎么着？今日可反过来要靠我这乡下妹仔，来带你见识见识吧？"

苏锦瑞知她不说两句酸话是断不肯迈出门槛了，道："行了，没完了啊？知道你左右逢源，吃得开好了吧，那等会儿可得多照应我。"

"那得看我心情如何，也看你给不给我丢人吧。"

苏锦瑞哑然失笑，瞥见她手腕上光溜溜的竟然一件首饰不戴，不由得奇道："二妈给你备的东西呢？怎么不见你戴？"

"你懂什么呀。"苏锦香神秘地笑了笑，"这不戴有不戴的好处，日后有机会你就晓得了。"

苏锦瑞并不十分在意这点，道："随便你，只是你这裙子不搭配一根项链，总感觉少了点什么。"

"我是谁呀，我可是苏府可怜的庶女。"苏锦香笑眯眯地踩着高跟鞋往前走，"我要挂满金银珠宝，打扮得像棵圣诞树，别人看见才真是要笑话呢。"

苏锦瑞与她一同坐进车子，这还是老太爷专用的小轿车，保养得极精心，儿孙辈平日别说蹭车了，连碰一下都不行。苏锦瑞她们原本是想坐家里的包车去就好，可老太爷不知怎的晓得她们要去陈公馆，临出门前派了司机过来讲"今晚的车给小姐们用"。

换成别人，这便是祖父心疼孙女的人之常情，可换成苏老太爷，却由不得苏锦瑞心里多嘀咕，连苏锦香也悄然问："老太爷吃错药了？一毛不拔的铁公鸡，居然这么好心借车给我们用？"

苏锦瑞转念一想，忽而有些明白了，她看向苏锦香道："他老人家是要提醒别人，也是提醒你我，咱们姓苏。"

苏锦香翻了个白眼，不以为然道："不姓苏还能姓什么？讲得多稀罕似的。"

"别多嘴，有车给你坐，你坐便是。"苏锦瑞喝住她，"对了，等会儿到了陈公馆，你先进去，我们分开走。"

苏锦香睁大眼，脱口道："怎么？怕跟我一道走降了你的身份呀……"

苏锦瑞带笑看着她。苏锦香到底聪明，稍微一想便自动消音，随即撇嘴道："我晓得了，就说你不会无端地去参加什么派对。"

苏锦瑞学着她的腔调道："怎么这么讲我呢？我是谁呀，我可是顶顶爱时髦的女学生，陈公馆的圣诞派对，我怎么会白白放过？"

"算了吧你，骗谁呢？"

西关统共就那么大的地方，从苏公馆到陈公馆距离并不远，这也是她们最初觉着坐包车便能到达的原因。到得近前时，轿车皆慢了下来，原因是当初修陈公馆，门前车马道并不宽，偏偏今晚来宾大多坐自家的车来，轿车与轿车充塞在狭隘的石板路上，不得不以龟速前进。难得的是，此刻无人乱按喇叭，也无人会蛮横地踩油门，谁都清楚这些车都奔着同一个目的地。大家都不晓得对面黑漆漆的车厢内坐的是哪方神圣，正因为不清楚，才令人行为举止不由得都谨慎起来，仿佛社交场从陈公馆一直扩展到了路上，车与车之间礼让三分，人与人之间互相致意。隔着窗玻璃，路灯又昏暗，尽管看不清对过车内坐的是男是女，然而绅士们认不认识都乐意捏一下帽檐儿颔首致意，女士们有没有扇子在手，都会优雅万分掩口朱唇亲启回一个微笑。不多时，似乎嫌车速实在过慢，也有人开了车门下来，总之必得是男人伸手搀扶女伴，照顾得一应妥帖周到。苏锦香隔着车窗瞧得乐不可支，用胳膊肘撞了苏锦瑞一下道：“哎，真该让父亲大人来看看，你看你看，这一对竟然女的还挽着男的胳膊，简直有辱斯文，有碍观瞻，真真岂有此理嘛。哈哈哈，父亲大人怕是一辈子都没同女人并排走过吧，每回他与二妈走一处，两人必须隔个一步远……”

苏锦瑞忍笑道：“苏锦香，那是咱们的父亲，没大没小编排什么呢你。”

苏锦香转头问她：“说真格的，若大妈在世，父亲大人会与她并排走吗？”

苏锦瑞没好气回她：“邵表姨妈会与表姨夫并排走吗？”

苏锦香想了想，笑道：“那必须是不会，邵表姨妈定是走在前的那个……”

她忽然不笑了，低呼一声：“哟，邵表姨妈在那呢。”

苏锦瑞应声望去，果然见到邵家母子一身盛装站在路旁，不知在与谁说话。她脸色冷了下来，目光深沉注视了一会儿，轻声问：“你说，他们心里头到底是怎么看我们俩的呢？”

“还能怎么看？不外是一个死要面子打落牙齿和血吞，另一个不知廉耻一心一意要攀高枝，都是一路货。苏家的小姐哟，还比不上街市大甩卖的货色值钱咯。”苏锦香看得开，她笑嘻嘻拍拍苏锦瑞的肩，无所谓道，“我先下去打声招呼，至于你，自然是姗姗来迟的好。”

苏锦香去开车门，苏锦瑞叫住她：“等等。”

“嗯？”

“等下可能要你见机行事，陪着唱出戏。”

苏锦香眼珠一转，随即明了，笑道：“晓得了。”

“那个……”苏锦瑞有些困难地说，“老实讲，要不是有你在这，我未必敢单枪匹马杀过来……”

“你也太小瞧自己了吧？”苏锦香不耐烦了，“你哪有这么娇弱？你可比自己以为的凶多了。”

“讲话不顶心顶肺你就不舒服是吧？”苏锦瑞白了她一眼，顿了顿，小声道，“总之多谢你啦。”

苏锦香愣了愣，随即怪稀奇地挑起眉毛，做了个鬼脸，满不在乎地挥了挥手。

苏锦瑞坐在车里，一直等到苏锦香与邵家母子有说有笑地走远不见，这才让司机重新发动汽车，慢吞吞地开到陈公馆门口。一下车，大老远便听见里面人声鼎沸，乐声并唱曲声阵阵传来。再走近了，却见一片灯火通明，五颜六色的灯笼灯泡挂了满园。光影斑斓中往来的是无数摩登男女，个个精心打扮。男士大多穿西服，领口必扎领结，白手绢必整整齐齐掖在前襟口袋里，马甲下必横着一条或银或金的表链，头发上的发蜡、脚上的皮鞋两处光亮，相得益彰。女士们则不吝在寒冬腊月的夜晚空气中暴露胳膊和颈部，有些洋服领口甚至在锁骨往下，有些旗袍开衩已高到膝盖往上。苏锦瑞一路走来，只觉政府在报上呼吁妇女摈弃胸衣，解放小脚，全省城没一个地方比这里贯彻得更为彻底。她当初还觉着苏锦香一身流苏长裙金光闪闪略显夸张，到这里才发现苏锦香简直称得上保守，目之所及有的是比她时髦果敢的新女性。而她这身冰绿色天鹅绒长袖长裙，在此时此地简直堪称不起眼，苏锦瑞暗自好笑，幸亏自己注定在此地待不久，否则靠这身打扮要想在这博眼光，那简直是痴心妄想。

她慢悠悠地递上了请柬，慢悠悠地走进园子里。陈公馆名不虚传，树影下早布下长条桌，铺上洁白台布，摆满佳肴酒品，一溜儿穿燕尾服的侍应生端着银盘在人群中穿梭，来回将各类饮品送到宾客手中。再往前，小戏台那里早有脸上画了戏妆，身上却穿府绸常服的优伶一类在那晃晃悠悠地唱某折破镜重逢、皆大欢喜的好戏，高胡与扬琴的“叮咚”与“咿呀”声传入耳中，令不爱看大戏的苏锦瑞竟然有些看怔了。夜风习习，隔着蜿蜒而过的曲水潺潺，周遭一切喧闹仿佛渐渐远去，只余下那戏台上的两人卖力地表演生死不渝。戏入得再深也无用，观众早就被训练好了，晓得如何从甩袖回眸、一招一式中看出劫后余生，看出乍喜还悲，看出欲说还休。观众们太熟稔这套表演，信手拈来，无须细想，以至于真正的生死不渝该如何已不再重要。

苏锦瑞低头笑了笑，摸了摸自己的头发，挺直了脊梁。四下的喧闹声再度袭来，好一场繁华盛景，好一个良辰美景，好一场似水流年。

她看了看，随即在人群中寻到自己要找的人。入主屋的台阶之上，邵鸿恺母子正与几个西装革履的男子交谈。少顷，几个人都带着笑走下几级台阶，迎接另一位举止昂然的长衫男士，邵鸿恺夹杂其中，态度甚为恭敬。苏锦瑞认出了那个男人，便是上回她被劫匪挟持时拿出来做挡箭牌的省城高检厅厅长何蔚。但实际上像何厅长这样的高官，苏家一介商贾，便是想高攀，也不一定能高攀得上。苏锦瑞还是读报才晓得这个人的名字长相，可邵鸿恺已然混到能与之握手攀谈的地步，想来与他这几个月混迹陈公馆，得那位橡胶大王千金王欣瑶小姐的青睐有关。苏锦瑞忽而想起苏锦香以前奚落她说过的话，她说那位王小姐才叫真正的千金小姐，前清宫里流出来的翡翠要价一万块大洋，王小姐一句喜欢，她父亲便巴巴买了相赠。反观自己，可怜巴巴的两万块存款被多少人翻来覆去地念叨过算计过，令二姨太心里长刺了多少年，然而拿出来也就够王小姐多两件收藏品而已。

这样大的差距，也难怪邵鸿恺会选她了。

苏锦瑞忽而在这一刻无比理解了邵家母子，她想换成我大抵也是这么选的，实际上这根本不叫选，旗鼓相当才能选，云泥之别有什么好选的呢？

然而，就算真是个低贱到泥里的人，为三餐饭蝇营狗苟，活得痛苦而麻木的人，他们也不能随意让人捏圆搓扁，更何况她还姓苏？邵鸿恺要走青云路，那便自去走，他万不该拿苏家两姐妹做垫脚石。